㉖ 倪匡珍藏限量紀念版

衛斯理傳奇之

搜靈

（含：搜靈・盡頭）

倪匡 著

搜靈

衛斯理傳奇

CONTENTS

盡頭

搜靈

序言

靈魂——人性中善良美好的一面。兩者之間，是不是可以劃上等號？如果可以，人還有沒有靈魂？人性中究竟是不是有良善美好的一面存在？

通過曲折的故事，奇特的設想，「搜靈」這個故事所反覆討論的，就是這個問題。「主題」特出之極，可以符合一切嚴肅文學的要求。但是「搜靈」始終只是一個幻想故事，因為事實上，靈魂如果就是人性中良善美好的一面，人才不會在乎它的存在與否！

這是不是可以說已經解答了這個問題呢？

在許多故事中，都突出地球人人性中醜惡兇詐自私貪婪的一面，在這個故事中，也不例外。但也照例，並不一筆抹煞人性中的優點，藉衛斯理的言和行來表達。

「搜靈」在近期作品中，相當特出，這次刪改的也比較多，令主題更突出，文字更簡潔。

倪匡

第一部：大規模珠寶展覽

這個故事的開始，是一個盛大的珠寶展覽的預展。展覽由世界著名的十二家珠寶公司聯合舉辦，地點在紐約。

不，先別說這個珠寶展覽，還是先說一說金特這個人。

還記得有一個名字叫金特的人嗎？只怕不記得了吧。就算是一直在接觸我所敘述的各種怪異故事，如果能夠在三十秒之內，記得這個人，並且說出這個人曾在哪一個故事之中出現過，那真是了不起。別說三十秒，就算三十分鐘，只怕也不容易想起這個人。

事實上，如果不是又見到了他，我絕不會想起他來。

這個人我曾經和他在一起相當久，超過一個月，可是在和他一起的日子裏——有好多天，幾乎日夜在一起，我從來也沒有聽到他講過一句話。有時候，我向他講話，他也從不回答，而只是用一種十分奇怪的神情望著我。

那是一種十分難以形容的神情：他分明是望著你，可是眼神渙散，猜不出他視線的焦點在什麼地方。他像是在沉思，又像是精神極度迷惘，他的口唇隨時準備有所動作，但是不論你等多久，他總是不發出聲音來。

整個神情，像是他對周遭的一切，全然漠不關心。

結果是，我們各人分手的時候，每一個人都受不了他那種過度的沉默，甚至連最有禮貌的普索利爵士，也沒有向他說一聲「再會」。

對了，金特不會有人記得，普索利爵士，記得他的人　定不少。這位熱衷於靈魂學的英國人，在「木炭」的故事中，是一個主要人物。

當時，我通知普索利爵士，我有一塊木炭，在木炭之中，可能有著一個鬼魂，普索利大是興奮，約了不少對靈魂學有研究的人到英國去，在他的那間大屋子之中，試圖和靈魂接觸。

那件事的結果如何，自然不必再在這裏重複，我第一次見到金特，就是當我帶著那塊木炭，到了普索利爵士的住所，他請來的對靈魂學有研究的人，已經全在了，普索利曾向我一一介紹。

其中有一個就是金特。

爵士當時的介紹很簡單，看來他自己對金特也不是很熟悉，只是簡略地說：「這位是金特先生。金特先生，這位是衛斯理先生。」

我自然握手如儀。現在，我詳細敘述和他第一次見面的情形，是因為這樣可以把這個人介紹得更徹底。我當時伸出手來，他也伸出手來，我們握手。

金特和人握手的那種方式，是我最討厭的一種，他不是和你握手，而是伸出他的手來給你握，他的手一點氣力也沒有。

通常，只有紅透半邊天的女明星，才有這樣和人握手的習慣。可是這位金特先生，當時打量了他一下，個子不高，不會超過一百六十公分，半禿頭，一點風采都沒有，看來有點像猶太人，但也不能肯定，一副糟老頭子的模樣，至少有五十開外，居然也用這種方式和人握手，真有點豈有此理。

所以，我對他的第一個印象，絕不算好。只不過後來，我在開始記述「木炭」這件事的時候，在金特身上發生的古怪的事，已經開始了。所以，我才特地加了一句：「這個人，以後有一點事，十分古怪，是自他開始的。」

在爵士家裏，我和一干對靈魂有研究的人聚會之後，我們又轉赴亞洲，在另一個朋友陳長青的家裏去聚會。這次聚會歷時更久，金特也自始至終參加，可是卻也從來沒有講過一句話。

我的那個朋友陳長青，十分好講話，有一次，他對著金特獨白了五分鐘，金特連表示一下是或否的神情也沒有，他實在忍不住，對我悻然道：「這禿子是什麼來路？他是聾子，還是啞巴？」

金特是什麼來路，我也不清楚。他是普索利爵士介紹我認識的，當然，我要去轉問爵士。

我找到一個機會，向普索利提起了這個問題，普索利皺著眉：「唉，這個人，我也不知道他是什麼人。」

我笑道：「這像話嗎？他出現在你的屋子裏，由你介紹給我，你不知道他是什麼人？」

普索利做了一個無可奈何的手勢：「事情是那樣，你知道一個靈魂學家叫康和？」

我搖了搖頭，表示不認識這個人，普索利搔著頭，像是在考慮該如何介紹這個人才好，他終於道：「你知道著名的魔術家侯甸尼？」

我道：「當然知道，侯甸尼十分醉心和靈魂溝通，他曾以第一流魔術家的身分，揭穿了當時許多降靈會的假局，也得罪了很多靈媒。」

普索利道：「是，康和就是侯甸尼的一個好友，對靈魂學有極深的研究，以九十高齡去世，我年輕時，曾和他通過信。」

普索利爵士越說越遠了，我忙道：「我問的是金特這個人……」

爵士道：「是啊，在你見到他之前三個月，金特拿了一封信來見我，信是康和還沒有去世之前寫的，絕無疑問，是他的親筆，信寫得很長，介紹金特給我認識，他真的不喜歡說話，當時我問他，為什麼有了這封信快十年，到現在才來找我，他都沒有回答。」

我「哦」地一聲：「那麼，信中至少對金特這個人，作了具體的介紹？」

普索利道：「提到了一些，說他對靈魂學有深湛的研究，並且足跡遍天下，曾在日本和中國的一些古老寺院中長期居住，在西藏的一家大喇嘛寺中，有過極高的地位。也曾在希臘的修道院中做過苦行修士，和在印度與苦行僧一起靜坐，等等。他的經歷，看來都和宗教有關，而不是和靈魂學有關，我真不該請他來的。」

我想了一想：「他也不妨礙我們，其實，宗教和靈魂學，關係十分密切，甚至是一而二，二而一！」

普索利爵士當時並沒有立即回答我這個問題，我們也沒有就這個問題再討論下去。

金特有著那麼奇妙的生活經歷，這倒令得我對他另眼相看，所以，在分手的時候，我是唯一和他握手說再會的人，可是金特仍然是這樣，手上一點氣力也沒有，當時，當他轉過身去之際，我真想在他的屁股上，重重踢上一腳。

金特這個人，我對他的瞭解就是那樣。

約略介紹過金特這個人了。再說那個大規模的珠寶展覽會。

珠寶展覽會半公開舉行。所謂半公開，就是：參觀者憑請柬進入會場，不是隨便誰都可以進去參觀一番。

邀請我去參觀的，是英國一家保險公司的代表。這家保險公司歷史悠久，信用超卓。

這家保險公司在保安工作、調查工作上的成就，舉世無匹，而負責這家保險公司這一部門工作的是喬森。

有必要簡略地介紹一下喬森，他是典型的英國人，平時幽默風趣，工作極度認真，固執起來，像一頭花崗石刻成的野牛。他投身情報工作之際，不過十五歲，他有一頭紅髮，又講得一口好德語，戰爭期間長期在德國工作，幾次出生入死，德國秘密警察總部把他列為頭號敵人。

喬森極端冷靜，多年情報工作的訓練，再加上他的天性，他是我所見過的人中最冷靜的一個。

我特別強調他的冷靜，是因為有一些事發生在他的身上，這些事，和他的一貫極度的冷靜，全然不合，因而顯得格外詭異。

戰後，他脫離軍部，到處旅行，後來，曾作為蘇格蘭場的高級顧問、國際刑警總部的高級顧問。

後來，他忽然失蹤了一個時期，再度出現時，職位是聯合國掃毒委員會的專員，然後，他又離開了聯合國，去從事一樁非常冷門，簡直想都想不到像他這樣的人會去做的工作。他的職位的全稱相當長：「沉船資料搜集員」。工作範圍是專門搜集各種沉船的資料，將這些資料提供給大規模的打撈公司。

我和喬森認識的時候，他在當「沉船資料搜集員」，一見如故，互相交換了許多稀奇古怪的事情，他那時候在日本，正在搜集一艘叫「天國號」的巨型戰艦下落的資料。

當時，我們用英語交談，我在聽了之後，呆了一呆：「日本好像沒有一艘戰艦叫『天國號』，你是不是記錯了？」

他取過紙來，寫下了「天國」兩個漢字，我搖頭道：「沒有這樣的戰艦。」

他笑了一下，道：「要是連你也知道，就不用我去搜集資料了，這是日本海軍在戰爭末期建造的最大軍艦，比『大和』還要大，一切資料都絕對保密，連建造者也不知道自己造的是什麼。在日本投降之後，有消息說這艘戰艦上一千二百名官兵，決定集體自殺，將船鑿沉，和船共存亡，沉沒的地點則不明，我就是想把它的沉沒地點找出來。根據我已獲得的資料，這艘戰艦上，有不可思議的事發生，這件事……」

他講到這裏，點燃了一支煙，深深吸著，沒有再講下去。

我想不到那次閒聊，提及的那艘在極度秘密的情形下建造的「天國號」，後來又會和一些怪事發生關係。而且，自從那次之後，我從來也沒有再在任何人的口中，聽到過「天國號」這個名稱。

有一次，我和一個曾是日本戰時的海軍中將，在海軍本部擔任高職的人提起，他聽了之後，就「哈哈」大笑：「胡說八道，衛君，你是從哪裏聽到這種荒謬的故事？絕無可能。」

當時還有好幾個人跟著哄笑，弄得我十分尷尬，幾乎惱羞成怒。

以後，我也忘記了「天國號」。大約兩年之後，再遇到喬森時，他已經不當「沉船資料搜集員」，轉了行，職業更冷門，是「全歐古堡構造研究員」。

再後來，喬森又做過了一些什麼，我也不甚清楚。他進了保險公司當保安主任，我是收到了他的信之後才知道。

喬森的長信，和請柬一起寄到，邀請我的理由是：

「像這樣的大型珠寶展覽，以前從來未曾舉行過，所以，在展覽會舉行的一個月間，有可能發生任何意料不到的事情。而衛斯理先生，是應付任何意料不到的事的最佳人選。」

那張請柬，印得精緻絕倫，我從來也未曾見過那麼精美的請柬。

我向著白素，揚了揚這張請柬：「有珠寶展覽，你去不去？」

白素看來一點興趣也沒有：「人家又沒有請我。」

我道：「那不要緊，你要去的話……」

白素不等我講完，就搖頭：「我聽你說過喬森這個人，可是我不明白他為什麼要你去。」

我一面用手指彈著那張請柬，發出「啪啪」的聲響，一面也在想：喬森為什麼要我去呢？

他的信中，雖然寫出了理由，可是這個理由，實在是不成立的。

喬森說，這樣大規模的一個珠寶展覽，可以發生任何意想不到的事情，而我有應付意外的能力。

珠寶展覽會有什麼意外？當然是引起盜賊的覬覦，向那些價值極高的珠寶下手。正如白素所說，我雖然知道有幾個珠寶竊賊，具有一流的身手，但是卻從來也沒有和他們接觸過。

我只是知道，珠寶竊賊這一行，和其他的竊賊不同，幾乎已是屬於藝術工作的範圍，沒有天份，是不能成為第一流珠寶竊賊的。而且，第一流的珠寶竊賊，平時，在身分的掩飾上，也都是一流的。我就知道其中有一個，有著真正伯爵的銜頭。

對珠寶展覽本身，我沒有什麼興趣。引起我興趣的是：喬森為什麼一定要我去。

要得到這個問題的答案，其實是很容易的，我根本不必挖空心思去想，只要去問問他就可以了。

於是，我根據喬森信上的電話號碼，打電話去，一下子就聽到了喬森那聽來很冷很硬的聲音。當他知道是我的長途電話之後，他的聲音，居然變得充滿了熱情：「你準備什麼時候來？我已經替你準備好了房間。」

我知道，對付喬森這樣的人，和他轉彎抹角講話，那是白浪費時間，所以我立即道：「除非讓我知道你要我來的真正原因，不然我不會來。」

喬森呆了片刻：「好，的確有原因，但是在電話裏說不清楚，等你來了，我一定告訴你，別推托。到時候，如果你認為這個原因不值得你來的話，我會把另外一件有趣的事告訴你，做為補償。」

我仍在遲疑，未曾立刻答應，喬森嘆了一口氣：「我們好久沒有見面了！你就算只是來看看我，又有什麼不可以？」

對於喬森這樣精采的人物的這樣的邀請，很難拒絕。我也只好嘆了一口氣：「好吧，我來。」

我仍然不知道喬森為什麼一定要我去，但是我卻可以肯定，情形一定有點特別。

長途飛行不是很愉快，整個旅程相當乏味，等我在紐約下了機，兩個穿著整齊的年輕人向我走了過來。其中一個道：「衛斯理先生，喬森先生實在抽不出空，吩咐我們來接你。」

這兩個年輕人自己報了姓名，舉止有禮。

我把行李交給了他們，和他們一起離開了機場，上了車，駛向目的地。

目的地是一家豪華大酒店，珠寶就是在這家大酒店的展覽大堂展出。從這個月份的第一天起，酒店便已不再接受普通客人，而只租房間給珠寶展覽會的來賓。

酒店的房間有大有小，有豪華有普通，前來參觀的人都自認為很有地位，當然人人都想訂到最豪華的房間。酒店方面的措施十分強硬，接受訂房，可是房間得由他們來分配。

我未進櫃檯，那職員一看到了那兩個年輕人，就大聲道：「衛先生好，你的套房在二十樓，二十樓的貴賓有蘇菲亞羅蘭小姐、根德公爵和泰國的曼妮公主，如果你覺得不適合，可以更改。」

我笑道：「適合得很。」

套房的設備，豪華絕倫，我一進房間，就道：「喬森呢？我什麼時候才能見到他？」

那兩個年輕人互望了一眼，一個道：「他在展覽場，如果衛先生急著要去見他，我們可以帶路。那地方，沒有特別的通行證件，不能接近。」

另一個的神態，看來有點曖昧，講話也遲遲疑疑：「衛先生，你何不休息一下？喬森先生最近……情緒……很有點不穩定……他在工作，不喜歡有人去打擾他。」

我陡地呆了一呆，不禁氣往上沖，但對方看來是一個不怎麼懂事的小孩子，真不值得生他的氣。所以我忍了下來，冷冷地道：「第一，據我所知，全世界的人都會情緒不穩定，喬森先生決計不會。第二，我是他特地請來的人，要是他有半分不歡迎的表示，我立刻就走。」

我的話，已經是可能範圍之內最客氣的了，可是那年輕人還是聽得滿臉通紅，囁嚅著想爭辯什麼，但是又不知如何開口。

我倒有點不忍，伸手在他肩頭上拍了拍：「算了，帶我下去見他吧。」

那年輕人仍然脹紅了臉：「真的，喬森先生的情緒，很……不穩定。」

我聽得他一再這樣提及，心中倒也不禁疑惑。本來我已向門口走去，這時轉過身來：「他的情緒如何不穩定？」

那兩個年輕人又互望了一眼，那個脹紅了臉的道：「我們和喬森先生住在一個套房的兩間不同的房間中，房間和房間之間，隔著一個客廳……」

我不等他再講下去，就揮手打斷了他的話頭：「不必形容你們的居住環境，你只要告訴我他的情緒如何不穩定。」

那年輕人道：「接連幾天，他都講夢話。」

我一聽，忍不住哈哈大笑。那兩個年輕人都有惱怒神色。另一個急急地道：

「是真的，我們全聽到。」

我走前幾步，將雙手分別按在他們的肩上，本來是想向他們解釋的，但是繼而一想，何必對他們這種年輕人多費唇舌？所以，我就不再講，只是淡然一笑：「那也不算什麼，走吧。」

那兩個年輕人中的一個，看來比較容易衝動，而且固執：「他講的夢話很怪，來來去去都是那兩句。」

我忍無可忍，對他們的無知，十分生氣，沉下臉來：「聽著，人人都可能會說夢話，但只有喬森不可能。他是一個極出色的情報人員，曾經嚴格地自我訓練，不但不講夢話，而且還進一步，可以控制自己的意志，故意講夢話來迷惑旁人。能做到這一點的人，全世界不超過一百個，而喬森恰是其中之一。」

另外一個年輕人看出我真的生了氣，忙道：「那或許……是我們聽錯了。」

固執的那個卻還在堅持：「不，我們沒有聽錯，他說夢話，昨晚我們又聽到了。他在大聲說：『我沒有！我們沒有！你有嗎？你們有嗎？』」

我盯著那年輕人，他神情固執而倔強，我只好嘆了一聲：「或許他在對什麼人說話？」

那年輕人道：「不，只有他一個人在房間！」

我有點無可奈何地笑了起來：「值得再為這問題討論下去？」那固執的傢伙總算同意了，可是他還是咕噥了一句：「我講的全是事實。」

我沒有再接口，走過去開了門，向外走去。

這幾天，在這家酒店中的住客，全是來自世界各地的豪富顯貴，所以保安工作之嚴密，真是無出其右，除了各個顯貴住客自己帶來的私人保鏢之外，酒店方面也請了近百名保安人員。

我才走出房門，就看到四個典型的英國保安人員，在一間套房門口徘徊，那自然是根德公爵的護衛。另外，還有四個膚色黝黑，身材矮小，看來十分強悍的人，在盡頭處另一間套房之前守著，那可能是泰國公主的保鏢。而走廊中、電梯口、樓梯口，還有酒店方面的保安人員。

我和那兩個年輕人來到電梯口，等電梯到了，一起跨進去，電梯中的閉路電視攝像管在轉動著。電梯向下去，一直到了展覽會場的那一層停下來，我不禁被外面的陣仗，嚇了老大一跳。

全副武裝的警衛，守在川堂上、大門前，神情嚴肅，如臨大敵，看那情形，守衛得比希特勒當年的秘密大本營還嚴。

我們三個人才一跨出電梯，就有一個面目看來相當陰森的中年人大叫一聲：

「請停步。」

他雖然在「停步」之上，加了一個「請」字，但是語氣之中，殊乏敬意。

我根本不想聽從他的命令，但在我身邊的那個年輕人卻拉住了我。

那中年人走過來，用探測儀器繞著我的身子，上下打轉。在我身邊的年輕人已經道：「告訴喬森先生，衛斯理先生來了。」

立時有另一個人，按下了無線電通話儀，轉達這句話，會場的門打開，喬森出現在門口。我的忍受程度，到這時，也到了極限，一看到了喬森，我就大聲道：「喬森，你知道我在想什麼？我在想，我是不是應該向這裏的保安系統挑戰！」

我故意提高聲音，人人可以聽得到。一時之間，氣氛緊張。喬森向前走了兩步：「衛，他們開不起這種玩笑，對不起，一切不便，全由於我的命令。」

喬森才走出來的時候，我沒有好好打量他，這時聽得他一開口，聲音之中，充滿了疲倦，我不禁呆了一呆，喬森精力充沛，幾乎永無休止，聲音是他，可是實在又不像他，當我看清楚他時，我更加怔呆。

上次我見到他的時候，一頭紅髮，滿身肌肉，精力充沛，但這時，站在我面前的喬森，雖然紅髮依舊，身體看來也很強壯，但是卻一臉倦容，更令我驚訝的是，他全身的精力，彷彿全已消失無蹤了。

一個人看起來是不是精力充沛，或是無精打采，本來相當抽象。可是，我一看到喬森，這種感覺之強烈，實未曾有。我相信只要以前見過他的，都會有同樣的感覺。

我的神情，一定強烈表現了我的訝異，所以喬森立時伸手在他自己的臉上摸了一下，現出一個苦澀的神情：「我怎麼了？」

我嘆了一聲，過去和他握手：「你看來好像不是很好。」

喬森呆了一呆，嘆了一聲：「我……太疲倦了，這個展覽會，簡直要了我的命。」

我聽得他這樣講，對他十分同情，搖著頭：「何必那麼緊張，我看，不會比對付納粹更困難吧，有什麼我可以幫忙的地方？」

喬森的神情高興了一些：「有，我給你一個地址，你到那邊去見一個人。這個人是一個超級的珠寶竊賊，你要設法讓他知道，向這個展覽會下手，絕無可能成功……」

他說著，就在身上掏摸著，摸到第三個口袋，才取出了一個對摺了的信封，交了給我。看到他這樣的動作，我又不禁皺了皺眉：精神極端不集中，恍惚的人才會這樣！

我接過了信封：「我們什麼時候，喝一杯酒？」

喬森道：「晚上我來找你。」他招手把那面目陰森的中年人叫了過來：「衛斯理先生是我的好朋友，以後他可以自由進出，不要對他進行例行的保安手續。」

那人答應了一聲，我向會場中張望了一下，看到不少工程人員正在忙碌工作，喬森也一副立逼我去辦的樣子，我只好道：「好，晚上見。」

我自己一個人轉身走進電梯，到了大堂，拆開那信封，裏面有一個地址，和一張模糊不清的側面像。

喬森說我要去見的一個人是一個超級珠寶竊賊，照片雖然模糊，但我卻有十分熟悉的感覺。

地址，是紐約高級住宅區。

我想不到老遠趕來，會做這樣的事，雖然老大不願意，但既然答應了，也只好先做了再說，喬森辦事十分妥當，已替我準備了車子。

到了那個地址，我不禁躊躇起來。事情如何進行，很傷腦筋，我總不成上去按鈴：「你是超級珠寶竊賊嗎？」然後再說：「我來警告你，別打主意。」真是這樣子，不被人家送進精神病院去才怪。所以，下車之後，來到了那幢大廈門口，我還在想該如何進行才好。

那是一幢十分高級的住宅大廈，大門口一大片空地，豎立著一個高大的現代雕刻，我站在這個雕刻之旁，望著大廈。

大廈的門是玻璃的，可以看到用雲石鋪出的大堂，有兩個穿制服的司閽在。地址給我的是這幢大廈的頂樓。通常來說，這一類大廈的頂樓，是全幢大廈中最豪華的一個單位。

我在考慮如何進行，引起了那兩個司閽的注意。我看到他們先是交談了幾句，然後，其中一個打開了門，向我走了過來。

我不禁感到十分尷尬，同時心中也下了決定：如果他大聲呼喝趕我走的話，那麼，我就索性把他打昏，衝進去，再打昏另一個，我就可以上樓去見我所要見的人。

可是，接下來的情形，卻出乎意料之外，那司閽來到了我的面前，十分有禮：「先生，請問你是喬森先生派來的嗎？」

我陡地一呆，大是高興，忙道：「是，是。」

那司閽忙道：「頂樓的那位先生，等了你好幾天了，請進來。」

跟著他走到門口，裏面那司閽搶著來開門，我進去之後，給了他們相當可觀的打賞，兩人的態度更加恭敬。

一個司閽按動了對講機：「先生，喬森先生派來的人來了。」

第二部：奇怪的夢話

那個超級珠寶竊賊的氣派真不小，不但住在這種豪華的大廈頂樓，而且還有私用電梯，電梯由上面控制的。那也就是說，如果上面不放電梯下來，就不能上去。

電梯佈置精美，等到電梯門打開，我跨出去，是一個相當寬敞的川堂。一眼看到的，是一個佛像。那種鍍金的佛像，是來自印度或尼泊爾，是極有價值的古物。

我向前走去，繞過了佛像，走向兩扇木雕的大門，才來到門口，門就打了開來。

大門內，是一個佈置華美之極的客廳，客廳中並沒有人。

我一面打量著，一面問：「有人嗎？」

另一扇門打開，那是一間書房，我可以看到的那一面牆全是書，有一個聲音傳出來：「請進來。」

我進了書房，就看到有人坐在一張可以旋轉的絲絨安樂椅上，他正轉過來，面對我。我向那個人望去，那個人也向我望了過來。

我不嫌其煩地描寫我和這個「超級珠寶大盜」見面的經過，是因為結果實在太意外！

他轉過身來，一打照面，我呆住了。

而且，我絕對可以肯定，坐在安樂椅上的那個人也呆住了。

我們絕對未曾想到過會在這種情形下見面。同時，我心中也不禁暗罵喬森給我的照片，實在太模糊，只使我感到這個「珠寶大盜」有點眼熟，卻不足以令我知道是誰。

對方的吃驚程度，遠在我之上。他一看到了我，陡地站起，張大了口，神情驚詫之極，好像明明看清了是我，但還是不相信我會站在他的面前。

我在呆了一呆之後，伸手指著他，也不出聲。還是對方先打破了沉默：「怎麼會是你？衛斯理。」

這人總算開了口，我曾和他相處過一段相當長的時間，可是，這還是第一次聽到他講話，這個人，就是個子不高，頭半禿，看來極其普通，據說是靈魂學專家的金特先生。

我可以預期在這裏見到任何人，因為超級珠寶大盜，本來就最善於掩飾自己身分。就算我見到的人是已經被人槍殺了的約翰藍儂，我也不會更驚訝。

等他問了一句之後，我才定下了神來，吁了一口氣：「怎麼又會是你呢？金特先生？」

金特皺了皺眉，他不喜歡講話的毛病又發作了，擺了擺手，示意我坐下。由於在這裏見到金特，太意外了，所以我暫時不坐下，先來到酒櫃前，倒了一杯酒，一口喝下去，才坐了下來。

金特也坐了下來，望著我，我也望著他，兩人都好一會兒不講話。

我知道，剛才金特如果不是極度驚訝，他不會開口，這時，如果等他先講話，我可能要等好幾小時也沒有結果。

所以，我略欠了欠身子，先開了口：「我先要弄清楚，我是不是找錯了人。」

金特仍然不說話，只是望著我，我說道：「我是應該來見一個超級珠寶大盜的，喬森這樣告訴我。」

金特發出了一下悶哼聲：「錯了。」

我不知道他這樣說是什麼意思。他是說喬森錯了，他不是珠寶大盜？還是說我錯了，我要來見的人，根本不是他？

所以我道：「錯了是什麼意思，請你說明白一點！」

金特皺了皺眉，並沒有說話，現出一臉不耐煩的神情來，等於是在說：「真笨，這麼簡單的事，還要我多費唇舌。」

他的這種神情，惹惱了我。

本來，預期來見一個珠寶大盜，卻忽然見到了一個靈魂學家這種意外之極的事，十分有趣。可是偏偏這個人不喜歡講話，弄得一肚子悶氣。

我伸手指著他：「不管你是不是喜歡講話，我來見你，有話要對你說，而你顯然也在等我，你一定要說話，要說我聽得懂的完整句子，要不然，我立刻就走，你可以一個人保持沉默。」

剛才在大堂的時候，司閽曾告訴我他等了我好幾天，可知他在等喬森派來的人，一定也有事，我可沒法子和他打啞謎。所以先說明比較好。

金特聽了我的話之後，又沉默了一會兒，才道：「喬森錯了，我不偷珠寶。」

我「哼」地一聲：「那麼，偷珠寶的人在哪裏？叫他出來，我有話要對他說。」

金特卻又道：「就是我。」

我陡地向前俯了俯身，真忍不住要衝過去，打他一拳。雖然，我已經握了拳，但總算未曾打出去。不過，我也下定了決心，不再和這種人打交道，我把話交代過就算了。

我忍住了氣，也盡量用最簡短的話道：「據我所知，世上沒有任何人可以突破這次展覽的保安系統，你還是不要下手的好。」

我講完之後，站了起來，又去倒了一杯酒，一口喝乾。我不立即離開，是給他一點時間，去答覆我的話。可是他仍然不出聲。

金特不出聲就算了，我放下酒杯，向門口走去，到我快走出書房之際，才聽得他道：「我要一張請柬。」

我陡地一怔，剛才他的話雖然是莫名其妙，有一句我一定沒有聽錯，那就是他承認他就是來偷珠寶的人。

可是這時，他卻又要一張珠寶展覽會的請柬。我真的不知道他是一個什麼樣的白癡。也不知道他以為我或喬森是什麼樣的白癡，天下怎麼會有發請柬請偷珠寶的人來光顧這種事？

我轉過身來，盯著他看，他的神情，居然十分誠懇，像是他提出來的只是普通的要求，並非荒謬絕頂的事。

我又是好氣，又是好笑：「哦，你要一張請柬。請問，你要請柬來做什麼？」

金特又皺起了眉，在他的臉上，再度現出那種不耐煩的神色來。好像我問的那個問題，根本不值一答。

我大喝道：「回答。」

金特竟然也惱怒起來：「請柬，當然是要來可以進入會場。」

我仰天大笑了三聲，不過這種中國戲臺上特有的一種諷刺形式，金特未必知道，所以笑了三聲之後，沒有再笑下去。卻不料金特居然懂，他冷冷地問道：「何事發笑？」

我吁了一口氣：「你計畫偷珠寶，你想想，請柬怎麼會發給你？」

金特這次，居然立時有了回答：「有請柬，就不偷；沒有，就偷。」

他說得十分認真，我想反駁他，可是感到，和他再說下去，也不會有什麼結果，反正我的話已經帶到，他的話，我也可以轉給喬森，我的任務已經完成了。

我點頭道：「好，我向喬森轉達你的要求。不過，既然過去我們曾認識過，我勸你，就算沒有請柬，你也不要亂來，看來你無論如何不像是一個可以在這個展覽會中成功偷取珠寶的人。」

金特沒有反應——這是意料中的事，我走出書房，他也沒有送出來。

這個居住單位的面積相當大，還有著樓上，看來只有金特一個人居住。我在想：普索利爵士對金特這個人的瞭解太差，說什麼他曾在希臘的修道院居住過，又說他曾做過苦行僧。哼，全然不是那麼一回事。

出了那幢大廈，回到酒店，經過大堂時，一個職員交給了我一張條子，我打開一看，條子是喬森寫給我的：

「午夜左右，請到我的房間來。」

我並不覺得什麼奇怪，展覽會兩天後就開幕，看來他要連夜工作。

回到了自己的房間，休息了一會兒，和白素通了一個電話，在午夜之前十分鐘，我離開了房間，到了喬森居住的那一層，按了門鈴。來開門的，是那兩個年輕人中的一個，我道：「喬森約我來的。」

他「啊」地一聲：「喬森先生還沒有回來。」

我看了看時間，是午夜之前的五分鐘。做慣情報工作的人，一定會遵守時間。所以我說道：「不要緊，我等他。」

年輕人讓我進去，正如他曾說過的，進去是一個起居室，兩邊都有房間，我坐下之後，那一個固執的年輕人也走了出來。

我和他們打了招呼，閒聊著，時間已是零時二十分了，喬森還沒有出現。我開始有點不耐煩：「他在什麼地方？還在工作？」

那固執的道：「不知道，自晚上九時之後，就沒有再見過他。」

我不禁有點擔心：「經常這樣？」

兩人互望了一眼，一個道：「以前不是，這幾天……才這樣，有幾個小時行蹤不明。」

我吸了一口氣，向喬森的那間房間望了一眼：「還說夢話？」

兩人一起點了點頭，我走過去，在關著的房門上，叩了兩下：「房間的隔音設備不錯，他習慣開著房門睡覺？」

我這樣說，用意十分明顯，如果喬森關著門睡，他就算說夢話，兩人也聽不見。

固執的那個明白了我的意思，立時道：「沒有，他沒有這個習慣，我們也沒有。」

我陡地一呆：「什麼，你是說，喬森的夢話，隔著兩道門，你們也可以聽得見？」

那年輕人道：「不是聽得見，是被他吵醒的。」

我一時之間，不禁講不出話來，呆了半晌，只好道：「那麼，他不是在講夢話，是扯直了喉嚨在叫喊。」

兩人嘆了一聲：「差不多。」

我感到事情十分特別：「他叫的是……」

那固執的立時接上去：「他叫的是：『我沒有，我們沒有！你有？你們有？』」

我道：「那是什麼意思，你們沒有問？」

固執的那個道：「喬森先生很嚴肅，我們不敢詳細問，只是約略提了一下，他說他在說夢話，所以我們就以為他在說夢話。」

我越來越覺得奇怪，正想再問下去，有開門聲傳來，門打開，喬森出現在門口。他的樣子，像是剛和重量級拳手打完了十五個回合。

我不是說他的頭臉上有傷痕，而是他的那種神態，我很少看到過有人的神態會疲憊成這個樣子，他走進門來的時候，脖子像是濕麵粉一樣地下垂著。

我失聲道：「喬森，你從哪裏來？幹了什麼？」

一聽到我的聲音，喬森震了一震，抬起頭向我望來。這時候，我才知道喬森並不是疲倦，而是沮喪。他眼神散亂，所表現出來的那種極度沮喪的神情，真是令人吃驚。

不單是我，那兩個年輕人也張大了口，合不攏來，喬森一看到起居室有人在，陡然之間，吼叫了起來，他是在吼那兩個年輕人，聲音嘶啞：「你們為什麼還不去睡？」

那兩個年輕人嚇了一跳，忙道：「等……你！」

喬森繼續在罵：「有什麼好等，滾回你們自己的房間去。」

他一面叫著，一面極其失態地向前衝來，又大叫道：「快滾！」

這一下呼叫聲之大，令人耳際起著迴響。我在這時，突然想起了一點：隔了兩道門而可以將人吵醒的叫聲，一定就這樣大聲。

那兩個年輕人忙不迭進房去，立時將門關上。

喬森深深地吸了一口氣，伸手在臉上用力抹了兩下，坐了下來，雙手捧著頭，身子在微微發抖。

在這樣的情形下，我實在不知如何才好，只好問他：「怎麼啦？」

喬森過了好一會兒，才陡地站起，背對著我，倒了一大杯酒，一口喝乾。當他再轉過身來時，已經完全恢復了常態：「沒有什麼，你怎麼不喝點酒？」

我盯著他，眼睛一眨也不眨，心中在找著罵人的辭彙。老實說，我罵人的本領也不算差。可是我從來也未曾見過一個人厚顏無恥到這種程度，說謊說成這個樣子的。要找出罵這種人的話，倒真不容易。我不怒反笑：「好，喝酒。」

我也走過去，倒了一杯酒，然後，我舉起酒杯，對著他：「喬森，給你兩個選擇。」

喬森不明所以望著我，我又道：「你是願意我兜頭將這杯酒淋下來，還是拉開你的衣領將酒倒進去？」

喬森道：「開什麼玩笑！」

他這時候的神情，看來純真得像是一個嬰兒。我早就知道他做過地下工作，掩飾自己心中的秘密，正是他的特長，但卻不知道他在這方面的功夫，這樣爐火純青。

他既然有這樣的功夫，剛進來的時候怎會有那種可怕的神情？唯一的解釋是，他身受的遭遇實在太可怕，他無法掩飾。

我看著他，他全然若無其事。我嘆了一聲，喝乾了杯中的酒：「是我自己不好。」

喬森道：「你在說什麼？」

好傢伙，他反倒責問起我來了，我立時道：「是我自己不好，我以為我們是朋友。」

喬森笑了起來：「當然是，不然，我不會請你來幫忙。」

對於他這種假裝，我真是反感到了極點，人和人之間的關係，真正坦誠相對的少，互相欺騙的多。但是像這種公然當對方是白癡一樣的欺騙，卻也真是少見得很。

我氣得講不出話來，喬森倒很輕鬆：「你去見了那個珠寶竊賊？」

我心中暗嘆了一聲，想：這個人已經無可救藥了，就算我再將他當作朋友，也不行了。當我想到這一點的時候，我已有了主意。

我道：「是見了，我轉達了你的話，他提出了一個反要求。」

喬森的神情，立時充滿了機警：「要求？他想勒索什麼？」

我道：「他要一張這次展覽會的請柬。」

喬森怔了一怔，一時之間，像是沒有聽懂我的話，我又重複了一遍，我以為他一定會哈哈大笑了，誰知他聽清楚了之後，皺著眉，考慮得還很認真。

過了一會兒，他才道：「就是這個要求？」

我真已忍不住了：「那還不夠荒謬麼？」

他作了一個手勢，示意我不要說話，然後，他又想了一會兒：「可以的，他要請柬，我就給他一張。」

我先是一呆，接著，伸手在自己的額角上拍了一下，我實在無法明白自己是和一些什麼人在打交道！

好在我已經決定不再理會這件事，所以我漠不關心地道：「好，那是你的事。」

喬森望著我，想說什麼，但是我不等他開口，就道：「好了，這件事我已替你辦妥了，別的事，我再也沒有興趣，包括參觀那個珠覽展覽在內，明天一早，我就走了。」

喬森嘆了一聲：「為什麼？」

我也學足了他，淡然笑著：「不為什麼，什麼事也沒有。」

喬森在聽了我這樣回答之後，陡然激動了起來，大聲道：「沒有事，我知道，你是怪我有事瞞著你。是的，我有事情沒對你說，那又怎麼了？每一個人都有點事不想對人說，難道不可以嗎？」

他越說越是激動，像是火山突然爆發。我也料不到他忽然會變成這樣子，只好瞪著眼，聽他說下去。他一口氣說到這裏，才停了一停，然後又道：「那完全是我個人的事——什麼人都幫不了我，我的外形看來很痛苦，很失常？是的，我承認，我求求你，別試圖幫我，因為我自己知道自己的事，任何人都沒法幫我。」

他最後那幾句話，聲嘶力竭叫出來。我可以肯定，那兩個年輕人雖然被他趕進了房間去，但一定無法睡得著。

我等他講完，看著他急促地喘著氣，臉色由紅而青，我才嘆了一聲：「誰都會有麻煩。你不想我幫助，我也決不會多加理會。可是我仍然要離去，而且建議你辭職，因為看來你的精神狀態，不適宜擔任重要工作。」

喬森走過去，喝了一大口酒：「沒有什麼，我可以支持得住。」

我忍不住又說了一句話。

當時，我如果連這句話也不說，照我已決定了的行事，掉頭就走，就算再發生任何驚天動地的大事，也不關我的事了。

可是我卻偏偏又說了一句話，這怪我太喜歡說話。我道：「你剛才答應發請柬給珠寶竊賊，就不會有人說這是明智的決定。」

喬森立時道：「你去了？見到了那個人？」

我道：「我已經說過了，真好笑，這個人，是我的一個熟人，我從來也不知道他是什麼超級珠寶大盜，只知道他是……」

喬森接了口：「——靈魂學專家。」

喬森竟然早就知道金特是一個靈魂學專家！那他怎麼又說金特是珠寶大盜？我又想起金特的言詞也是那麼閃爍，他們兩個人究竟在搗什麼鬼？

我的好奇心被勾了起來，我看著喬森：「原來你早知道了？」

喬森道：「是的，他第一次來見我，自我介紹的時候，就這樣說。這個人，不很喜歡講話——坐下來，聽我說說我和他打交道的經過，我一直不知道他的目的是什麼，或許你可以幫我分析一下。」

這時，就算他不請我坐下，我也要逼他說出和金特相識的經過。所以，我坐了下來，等他說。

喬森想了一想：「那天下午，我正在忙著，開完了一個會，會場要絕對按照計畫來佈置，秘書說有一個人要見我，未經預約，說有十分重要的事。」

我搖著頭：「你完全可以不見這個人。」

喬森道：「當然，我立即說不見，可是秘書遞給了我一張紙條。」

喬森低嘆了一聲，停了片刻。我不知道他有什麼要沉吟思索。他先低聲說了一句：「那紙條是另一個人寫的，介紹金特先生來見我，叫我務必和他見一見面。」

我「哦」地一聲：「我明白了。寫這紙條的人，你不能拒絕。」

喬森道：「是，所以我……」

他急於向下講去，我卻打斷了他的話頭，說道：「等一等，你還沒有說，寫紙條給你的，是什麼人？」

喬森有點惱怒：「你別打岔好不好，是誰寫的都不是問題，問題是這個人要我那麼做，我就不能拒絕。」

我看得出，喬森的惱怒，是惱羞成怒，他一定又在隱瞞著什麼。不過我倒也同意他的話，紙條是誰寫的，並不重要。

當然，等到知道紙條是誰寫的，原來極其重要，已是以後的事了。

和金特見面的情形，後來我又向其他的人瞭解過，當時的實在情形如下：

秘書用疑惑的神情望著喬森，因為前十秒鐘，喬森先生連眼都不望她一下，就大聲吼叫：「叫他走，我什麼人也不見。」可是，他看了那紙條，就連聲道：「請他進來，請這位金特先生進來！」

秘書走了出去，帶著金特進來。喬森的工作又重要又繁忙，秘書帶著金特進來之際，有兩個職員也趁機走了進來，喬森立時指著那兩個人：「請在外面等我。」

同時，他又向秘書道：「我什麼人也不見，記得，任何人，任何電話，都別來打擾我，直到我取消這個命令為止，要絕對執行。」

秘書感到事態嚴重，連聲答應，那兩個想進來的職員，也連忙退了出去。

當職員和秘書退了出去之後，喬森的辦公室中發生了一些什麼事，他們就不知道了。兩個職員之中，有一個職位相當高，給喬森這樣趕走，不禁有點掛不住。所以當辦公室的門關上之後，他就問秘書：「那個禿子，是什麼大人物？」

那職員這樣問，當然是有道理的。因為在這間酒店中，大人物實在太多了，國王、公爵、將軍、公主、王子，什麼樣的大人物都有。

秘書聳了一下肩：「不知道，喬森先生好像從來也沒有聽過他的名字，本來不想見他的。」

那職員道：「為什麼又改變了主意？」

秘書道：「不知道，或許他是什麼重要人物介紹來的，他有一封介紹信。」

辦公室中，喬森和金特見面的情形，由於當時並沒有第三者在場，因此情形是喬森說的。

喬森望著金特，神情有點疑惑：「金特先生？」

金特道：「是，我是一個靈魂學專家。」

喬森有點啼笑皆非：「你找錯了人吧？我正在籌備一個大規模的珠寶展覽，不是要進行一個降靈會。」

金特並不解釋，他是一個不喜歡說話的人，所以只是直接提出了他的要求：「我要參加，並且要發表一篇簡短的演說。」

喬森笑了起來：「這沒有可能。」

金特堅持著：「我一定要。」

喬森有點惱怒：「絕無可能。」

金特甚至沒有再說什麼，只是盯著喬森看，眼神有著強迫之意。

喬森當然不會因為金特的這種眼光而屈服，他又重複了一遍：「絕無可能，別再浪費我的時間了。」

金特沒有說什麼，打開門，走出去，秘書正在工作，抬頭向他看了一眼，喬森則自辦公室中傳出了語聲：「剛才的命令取消，開始恢復工作。」

秘書不知道辦公室中發生了什麼事，但是有一件事，她印象十分深刻。那就是，在那兩個職員離去，到金特出來之際，她一直在打字，一共打了五封信。每封信的字數，是一百字左右。

秘書說她打字的速度不是很快，一分鐘大約只有五十個字，那麼，她打那五封信，至少花去十分鐘。

而喬森所說的，他和金特會面經過，只是講了幾句話，無論如何要不了十分鐘！

喬森向我說他和金特會面的情形時，我未曾想到這點，那是以後的事，在敘述的次序上，提前了一步。

而且，當我知道喬森另外還隱瞞了什麼，再憶起喬森的敘述，發現另有一點，就是喬森絕口不再提及那張紙條。

當時，我聽到喬森講到這裏，就道：「就是這樣？」

喬森「唔」了一聲。我對他講的經過很不滿，但是為何不滿，也講不出來，我只是道：「那麼，你又怎麼知道他是超級珠寶大盜呢？」

喬森笑了一下：「當時，他走了，我以為事情過去，誰知道過了幾天，他派人送了一封信來，信上，列舉了七個人的名字。這七個人的名字，旁人或許不怎樣，但是我看了，卻不免有點心驚。」

我有點不明白，喬森立時解釋道：「這七個人，全是世界上第一流的珠寶盜賊，金特在信上說，只要他下令，這七個人，會為他做任何事。那顯然是在威脅我。而他又給了我地址，說是如果我有了決定，就可以通知他。」

我問：「那張照片……」

喬森道：「既然有了地址，他又提出了威脅，我就派人去跟蹤他，他一直在屋子裏，沒有離開過，那張照片，是在對面的大廈，用遠距離攝影隔著窗子拍下來的。」

我迅速地想了一下：「你要我去見他，是幾時決定的？」

喬森道：「是他說那七名大盜可以聽令於他時，本來我想自己找他的，你來了，當然你是代表我的最好人選。」

我忽然想起一件事來：「很怪，他好像料定了你不會親自去一樣。」

喬森神情愕然，我道：「他住的那大廈的司閽，見了我就問是不是你派來的。那當然是金特交代他的。」

喬森半轉過頭去，對我這句話，一點反應也沒有。但是我卻看得出，他連望也不敢望我，這種神態，是故意做作出來的。

喬森的態度十分曖昧。儘管他掩飾得很好，但我看得出他一直在掩飾。

我表示了明顯的不滿：「他要參加，你準備答應他？」

喬森有點無可奈何：「雖然那七個人就算來生事，也不見得會怎樣，但總是麻煩。而且我也有向有關方面查過，金特這人的身分極神秘……」

我道：「是的，我對他也很瞭解，但卻不知道他從事珠寶盜竊工作。」

喬森道：「他自己從來也沒有偷過東西，但是那七個大盜，卻真的曾和他有過聯絡。一個月前，在日內瓦。你知道，那七個大盜，每一個都是國際刑警注意的目標，七個人忽然同時在日內瓦出現，國際刑警總部的緊張，可想而知。當時，正有一個油國高峰會議在日內瓦舉行，國際警方以為這七個人是在打阿拉伯人的主意，可是調查下來，卻不是，這七個人到日內瓦去，只是為了和一個叫金特的人見面。」

我覺得奇怪之極：「倒真看不出金特這樣神通廣大。」

第三部：沒落王朝末代王孫

喬森又道：「國際警方在這一個月來，動員了許多人力，調查金特這個人，可是卻查不出什麼，只知道他用的是以色列護照，可能是猶太人，行蹤詭秘，全然沒有犯罪的記錄。我就把他當超級珠寶竊賊，索性讓他來參加，加強監視，他也不能有所行動。」

他講到這裏，頓了一頓：「明天，你肯替我送請柬去？」

我的好奇心被勾引到不可遏制的地步，再也不想回去，一口答應：「好。你也該早些休息了，聽說你睡得不好，常作惡夢，講夢話講得非常大聲？」

我只不過是隨便說一句，可是喬森在剎那之間的反應之強烈，無出其右，他先是陡然間滿臉通紅，連耳根子都紅了，接著，咬牙切齒道：「多嘴的人，天下最可惡。」

他說的時候，雙手緊握著拳，那兩個年輕人如果這時在他身邊的話，我敢擔保，他一定會揮拳相向。

我倒要為那兩個年輕人辯護一下：「都要怪你自己的行動太怪異。」

喬森轉過身去：「不和你討論這個問題。」

當時，我也不以為這個問題有什麼大不了，他這種樣了，分明是內心有著不可告人的隱痛，不討論就不討論好了。我離開了他的房間。

回到了自己的房間之後，我不覺得疲倦，也沒有什麼可做，稍微休息了一會兒，就又出了房間，到酒店的酒吧中去坐坐。

我並無特殊目的，只不過是想消磨一下時間。進酒吧之前，我已經皺眉不已。酒店為了保安的理由，除了酒店的嘉賓之外，不再接待外來的客人。酒吧的門口，站著好幾個警衛，金睛火眼，盯著進去的人。像亞蘭德倫，人人都認得他，自然不必受什麼盤問，我就被問了足足一分鐘，雖然詢問的人，態度十分恭敬，但是那種冷漠的語氣，真叫人受不了。

酒吧中沒有鬧哄哄的氣氛。偌大的酒吧，只有七八個人，酒保苦著臉，連那隊四人的一流爵士樂隊，也顯得無精打采。

我在長櫃前坐下，要了一份酒，轉著酒杯。酒保是一個身形十分高大的黑人，正無聊地在抹著酒杯，我轉過身來，看著樂隊演奏。酒吧中那七八個客人，看來很臉熟，多半是曾在報紙雜誌上看到過他們的照片。

我喝完了一杯酒，實在覺得無趣，正想離開，忽然看到一個角落處，有一個人，站起身，搖搖晃晃，向我走來。

那人相當瘦削，約莫三十上下，衣著隨便，但即使燈光不夠明亮，也可以看出，他身上的一切，沒有一件不是精品。也正因為是這樣，所以才使他看來，隨便得那麼舒服。他來到了長櫃之前，離我並不遠，用極其純正的法語，叫了一種相當冷門的酒。

那身形高大的黑人酒保沒有聽懂，問了一聲，那人現出了一種含蓄的不耐煩的神色來，又重複了一遍，那酒保仍然沒有聽懂，有點不知所措的樣子。

我向酒保道：「這位先生要的是茴香酒加兩塊冰，冰塊一定要立方形。」

酒保連聲答應著，那人向我咧嘴笑了一笑，又用極純正的日語道：「我以為他聽得懂法語的。」

我實在無聊，對他的搭訕倒也不反對：「我是中國人。」

那人向我伸出手來，一開口，居然又是字正腔圓的京片子：「您好。」

我和他握手，一面打量他，我不想猜測他的身分，而是想弄清楚他是什麼地方的人，可是即使是這一點，也很難做得到。他看來像是一個歐亞混血兒，雖然瘦，可是一臉精悍之色，已經有了五六分酒意，仍然保持清醒，這種人的內心，多半極其鎮定，充滿了自信，也一定是個成功人物。

當我在打量他的時候，他同時也在打量我，兩人的手鬆開之後，他笑了笑說：「在這酒店中，兩個人相遇，而完全不知對方來歷，機會真不多。」

我喜歡他的幽默感：「我是無名小卒，我叫衛斯理。」

這時，酒保已經將酒送到了他的面前，他也已經拿起了酒杯來，可是一聽到我自我介紹，他手陡然一震，幾乎連酒都灑了出來。

他立時回復了鎮定，語調十分激動：「就是那個衛斯理？」

我呆了一呆：「我不知道還有什麼別的衛斯理。」

那人喃喃地道：「當然，當然，應該就是你。」他一口喝乾了酒：「我是但丁。」

看他說自己的名字的樣子，更是充滿了自信，我只把但丁這個名字和文學作品連在一起，所以我表現得並不熱切。

但丁顯然有點失望，再以充滿自信的語氣道：「但丁・鄂斯曼。」

我只好抱歉地笑了一笑，因為但丁和但丁・鄂斯曼，對我來說，完全一樣，是一個陌生的名字。我道：「你好，鄂斯曼先生。」

那人忽然激動了起來：「你對鄂斯曼這個姓，好像沒有什麼特別的印象？」

聽得他這樣講，我知道我應該對這個姓氏有印象，可是我實在不知道這個姓氏代表了什麼，我只好把我笑容中的抱歉成分，加深了幾分：「聽起來，好像是中亞細亞一帶的姓氏。閣下是……」

那人挺了挺胸：「但丁・鄂斯曼。」

他再一次重複他的名字，那表示我無論如何應該知道他是什麼人。可是我實在不知道他是何方神聖，而且我也不準備再表示抱歉了。我準備出言譏諷他，也就在那一剎那間，我腦中起了對鄂斯曼這個姓氏的一個印象，是以我用相當冷漠的語氣道：「自從鄂斯曼王朝在土耳其煙消雲散之後，這個姓少見得很。」

我本來是出言在譏諷他的，以為他聽了之後，一定會生氣。可是出乎意料之外，他突然之間，雙眼之中，射出異樣的光采，張開雙手，神情又高興又激動：「真了不起，我早知道你是一個了不起的人，所以我早就要來找你了。唉，鄂斯曼，現在又有誰能將這個姓氏，和顯赫了將近七百年的王朝聯繫在一起？歷史湮沒了一個王朝，甚至也湮沒了一個姓氏。」

他說得極其傷感，那不禁使我發怔，我道：「閣下是鄂斯曼王朝的……」

但丁•鄂斯曼立時點了點頭：「到目今為止，最後的一個傳人。」

我怔了一怔，一時之間，不知是放聲大笑好，還是同情他的好。土耳其的鄂斯曼王朝，在歷史上的確曾顯赫一時，但是自從一九二二年，土耳其革命成功之後，這個王朝已經覆亡，從來也未曾聽說過還有什麼傳人。眼前這個人，卻自稱是這個王朝的末代王孫。

我實在不明白他何以一定要堅持自己這個身分，這個身分，對他來說一點意義也沒有。或許，他攬鏡自照，可以稱自己一聲「王子」，甚至於封自己為「皇帝」。

然而，世上不會有人承認他的地位。俄國沙皇的小女兒的真假問題，曾經引起爭論，那是因為俄國沙皇在國外的鉅額財產的承繼權，冒充者有實質利益可得之故。而冒充鄂斯曼王朝的末代王孫，真不知道會有什麼好處。

本來，我對這個人相當欣賞，因為他外表上看來，那種冷漠的、傲然的自信，很給人好感，可是這時聽得他這麼說，不論是真是假，卻都叫人鄙夷。

我還算是厚道的了。不忍心太傷對方的自尊。所以，我在聽得他這樣說之後，只是「哦」地一聲：「那你得快點結婚生子才對，要不然，就沒有傳人接替你這個王朝了。」

這句話中的諷刺意味，是誰都聽得出來的。我一面說，一面已做了一些防備，怕他突然翻臉，惱羞成怒，兜心口打我一拳，或是將酒向我臉上潑過來。誰知道他聽了之後，竟然對我大生知己之感，長嘆一聲：「說得是，只是可惜，雖然每一個人都在做，但是對我來說，卻並不容易。」

但丁的這種反應，令得我不能再取笑他，我也不想再在他的身世上糾纏下去，只好轉移話題：「你剛才好像說過，你有事情要找我？」

但丁點點頭：「是。」

我向他舉了舉杯：「請問，有什麼事情？」

但丁的神情變得嚴肅而神秘，他的身子向前俯來，直視著我，一副將有重大事件宣布的樣子，聲音也壓得十分低，保證除了我之外，再也不會有第三者聽到：「我知道你的一些經歷，對應付特別的事故能力十分強，所以你是我合作的對象。」

對他的這種態度，我覺得好笑：「合作什麼？搶劫這個珠寶展覽會中的陳列品？」

我這句話一出口，但丁陡然之間，爆出一陣轟笑聲來。他剛才還鬼頭鬼腦，一副神秘莫測的樣子，突然那麼大聲笑，而且他還是和我相隔得如此之近，那不禁令我嚇了一大跳。

酒吧中的人雖然不多，但是他的轟笑聲來得實在太突兀，不但令得酒吧中所有人都向他望來，連在酒吧門口經過的幾個人，也錯愕地探進頭來，想知道究竟發生了什麼好笑的事情。一時之間，場面變得十分尷尬，我莫名其妙，不知道自己剛才那一句話，究竟有什麼值得大笑之處。

但丁笑了一陣，覺察到了自己的失態，止住了笑聲，又壓低了聲音：「這裏——好像不是很方便說話，而且我還有一點東西給你看，換一個地方？」

我心急想知道這個自稱為末代王孫的人，究竟一早就想找我，是為了什麼，反正我也沒有別的事，要送請柬給金特，又是明天的事，是以我無可無不可地點了點頭。

但丁道：「你的房間還是我的房間？」

我不禁苦笑，這句話，在酒吧之中說，通常是男女之間勾搭用的，而但丁卻一本正經地這樣問我，我只好答道：「你不是說還有東西給我看麼？那麼，就到你的房間去好了。」

但丁笑了一下：「東西我帶在身上，就到你的房間去。」

我向他身上看了一眼，他穿著剪裁十分合體的衣服，質地也相當名貴，可以看得出他的生活並不壞。自然，我看不出他身上有什麼特別的東西在。

我在帳單上簽了字，和但丁一起離開，來到了我的房間中，才一進房間，但丁就向我做了一個相當古怪的手勢。

一時之間，我還不知道他這個手勢是什麼意思，只好像傻瓜一樣地瞪著他。他又做了一遍，我還是不明白，只好道：「請你說，我不明白你的手勢。」

但丁將聲音壓得極低道：「你房間裏會不會有偷聽設備？」

我給他問得啼笑皆非。難怪我剛才看不懂他的手勢，原來他的手勢，代表了這樣一個古怪的問題。

我沒好氣地說道：「當然不會有。」

但丁卻還不識趣地盯了一句：「你肯定？」

我實在有忍無可忍之感，大聲道：「你有話要說，就說。沒有話要說，就請！」

我心中暗忖，自己不知道倒了什麼楣，碰到了這樣的三個人：金特根本不講話，就算說了，也只是幾個簡單得不能再簡單的字，還得花一番心思去猜他想表達什麼。喬森呢，語無倫次。而這個但丁，卻囉嗦得連脾氣再好的人，都無法忍受。

但丁不以為忤，笑了一下，還在四面張望，察看是不是有竊聽設備。總算，他感到滿意了：「衛先生，剛才我聽你說，搶劫這個珠寶展覽中的陳列品，我實在忍不住發笑。」

我翻著眼：「那有什麼好笑的？」

但丁揮著手，又現出了好笑的神情來：「這個展覽會中的陳列品，算得了什麼。」

我怔了一怔，但丁說得認真，口氣之大，難以形容。珠寶展覽的展品，還未曾陳列，放在銀行的保險庫中，如何從保險庫運到會場來，已經使得喬森傷透了腦筋，而各參展的珠寶，從世界各地集中到紐約來的時候，保安工作的陣仗之大，史無前例。

參展品的目錄，用最高級的印刷技術，印成了厚厚的一本書，我約略翻過這本書，幾百件珠寶珍飾之中，沒有一件不是精品。世界豪富階層，已經在爭相猜測，那串毫無瑕疵的，由十二塊、每塊十七克拉的紅寶石組成的項鍊，會歸誰所有；或是估計杜拜的酋長，是不是會將那七粒一套，獨一無二的天然粉紅鑽石鈕扣買下來，釘在他的襯衣之上。

而但丁卻說：「算得了什麼。」

我沒有反駁他的話，因為世上有許多話，根本不值得反駁。

我只是道：「好，那不算什麼，請問，什麼才算得了什麼？」

但丁聽得我這樣問，陡然之間興奮起來，眼睛射出光采，雙頰也有點發紅，這次，他的回答，倒十分直截了當：「我所擁有的那個寶藏。」

一聽得但丁這樣回答，我不禁倒抽了一口涼氣。

我曾經盤算過但丁這個人的真正身分，但是天地良心，在聽他這樣回答之前，我沒有想到，他是一個騙子。

一點也不錯，這時，我肯定他是一個騙子。

「一個寶藏！」這種話，只好去騙騙無知小兒，難怪他要自稱是鄂斯曼王朝的最後傳人，他的所謂「寶藏」，當然和這個王朝有關。或許他還能夠拿出「藏寶地圖」來，再加上一些看來殘舊得發了黃的「史料」，來證明確有其事。

然後，去發掘那寶藏。當然要有一筆資金，他有一個價值超過三億英鎊的寶藏，偏偏就缺少二萬鎊的發掘經費。於是，順理成章，他的合夥人，就應該拿這筆錢出來。而這筆錢一到了他的手裏，他就會去如黃鶴，再去找另外一個合夥人。

我在聽了他這句話之後，迅速地想著，然後，學他所說的那樣，我實在忍不住，陡然之間，轟笑了起來。我笑得如此之歡暢，尤其當我看到，我一開始笑，他就瞪大了眼，不知所措的那種樣子之後，我笑得更是開心。

我足足笑了好幾分鐘，才算是停了下來，一面抹著眼角笑出來的眼淚，一面道：「但丁．鄂斯曼先生，算了吧，你別在我身上浪費時間了。」

他仍然不知所措地望著我，我這時心中只有一個疑問，就是：像他這樣的八流騙子，不知是通過了什麼手法，弄到了這個展覽會的請柬的。

我友好地拍著他的肩，真的十分友好，同時道：「你肯聽忠告？你這種行騙的手法，太陳舊了，放在八百年前，或者有點用處。」

我這兩句話一出口，但丁的反應，奇怪到了極點，開始，他表情十足，像是完全不知道我在講些什麼。聽到了一半，他像是明白了。突然之間，滿臉通紅，面上肌肉抽搐，眼中充滿了憤怒，一伸手，抓住了我胸口的衣服，聲音嘶啞：「什麼？你把我當做一個騙子？」

我仍然笑著，伸手在他的手肘處，彈了一下。那一下剛好彈在他的麻筋之上，令得他的手鬆開。

我同情地搖著頭：「或許，你也可以被稱為一個偉大的演員。」

但丁仍然狠狠瞪地著我，我做了一個「請」的手勢，請他離開我的房間，但丁立時轉身，走向門口，這倒在我的意料之中，騙子被戳穿了而又有機會溜走，還有不走的麼？可是意外的是，他到了門口，突然又轉回身來，狠狠地瞪著我。

我雙臂交叉在胸前，神態悠閒，想看看他還有什麼花樣。

但丁瞪了我一會兒，突然伸手，解開了他褲子上皮帶的扣子，一面解，一面手在發抖，顯得他真的極度發怒。

我不禁愕然，不明白他何以忽然解起皮帶來，我揭穿了他的伎倆，他為什麼要脫褲子？

我正想再出言譏嘲他幾句，他已經解開了皮帶的扣子，那皮帶扣，看來是金的，然後，他用力一抽，將整條皮帶，抽了出來。

他雙手拉住了皮帶的兩端，將皮帶拉得筆直，然後，陡然將整條皮帶翻了過來。

在那一剎那之間，我只覺得眼前泛起了一陣眩目的光彩。那種光彩，不是強烈，但真正眩目。

在那條皮帶的背面，鑲著許多鑽石和寶石。或者說，不是許多，也不過十五六塊左右，但是每一塊發出來的光彩，都是這樣奪目，叫人嘆為觀止。

房間中的光線不是很強烈，可是那幾塊方型的鑽石，卻還是將光線折射得幻起一團彩暈。

這絕對出乎我意料之外，所以我不知道該說什麼才好。

但丁發出了一下冷笑聲，將皮帶翻了過去，鑽石和寶石反射出來的光彩，反映在他的臉上，看來十分奇特。他翻過皮帶之後，將皮帶穿進褲耳，再扣上扣子。

一直到這時候，我仍然驚訝得說不出話來，而他也什麼都不說，結好皮帶之後，轉過身，拉開門，一出門，就將門關上。

我真不知道剛才那半分鐘之間發生了什麼事，腦筋一下子轉不過來。

直到呆了一分鐘之久，我才搖了搖頭，揉了揉眼，恢復了鎮定。同時，也想起過但丁曾說，他有點東西要給我看，而東西他就帶在身邊。當然，他要給我看的東西，就是那些鑽石和寶石。

雖然我只是在相隔好幾公尺的距離下看了幾秒鐘，但是無論如何，我不會說那是假的。那一定是品質極高的鑽石和寶石，不然，不會有這樣眩目的，使人

進入夢幻境界的色彩。

一個我認定了是騙子的人，身邊竟然隨隨便便帶著那麼多奇珍異寶！這時，我當然不好意思追出去，請他回來，我立時想到了喬森。我連忙一轉身，來到電話前，撥了喬森房間的號碼。

電話響了又響，響了將近三分鐘，才有人接聽，喬森發出極憤怒的聲音：「到地獄去！你知道現在是什麼時候？你知道我在幹什麼？」

我怔了一怔，他最後那句話，聽得我莫名其妙，凌晨兩點，除了睡覺之外，還能幹什麼？

我立時道：「對不起，喬森，你和金髮女郎在幽會？我打擾你了？」

喬森停了片刻。我聽到他在發出喘息聲，心中多少有點抱歉，但喬森立時用聽來相當疲倦的聲音回答我：「別胡說八道。衛斯理，究竟有什麼事？」

我又向他道歉，然後道：「向你打聽一個人。」

喬森的聲音苦澀：「一定要在這時候？」

我道：「是的，反正你已經被吵醒了……」

我講到這裏，陡地頓了一頓，覺得我這樣說不是很妥當。因為喬森剛才還曾生氣地說：「你知道我在幹什麼？」由此可知，他並不是在睡覺，而是正在做著什麼事，那麼，我的電話就只是「打擾了」他，而不可能是「吵醒了」他。

所以，我忙更正道：「反正你在做的事，已經被我打斷了……」

誰知道，我還沒有講完，喬森突然用十分緊張的聲調道：「我沒有在做什麼，我正在睡覺，是被你吵醒的。」

我又呆了一呆，喬森在他自己的房間裏做什麼，那是他的自由，他為什麼要掩飾？而且，掩飾伎倆拙劣，使我想起喬森的言詞閃爍，行動神秘的種種情形來。

我可以肯定，在喬森的身上，一定有極不尋常的事情在發生。我心中在盤算著，不知道那是什麼性質的事情。

（這時，無論我怎麼想，都想那一定是和這個大規模的珠寶展覽有關聯。再也想不到這時，隨便我怎麼設想，事實竟會和我的設想，相去如此之遠，到了不可思議的程度。）

當時，我沒有揭穿喬森刻意掩飾，因為我急於想知道有關但丁的事。我道：「要知道一個人的底細，這個人的名字，叫但丁•鄂斯曼，他現在也是這間酒店的住客。」

我的話才一出口，喬森的聲音就緊張了起來：「你為什麼要打聽他？他做了些什麼？」

我倒被喬森這種緊張的聲音嚇了一大跳：「沒有什麼，你不必緊張，我只想知道……」

喬森不等我講完，就打斷了我的話頭：「這個人的背景複雜極了，電話裏講不明白……」他略頓了一頓：「我立刻到你房間裏來。」

我答應了一聲，已經準備放下電話，突然聽到電話之中，又傳來喬森的聲音。我聽到的喬森的聲音，只從電話中傳過來，並不是他對我說的。我猜測，情形應該是這樣：喬森說了要到我這裏來，我也答應了，我們兩人之間的對話已經結束了，我準備放下電話，他也準備放下電話來。

可是，就在他放下電話之際，他已經迫不及待地對他身邊的一個人講起話來，所以我才會在慢了一步的情形下，又聽到了他的聲音。

我聽得喬森用幾乎求饒的口氣在說：「求求你，別再來麻煩我了。我沒有，真的沒有，我不知道……」

我並沒有能聽完喬森的全部話語，因為他是一面講著，一面將電話聽筒放回電話機上去的，那一個動作所需時間極短。

當他將電話聽筒放回去之後，他又講了些什麼，我自然聽不到了。

我感到震動的是：喬森在對什麼人說話？他說的那幾句話，又是什麼意思？聽起來，像是有人正在向他逼問什麼，或者是要他拿出什麼東西來，所以他才會那樣說。照這情形看來，在我打電話給他之前，他正受著逼問，並不是在睡覺。

這真是怪不可言，喬森的能力我知道，有什麼人能夠對付他？當年，整個納粹德國的情報機構，也拿他無可奈何，如今有什麼人能夠令得他哀求「別再來麻煩我」？

我思緒紊亂之極，在那一霎間，我也想到喬森的兩個手下，那兩個年輕人說喬森曾不斷地「講夢話」，他所講的「夢話」中，似乎也有一句是「我沒有」。而所謂「夢話」，當然不是真的夢話，真的夢話不會喊叫出來！

我想來想去，想不出一個究竟，門上已傳來了敲門聲，我知道，直接向喬森詢問，如果他有心隱瞞不說，我一點辦法也沒有。

事實上，我已經用相當強烈的方法去逼問過他，結果是不得要領，我決定仔細觀察。看來發生在他身上的事，正令他感到極度的困擾，做為好朋友，自然要盡我一切力量去幫助他。

打開門，喬森脅下，夾著一只文件夾，走了進來。我看出他根本沒有睡過，雙眼之中，佈滿了紅絲。

他坐下，用手撫著臉：「這裏面是但丁·鄂斯曼的全部資料，這個人，你怎麼認識的？」

他說著，指著文件夾子，我在他對面坐了下來，取過文件夾，打開。裏面的資料並不多，包括了一份世界珠寶商協會的內部年報，一些表格，一些調查訪問的談話記錄，和一些照片。

喬森道：「等你看完了他的資料，我們再來詳細討論，先讓我休息一會兒。」

我點了點頭，一面看著有關但丁·鄂斯曼的資料，不時向喬森看一眼。喬森以一種十分怪異的姿勢坐著，看起來他並不是休息，而是在沉思。

他將身子盡量傾斜，坐在沙發上，頭靠在沙發的背上，臉向上，雙眼睜得很大，直勾勾地望著天花板上懸下來的那盞水晶燈。

我既然知道他有心事，也就不以為異，由得他去，自顧自看他帶來的資料。

喬森曾說但丁這個人的背景，十分複雜，真是一點也不錯。從所有的資料，綜合起來，簡略地介紹一下但丁·鄂斯曼這個人，也饒有趣味。

但丁·鄂斯曼自稱是土耳其鄂斯曼王朝的最後傳人，可是根據記錄，他卻在保加利亞出世。在鄂斯曼王朝的全盛時期，保加利亞曾是土耳其的附屬，兩地的關係，本來就很密切。

但丁的父親，是土耳其民主革命時期，在政局混亂中逃出來的一個宮中女子所生，出生地點，是在保加利亞皇族的一個古堡之中。說起來真是複雜，這個女子，逃出土耳其時，已經懷孕，她堅稱孩子是土耳其皇帝的。而當時，她一定也持有一定的皇族信物，所以才使保加利亞的貴族收留了她。至於她所持的信物是什麼，沒有人知道。

這個女子在保加利亞，生下了但丁的父親，但丁的父親長大之後，娶了一個保加利亞女子為妻，但丁的父親相當短命，在二次世界大戰中喪生，但丁也是遺腹子，出生於一九四四年。

誰都知道，一九四五年，大戰結束，保加利亞落入了蘇聯的掌握。那時，但丁的父親死了，可是他的祖母卻還健在，那女人十分有辦法，在大戰結束的第二年，就將但丁從保加利亞，帶到了瑞士。而但丁的母親，那個保加利亞女子，從此下落不明。

從這裏起，情形比較簡單，但丁和他的祖母在一起生活。必須一提的是：但丁的祖母，就是當年自土耳其皇宮中逃出來的那個宮女。

但丁在瑞士受初級和中等教育，在法國、德國和英國，受高等教育，精通好幾國的語言。而他最特出的才能是珠寶鑒定，似乎是與生俱來的本領。

有一則傳奇性的記載是：當他十二歲的那年，在一次的社交場合中，他就當眾指出，當時參加宴會的一個公爵夫人所佩戴的珍飾，其中有一半是假的。公爵夫人當時勃然大怒，還曾掌摑這個說話不知輕重的少年。

可是一個月後，這位公爵夫人卻親自登門，向這個少年道歉，因為她發現她的珍飾，的確有一半是假的。她的丈夫，那個落魄公爵將她的珍飾的一半拿去賣掉了，換了假的寶石來騙她。

但丁・鄂斯曼的這份本領，在他進入社會後，迅速為世界各地的大珠寶商所賞識。當一塊寶石放在他的面前，他只要凝視上三五分鐘，就能夠說出這塊寶石的來歷，包括曾為什麼人擁有過，是在什麼地方開採出來，用什麼方法琢磨過。有時，甚至還能指出這塊寶石的原石應該有多大，和這塊寶石原石琢成的其他寶石，應該是什麼形狀，等等。

他對寶石、鑽石質量的鑒定能力更強，一直到電腦鑒定系統出現之前，他的鑒定是最後的權威。甚至一直到現在，還有很多人，寧願相信他的鑒定，而不相信精密儀器。

令人迷惑的是，但丁本身，從未以擁有任何珠寶出名。但是接近他的人，都一致相信，在他的祖母手裏，有著一批稀世奇珍。因為這位老夫人來自鄂斯曼王室。而且，她十分富有，大戰結束後，她帶著但丁到了瑞士，一下子就買下了日內瓦湖邊一幢有十六間臥室的大別墅。但丁本身也有著花不完的錢，經濟來源自然是他祖母的支持。

令人相信但丁祖母手中，有著一批稀世奇珍的經過，也很偶然。有一次，一個法國珠寶商，買進了一套藍寶石首飾，質量之佳，無出其右，鑲工極其精緻，而有著明顯的中東風格。珠寶商通過律師買入，律師決不肯透露賣家的來歷。

珠寶商請但丁來鑒定，當時在場的人不少，人人都可以看到但丁在看到了這套珍飾之後的震動，他當時只說了兩句話，一句對珠寶商說：「這些藍寶石的真正價值，是你付出的價錢的十倍！」另一句，是他喃喃自語，給人家聽到的，他低嘆著：「祖母，你不該將這套藍寶石賣掉的。」這兩句話，引起了兩個後果。

第一個後果是這套藍寶石珍飾，後來在拍賣之中，果然以比珠寶商收購價格的十倍轉手。

第二個後果是人家相信，這珍飾的賣主，是但丁的祖母，也相信但丁祖母手上，還有著其他珍寶。

但丁一直過著花花公子的生活，在珠寶界和上層社會中，受到尊敬。珠寶界尊敬他的理由和上層社會尊敬他的理由一樣，全是由於他的特殊才能，幾乎每一個認識他的豪富，都想把自己的珍藏拿出來給他鑒定一下。

看完了但丁的資料，我不禁苦笑。

雖然他比普通人古怪，但是和「騙子」絕對搭不上關係。可是我卻偏偏把他當做了騙子！難怪他當時惱怒程度如此之甚。我吸了一口氣，合上了文件夾，去看喬森時，只見他仍然維持著原來的姿勢，不時眨一下眼。

我道：「這個人，比我想像中還要不簡單，他參加這次展覽……」

喬森欠了一下身子：「展覽品若被人看中，買主多半會要求由他來鑒定，所以他是大會的特級貴賓。不過我總覺得這個人古里古怪的，你和他之間，有什麼糾纏？」

我苦笑道：「我們在酒吧中偶遇，他向我提及了一個寶藏，我把他當騙子轟了出去。」

喬森聽了，先是一呆，接著哈哈大笑起來。他笑得很開心，這是這次我見到他之後，第一次看到他那麼開心，但是他笑了幾聲，立時又回復了沉鬱道：「他絕不會是騙子，這一點可以肯定。」

我又道：「他隨身所帶著的鑽石和寶石，我看比這個展覽會中的任何一件珍寶更好。」

第四部：我們的靈魂在哪裏

喬森聽得我這樣說，不禁呆了一呆，像是不明白我在說什麼。我就把但丁解下皮帶，將皮帶的反面對著我，而在他的皮帶的反面，有著許多鑽石的經過，向喬森講述了一遍。

喬森靜靜地聽著，並沒有表示什麼意見。等到我講完，他才「嗯」地一聲：「看來，傳說是真的。人家早就傳說，但丁的祖母，當年離開君士坦丁堡，帶走了一批奇珍異寶。」

我道：「那麼，照你看來，他向我提及的那個寶藏，是不是……」

我想聽聽喬森的意見，出乎我意料之外，好端端在和我講話的喬森，一聽得我這樣問，不等我講完話，陡然跳了起來。

接下來的一分鐘之內，喬森的行動之怪異，當真是奇特到了極點。

當然他的行動和言語，並不是怪誕到了不可思議的地步，而只是一個人在暴怒之後的正常反應。可是問題就在於：他絕對沒有理由暴怒，我什麼也沒有說，只不過提及了但丁所說的那個寶藏，想聽聽他的意見。

喬森自沙發上跳了起來，先是發出了一下如同夜梟被人燒了尾巴一樣的怪叫聲，然後，雙手緊握著拳，右拳揮舞著，看來像是要向我打來。

他的這種行動，已經將我嚇了一大跳，不但立即後退了一步，而且立時拿起一個沙發墊子來，以防他萬一揮拳相向，我可以抵擋。

可是他卻只是揮著拳，而他的臉色，變成了可怕的鐵青色，額上青筋綻起，聲嘶力竭地叫道：「你，什麼寶藏？說來說去，就是寶藏、珍寶、金錢！」

他叫得極大聲，我相信和我同樓的根德公爵、泰國公主他們，一定也可以聽到他的怪叫聲。

一時之間，實在不知道該做什麼才好，我只好道：「冷靜點，喬森，冷靜點。」

由於我根本不知道他為什麼要激動，所以也無從勸起，喬森繼續暴跳如雷：「錢、珍寶、權位，這些就是我們的靈魂？連你，衛斯理也真的這樣想，認為我們的靈魂，就是亮晶晶的石頭？」

不是看他說得那麼認真，我真將他當做神經病。他在這樣說的時候，一雙佈滿紅絲的眼睛，睜得老大，瞪著我，由他的眼中所射出來的那種光芒，充滿懷疑、怨恨、不平。

這時，我真不知道是發笑好，還是生氣好，只好也提高了聲音：「你他媽的胡說八道些什麼？」

喬森伸出手來，直指著我的鼻子：「你，你的靈魂在哪裏？」

他突然之間，從語無倫次變成問出了這樣嚴肅玄妙的一個問題。這個問題，別說我沒有準備，絕無法回答，就算在最冷靜的環境之下，給我充分的時間，我也一樣回答不出來。

所以，我只好張口結舌地望著他，而喬森神態轉變突兀，他問那句話的時候，聲勢洶洶，但我還沒有回答，他已經變得極度的悲哀，用近乎哭音問：「你的靈魂在哪裏？我的靈魂在哪裏？我們的靈魂在哪裏？衛斯理，你什麼都知道，求求你告訴我。」

他說到最後，雙手緊握著，手指和手指緊緊地扭在一起，扭得那麼用力，以致指節發白，而且發出「格格」的聲響。

照喬森這種情形看來，他實在想得到這個問題的答案，而且像是對這人類自從有了文明以來，就不斷有人思考的問題，立刻就希望獲得答案。

我不禁十分同情他。普通人情緒不穩定十分尋常。但是喬森，這種情形實在不應該發生在他的身上，如今既然發生，一定有極其重大的原因。

我迅速地轉著念，想先令他冷靜下來，他又在啞著聲叫道：「你是什麼都知道的人……」

我也必須大聲叫喊，才能令他聽到我。而且這種接近瘋狂的情緒會傳染，我自己也覺得漸漸有點不可克制起來。

我叫道：「我絕不是什麼都知道的人，世界上也沒有人什麼都知道。」

喬森的聲音更高，又伸手指著我：「你剛才提到了寶藏，我就像看到了你的靈魂。」

我真是啼笑皆非：「你才在問我的靈魂在什麼地方，又說看到了我的靈魂，既然看到了，又何必問我？」

這兩句話，我才一講出口，就非常後悔，因為我這兩句話有邏輯，因為，既然，何必，等等。而喬森這時，根本半瘋狂，和他去講道理，哪有什麼用處？

果然，我的話才一出口，他就吼叫道：「你的靈魂，就在那些珍寶裏面，所謂寶藏，藏的不是其他，就是人的靈魂，我們的靈魂。」

我疾轉過身去，拿起酒瓶，對準瓶口，「咕嘟」喝了一大口酒。酒有時能令人興奮，有時也會使人鎮定。我感到酒的暖流在身體之中流轉，我已經感到，從他自沙發上忽然跳起，倒並不是全部語無倫次，而有一定目的。不知道是由於他的表達能力差，還是我的領悟力差，我沒法子弄得明白他究竟想表達什麼。

我轉回身，喬森又坐了下來，雙手捧著頭，身子微微發抖，看來十分痛苦。

我向他走過去，手按在他的肩上，他立時又將手按在我的手背上，我道：「喬森，我不知道你究竟想表達些什麼，真的不明白。」

喬森呆了片刻，才抬起頭，向我望來，神情苦澀。他在不到十分鐘的時間之內，神情變化之大、之多，真是難以描述。

這時，他說：「算了，算我剛才什麼都沒有說過。對不起，我只是一時衝動。」

我皺著眉：「喬森，你在承受著什麼壓力？可不可以告訴我？」

喬森轉過頭去，不望向我：「你在胡說些什麼？誰會加壓力給我？」

我真是很生氣，冷笑一聲：「那麼，在我打電話給你的時候，誰在你的房間裏？」

喬森陡然震動了一下，但他真是一個傑出的情報人員，那一下震動，如此之短暫，不是我早留了意，根本看不出來。接著，他就打了一個哈哈：「什麼人在我房間？你這鬼靈精，你怎麼知道我在房間裏收留了一個女人？」

我替他感到悲哀，他以為自己承認風流，就可以將我騙過去，我本來不想太過問人家的事，如果這個人存心不告訴我。可是想用如此拙劣的手法來騙我，那可不成。

我立時冷笑了一聲：「你和那女人的對話，倒相當出眾。」接著，我就將在電話裏聽到的，喬森不是對我講的那句話，學了出來：「求求你，別再來麻煩我了，我沒有，真的沒有，我不知道……」

我學著他講話的腔調，自忖學得十分像。自然也是由於學得像的緣故，所以他一聽就知道我在說些什麼，他的臉色變得煞白。

喬森發出了一下怒吼聲，瞪著我：「我不知道你有偷聽人講話的習慣。」

我直指著他：「你的腦筋怎麼亂成這樣子，我有什麼可能偷聽到你的講話？是你自己性子太急，還沒有放下電話聽筒，就迫不及待地對另一個人講話，我才聽到了那幾句。」

喬森將雙手掩著臉，過了一會兒才放下來，道：「我們別再討論這些事了好不好？」

我用十分誠懇的聲音道：「喬森，我們是朋友，我想幫你。」

喬森忽然笑了起來，充滿嘲弄，我明白他的意思是在說我大言不慚，我說要幫他，而他則認定根本沒有人可以幫得了！

我瞭解喬森這個人，要在他的口中問出他不願說的事情來，那是極困難的事。

我大可以捨難求易，另外找尋途徑，去瞭解整個事實的真相。

所以，我攤了攤手，也不再表示什麼：「真對不起，耽擱了你的時間。」

喬森知道我在諷刺他，只是苦笑了一下，沒有再接下去，他站了起來。

喬森道：「但丁向你提及的寶藏，可能是真有的，他是鄂斯曼王朝的最後傳人，或許知道他祖上的一個秘密寶藏地點。」

我和他客客氣氣：「多謝你提醒我這一點，有適當的機會，我會向他道歉。」

喬森向外走去，到了門口，他又道：「給金特的請柬已經準備好了，要再麻煩你一次。」

想到要去見金特這個怪人，心中實在不是怎麼舒服，可是那既然是答應過的事，倒也不便反悔。

喬森打開門，走了出去，我看到門外走廊上的保安人員，在向他行禮。

喬森走了之後，我又將但丁的資料翻了一遍，沒有什麼新的發現。然後，我躺了下來，細細想著剛才喬森突然之際大失常態的那一段，回想著喬森所說過的每一個字，每一句話。

他所說的話不連貫，聽來毫無意義。乍一聽來，像是什麼道德學家在大聲疾呼，要重振世道人心。

他提到了人的靈魂，又說到了人的靈魂和鑽石、珍寶的一些關係，不明白他想表達什麼，再加上他逼問、哀求我，想知道人的靈魂在哪裏。

我翻來覆去想著，除了「這是一個精神失常者所講的一些莫名其妙的話」這個結論，想不出還有什麼別的可能。

我嘆了一聲，決定從明天起，要做一番工作，去查一查喬森的身上，究竟發生了什麼事。

第二天醒得相當遲，當我到樓下去進食之際，一個女職員拿了一個極精緻的大信封，來到我的面前：「衛先生，這是喬森先生吩咐交給你的，是給金特先生的一份請柬。」

我點了點頭，順口問：「喬森先生呢？」

女職員道：「我沒有看到他。」

到了金特所住的那幢大廈，兩個司閽一看到我，極其恭敬，瞎七搭八講了很多應酬話，我也不去理會他們。

司閽在我一進電梯就通知了金特，所以，我一走出電梯，居然看到這位神秘的、不愛講話的金特先生，當門而立，向我做了一個手勢，邀請我進去。

我跟著他走進去，將請柬交給他。

我沒有和金特寒暄說話的準備，已經轉身過去。可是出乎意料之外，金特居然叫住了我。叫住一個人，最簡單的叫法，應該是「等一等」，可是他只說了一個字：「等。」

我站在電梯門口，並不轉回身，等他再開口。金特卻沒有再出聲，我等了片刻，電梯門打開，他既然不出聲，我也沒有必要再等下去，所以電梯門一打開，就向前跨出了一步。

就在這時候，金特才又算是開了金口，這一次，他總算講了兩個字：「請等。」

我轉過身來，望著他，一字一頓：「如果你有什麼話要對我講，就必須以正常人的方式和我講話。像你這種講話方式，我實在受不了，也無法和你做正常的交談。」

金特皺著眉，我提出的是最起碼的要求，可是從他的神情看來，卻像那是最難做到的事，他倒真是在認真考慮，而且考慮了好幾分鐘之久，才嘆了一聲：「不愛講話，是我的習慣，因為我認為人與人之間，重要的是思想交流。」

他講了這幾句話之後，又頓了一頓，才又道：「語言交流可以作偽，思想交流不能。」

我道：「我同意你的說法，可是恕我愚魯，我沒有法子和你做思想交流。」

金特又望了我半天，一副無可奈何的神情：「是的，你很出色，但是思想交流，不行。」

我可以承認自己一點也不出色，可是他講話的這種神情語氣，我實在受不了，冷笑道：「請舉出一個例子來：誰能和你做思想交流？」

金特像是想不到我會這樣問他一樣，睜大了眼望著我，過了一會兒，才搖著頭：「沒有。」

我不肯放過他：「沒有人？這是什麼意思？如果沒有人可以和你作思想交

流，那就等於說，根本就沒有思想交流這回事。」

金特聽得我這樣說，只是淡然笑了一下，並不和我爭辯。

我也故意笑了起來：「對，普索利爵士第一次介紹我和你認識之際，曾提及你的專長，或許，你指的思想交流，是和靈魂一起進行，哈哈。」

我自以為說了一些他無法反駁的幽默話，但是金特卻仍然是淡然一笑，一點也不想和我爭辯。我倒也拿他沒有辦法，只好問：「你叫住了我，有什麼事？」

金特想了一想，才道：「告訴喬森，我要請柬，受人所託，那個——人對我說，他曾見過喬森，選擇了他做——對象，想——尋找搜索——唉，算了，我很久沒有講那麼多話了，有點詞不達意。」

金特非但講得詞不達意，而且斷斷續續，我要十分用心，才能將他講的話聽完，可是聽完之後，一點也不明白他講什麼。

我還在等他講下去，可是他卻揮著手，表示他的話已經講完了。

那時，我真不知道應該生氣還是笑，心裏想：這究竟是怎麼一回事？喬森和金特的話，都是那麼怪，那麼無法理解？

（後來，我才知道喬森和金特兩個人所講的根本是同一件事。這件事，的確不容易理解，難怪我一點也聽不懂。）

我又問道：「沒有別的話了？」

金特再想了一想：「喬森很受困擾……」

他講到這裏，我就陡然一震，金特怎麼知道喬森很受困擾？喬森這兩天的情形，用「精神受到困擾」來形容，再恰當也沒有。而且，我也正試圖要找出他為什麼會這樣的原因。所以，我忙道：「你知道他為什麼會這樣子？」

金特皺著眉：「他受一個問題的困擾，這個問題，唉，他回答不出，你可以對他說……」

他講到這裏，停了片刻，才又道：「你可以提議他，用『天國號』事件，做為回答。」

一聽得金特這樣講，我心中的疑惑，真是到了極點。

一時之間，我盯著金特，一句話也講不出來。

我可以肯定，喬森對金特並不是十分瞭解。可是這時，聽金特的話，他對喬森，卻極其瞭解。他知道喬森近來精神受到困擾，那還不算稀奇，可是連「天國號」的事情他也知道，那就有點不可思議。

所謂「天國號」事件，我在前面已經提及過，那是喬森在充當「沉船資料搜集員」期間的事。我聽喬森提起過這件事之後，根本無法證實實際上曾經有過這樣的一艘日本軍艦。

金特看到我望著他不說話，又再次做了一個手勢，表示他沒有話說了。

我呆了片刻：「你對喬森的瞭解，倒相當深。」

金特只是攤了攤手，我又道：「連『天國號』的事，你也知道？」

金特總算有了回答：「我也不很詳細，是……人家告訴我的。」

我還想問下去，金特已經下了逐客令：「對不起，我還有點事，不能陪你閒談了。」

我不禁叫了起來：「不是閒談！喬森的精神受到困擾，極度不安，有時還會突然之間，接近瘋狂，我是他的朋友，我要找出原因來。」

金特不耐煩地說：「問他。」

我怒道：「他不肯說。」

金特嘆了一聲：「他可以說，一定說了。他不能說，我也不能說。」

我真想伸出手去，一把抓住他胸前的衣服，把他拉過來，重重打他一個耳光。這傢伙，他不說他不知道，而說他不能說。

這就是說，他知道喬森精神受困擾的原因，可是不告訴我！我悶哼一聲，掉頭就走。悶了一肚子的氣，回到酒店，就衝進了喬森的辦公室。

喬森正在忙著，和幾個人在爭辯著什麼，我一進去，就對那幾個人大聲呼喝：「出去，我和喬森有話要說。」講完之後，我就用力向其中的一個人，推了一下，那人被我推得踉蹌跌出了三步。

其餘的人一看到我來勢洶洶，一時之間，也吃不準我是什麼來路，忙不迭地退了出去。

喬森對我的行為不以為然：「衛，你發什麼瘋？」

我冷冷地道：「一個人只有在忍無可忍的情形下，才會這樣。」

喬森皺著眉，我又道：「我見到了金特，他又向我說了一些語無倫次的話，他說你正受著一個問題的困擾，無法回答。」

喬森陡然一震，神情看來有點失魂落魄，喃喃自語：「他怎麼知道，他怎麼知道。」

我來到他的面前：「他不單知道，而且還告訴了我一個你可以答覆這個問題的方法。」

喬森更是大受震動，雙眼惘然：「能夠回答？怎麼回答？回答有？在哪裏？

回答沒有？怎麼會沒有？」

我真是聽得呆住了。喬森自問自答，提供了他受到困擾的那個問題究竟是什麼！

問題問他「是不是有著什麼東西？」。

可是我不明白有什麼難回答，有就有，沒有就沒有。

我一面想著，一面忍不住問他道：「那麼，究竟有還是沒有？」

喬森神情惘然之極。

他望著我，其實他根本看不到我，原因是他的思緒，正深深受著這個問題的困擾。他仍然在自言自語：「連你也這樣來問我，你也……」

他沒有講出第二遍來，門陡然打開，一個一望而知是大亨型的人物，怒氣沖沖走了進來：「喬森，你究竟在幹什麼？這是工作時間。」

這個人這樣講，我立時可以知道兩件事：一件是這個人可能是喬森的上司——我在一分鐘之後，就證實了這一點。

這個人是喬森工作的那個大保險聯盟的董事會主席，是世界著名的保險業鉅子。第二件事，我可以肯定，這個大亨型的人要倒楣了，喬森絕不會容忍任何人用這樣的態度來對他說話。

果然，那人的話才一出口，喬森的神情，就回復了常態，他先是冷冷地盯著那個大亨，盯得那大亨認為自己的臉上，爬滿了毛毛蟲。然後，他道：「對，工作時間不應該談私人的事。」

那大亨還有餘怒：「當然是。」

我已經忍不住「哈哈」笑了起來，喬森在我發出笑聲的同時：「那就算現在不是我的工作時間好了，主席先生，再見。」

他說著，就向外走了出去，我立時跟了出去，因為這是我早已料到的結果，所以，我和喬森幾乎是同時走出去的。那大亨僵在那裏，一時之間不知怎樣才好，我在他身邊經過的時候，我看到他半禿的腦袋上，已經隱隱有汗珠在冒出來。

走出了辦公室，我推了喬森一下：「真不好意思，累你失掉了工作。」

喬森道：「見他媽的鬼工作，衛，你也不能在這酒店住下去了，快搬走吧，我去處理一些事，就會來找你。」

喬森這時候，才算是我認識的喬森，我們一起哈哈大笑，身邊的人都莫名其妙地望著我們。

喬森說不幹就不幹，這真是痛快之極，他吩咐我搬出去，我當然從命，我拍了拍他的肩道：「如果你所受的那種困擾，是由工作而來……」

喬森不等我講完，就道：「絕不是。」

我道：「那好，金特說，你可以用『天國號』的事，來做回答。」

喬森呆了一呆，搖著頭：「行嗎？」

我有點啼笑皆非：「我根本不知道你的問題是什麼，怎麼知道行不行？」

喬森道：「對，我會和你詳細說……」他說了這一句，就對兩個站在他面前的工作人員叫道：「我已經不幹了，有什麼問題，請叫在工作時間中的董事會主席自己去解決。」

那兩個工作人員本來大概是有什麼事要向他請示的，給他這樣吼叫了一下，嚇得不知怎樣才好。他又轉過頭來向我道：「你等我，我會向你詳說一切經過。」

他說著，就匆匆向前，走了出去。這時，走廊中來往的人相當多，等他走了開去之後，我才陡地想起一件事來，他叫我搬出這家酒店，他不再為這個珠寶展覽工作，我再住下去，自然無趣。可是，搬離了這家酒店之後，住到什麼地方去，連我自己也不知道，他又怎麼和我聯絡？

一想到那一點，我立時叫道：「喬森，喬森。」

當我這樣叫的時候，他正轉過走廊，並沒有轉過身來。我忙向前奔去，當我轉了彎，不見喬森。那裏有好幾個出口，我正想找人問，看到了但丁•鄂斯曼帶著一副傲然的神情，迎面走來。

他一看到了我，立時十分憤怒。這是一個我向他表示歉意的好機會。我現出友好的笑容，向他迎了上去：「請問，有沒有看到喬森？」

但丁悶哼了一聲：「沒有。」

看來他有點不怎麼想理我，但是我卻看出，他其實很想和我講話。

我忙道：「由於一點意外，我會搬出這家酒店，你有什麼好的酒店可以推薦？」

我知道豪華享受是他的特長，所以我才這樣問他。果然，他的神情好看多了，立時背出了一連串一流酒店的名字，然後肯定了其中的一家：「我建議你住這一家，經理是我的好朋友，要是他回答你沒有空房間，你提我的名字。」

我道：「謝謝你，如果你有事情，可以到那裏來找我。」

但丁的自尊心相當強，他立時道：「我不會有什麼事找你。」

可是他在這樣說了之後，樣子又有點後悔，欲語又止，我笑著，向他眨著眼，指著他腰際的皮帶：「如果你不怕我將你身上所帶的珠寶搶走，你就應該有勇氣來見我。」

但丁一副又好氣又好笑的神情：「你這……」他本來不知道想罵我什麼，後來大概是怕得罪我，所以陡地住了口，隨即道：「這些，實在算不了什麼，據我的祖母說，我們家族的珍寶，是世界之最。」

我道：「關於這一點，我沒有疑問，鄂斯曼王朝統治歐亞兩洲大片土地達七百年之久。」

但丁高興了起來，主動伸出手來和我相握：「我會來找你，和你詳談。」

我忙道：「歡迎，歡迎。如果你見到喬森，請告訴他我住在你推薦的那家酒店。」

但丁聽得我這樣說，略皺了皺眉：「衛，話說在前頭，我要對你說的一切，不想有任何第三者參與。」

我立時道：「那當然，我不會廣作宣傳。」

但丁的樣子很高興，和剛才充滿敵意，大不相同。我和他分了手，去找喬森，問了幾個人，都說沒見到他，只好放棄了。

我雖然沒能告知喬森我將搬到哪裏去，但是我一點也不擔心，因為我素知喬森的能力，紐約雖大，我深信就算我躲在一條小巷子中，他也一樣可以找到我的。

我回到大堂，向酒店經理表示我要遷出。經理先是大為錯愕，接著卻高興莫名，立時轉頭吩咐一個職員：「快去通知哈遜親王，我們有一間一流套房，請他搬進來。」

我回到房中，收拾行李離開，搬進了但丁所推薦的那家酒店。

我知道很快就會有很多事做。第一，喬森會把他為什麼受到困擾的經過告訴我。我感到事情極其神秘，連喬森這樣出色，都會如此失常，可知事情絕不單純。

其次，但丁還會來向我提及他的那個「寶藏」，這至少是一件有趣的事。

略為休息一下之後，我離開酒店，到處逛逛，離開時吩咐了酒店，如果有人來找我，請他稍等，有電話來的話，記下打電話者的姓名和聯絡地址。

我逛了大約一小時，就回到了酒店，才回房間，就有人敲門，一個侍應生，用一隻純銀的盤子，托著一張紙條：「先生，你的信。」

我心中想，喬森果然了不起，一下子就查到我住在什麼地方了。可是當我向那張紙看去時，我不禁呆了一呆，紙摺成四方形，上面有我的英文名字，但也有幾個漢字：衛斯理先生啟。

這不是喬森給我的信，難道是但丁給的？我知道但丁會好幾國語言，但是我不認為他會寫這樣端正的漢字。

我拿起了那張紙，發了一會兒怔，才給了小帳，打開那張紙，更出乎意料之外，那是一封短信，而竟然是用日文寫的：

衛先生，喬森先生吩咐我先來見你。

我來的時候，適逢閣下外出，我會在一小時之後再來。

青木歸一謹上。

我心裏十分納罕。喬森果然已經知道我住到這家酒店，可是他為什麼自己不來，卻派了一個日本人來？這個叫青木歸一的日本人，又是何方神聖？喬森行事有點神出鬼沒。

大約過了不到半小時，敲門聲傳來，一個身材矮小的日本人站在門口。

他看來已有將近六十歲。頭髮亂，雙手搓弄著一頂舊帽子，上身穿著一件破舊的，有著好幾個洞的藍色舊毛衣，褲子皺得像麻花。最惹眼的是他赤著腳，拖著一雙舊皮鞋改成的拖鞋。

那日本人的衣著雖然破爛，但是氣度倒還可稱軒昂；他一看到了我，就鞠躬，行禮：「衛先生？我就是青木歸一。」

我也忙鞠躬還禮，我雖然不知道他的身分，但喬森要他來見我，一定有重大的原因。

第五部：「天國號」上不可思議的事

青木進來之後，神態有點拘束，我道：「請坐，青木先生是……」

青木的身子挺直：「日本海軍中尉。」

我有點覺得好笑，那個軍銜，當然是他在第二次世界大戰時的事。他看到我對他的身分，沒有什麼反應，又道：「我最後的職位，是『天國號』通訊室主任。」

我呆了一呆，「天國號」！我對「天國號」這個名字並不陌生，但我也曾對這艘所謂日本最大的軍艦做過調查：這艘軍艦根本不存在。

青木歸一曾在這艘軍艦上服役，似乎可以證明這艘軍艦存在？

即使這艘軍艦在極度的秘密之下存在，據喬森說，「天國號」上全體官兵，在知道了日本戰敗，無條件投降之後，已經因為主動沉艦而全部死亡，如何還會有一個生存者？

我十分疑惑，「嗯嗯」地答應著，青木伸手在他那件殘舊的毛衣內，取出了一個膠袋，再從膠袋之中，取出了一份證件，鄭而重之地交了給我。

證件打開，有他的照片，看起來極年輕，輪廓依稀，名字和軍銜、職位，也正如他所說。

這份證件極特別，在封底上註明：凡持有本證件之人員，必須明白本證件絕對機密，即使明知對方也持有同類證件，也決不能在他面前展示。持有本證件人員，必須嚴格遵守，若有違法，嚴厲懲處。

我看著這幾行說明，青木現出了一絲苦澀的笑容：「那是當時的事，現在，連軍法都不存在了，當然不會……有什麼懲處了。」

青木不解釋倒還好，他這樣一解釋，我倒有點吃驚。因為事情已經相隔超過了三十年，青木仍然有犯罪感。可知當時的告誡，何等嚴厲。

我為了尊重對方，把證件雙手還了給他，他又鄭而重之收起，我道：「這艘『天國號』，好像十分神秘，世人沒有多少人知道它的存在。」

青木道：「是的，它在建造的時候，已經嚴守秘密，在各地船廠造了零件，又運到琉球群島的一個小島上去組裝，當時除了主持其事的幾個海軍將領，誰也不知道有這樣一艘超級軍艦在建造。等到軍艦建成，調到艦上服役的，全是最優秀的海軍官兵，我們的艦長，是山本五十六大將……」

我一直在用心聽著青木的敘述，可是聽到他這一句話，就忍不住臉上變色：「青木先生，請你講事實，我不要聽神話。」

青木霍然站直了身子，看他的樣子，是盡量在抑制著激動，維持禮貌。以一種相當宏亮的聲音道：「衛先生，我在世界上只有一個朋友：喬森先生。喬森先生對我說，要我對你講出事實來，我現在講的是事實，不是神話。」

他的態度是如此嚴肅，倒使我感到有點不好意思：「對不起，我剛才沒有聽錯？你說的『天國號』的指揮官，是山本五十六大將？」

青木用極恭敬的語調大聲答道：「是。」

我真是又好氣又好笑，剛才我其實已經聽得很明白，山本五十六這個名字，在日語的發音上有點古怪，其中「五十」，和做為數字的「五十」發音不同，另外有一個讀法，不可能聽錯。

我也用認真的語氣道：「青木先生，世界上人人都知道，山本大將，死在他的座駕機上，他駕機被擊落，還能當什麼指揮官？」

青木壓低了聲音：「這是一個大秘密，衛先生，當我們獲知指揮官是山本大將時，我們也不能置信，當我們看到大將時才知道這個秘密。」

我不明白他說的「秘密」是什麼，瞪著眼看他，青木道：「所謂山本上將座駕機被擊落的經過，你知道？」

我「嗯」地一聲，點了點頭。當年日本海軍上將山本五十六的座駕機，由於密碼被盟軍情報人員截獲，盟軍飛機，在太平洋上空，進行截擊，將座駕機擊落，日本方面，也正式宣佈了他的死亡。簡單的經過，就是這樣，難道……我正在疑惑著，青木已經道：「一切經過，全是刻意安排的。故意洩露密碼，讓美軍以為大將在那架飛機上，使美軍將那架飛機擊落，然後，大本營方面，就宣佈大將死亡，而實際上，山本大將就是『天國號』計畫的主持人。」

青木的這一番話，讓我聽得目瞪口呆。山本五十六的死，盟軍方面，有把他座駕機擊落的紀錄片，可是紀錄片所記錄的，只不過是飛機中彈後散成碎片的鏡頭。要是山本五十六根本不在那架飛機上？

而事實上，山本五十六的屍體，一直沒有被發現。一般人都相信飛機在高空中被擊成碎片之後，機內人員的屍體，絕不可能再保持完整，當然找不到。但這也是山本用來掩飾他死亡的最好辦法。

青木一直望著我，過了一會兒，才道：「事情很難令人相信，而且知道的人極少，到現在為止，只有我可以絕對肯定這件事是事實。」

我吸了一口氣，我本來就可以接受任何不可思議的事，而且，青木所說的，也不算是荒謬透頂。假定在大戰後期，日本海軍有這樣一個秘密的計畫，玩了這樣的把戲，也不算特別不可想像。

假定青木所說的是事實，他剛才所講的最後一句話，我卻還有不明白之處，所以我問道：「怎麼會只有你一個人知道？當年『天國號』上，據說有接近兩千名官兵，他們……」

青木的神情，古怪而難以形容，像是疑惑，也像是恐懼。

我忙道：「對不起，聽說，『天國號』上全體官兵，都自殺了？」

青木喃喃地道：「可以這麼說，不過……不過當年發生在『天國號』上的事，實在很怪，怪到了不可思議的程度，真是……怪極了。」

青木在這樣說的時候，疑惑和驚恐交集的神情更甚。我對於「不可思議」、「實在很怪」的事，一直有莫大的興趣，尤其「天國號」充滿了神秘，再加上有山本五十六大將這一段戲劇化的事做引子，我相信發生在「天國號」上的事，一定極其有趣。

但是我也想到，我身上懸而未決的事夠多了，有喬森的事，有但丁的事，是不是還需要節外生枝，加上青木的事呢？

我遲疑了一下，決定放棄。

（我這時，當然不知道青木的故事，是和整件事有關聯的，甚至是整件事的關鍵。就像我這時，也不知道但丁的事和喬森的事有關聯。）

我用很委婉的語氣道：「青木先生，我對於你所說的事，有極度的興趣。可是最近我很忙，恐怕沒有餘暇去兼顧，所以……」

青木陡然瞪大了眼：「你不想聽我敘述當年的事？」

我十分不好意思地笑了一下，點了點頭。

青木現出不知所措的神情來，而且帶著點惱怒：「這……是什麼意思，喬森先生沒有對你說過？」

我攤了攤手：「說過什麼？你來看我，我事先一點也不知道。」青木顯得極其懊喪：「可是……可是喬森說，他要我先把當年在『天國號』上發生的事情告訴你，他還要我越詳細越好。」

我知道喬森不會做沒有作用的事，所以問道：「他沒有說是為了什麼？」

青木道：「沒有，他只是說，要我把一切經過告訴你，因為由我來說，細節比較詳盡，由他來轉述，或許會有錯漏。」

我「哦」地一聲。喬森要青木來對我講這件事，一定有極其重大的作用。

我倒了一杯酒給他，他一口喝乾。我再倒了一杯給他：「對不起，我一定會仔細聽你的敘述。」

青木又將杯中的酒，一口喝乾：「我會講得十分詳細，但是請你不要發問。因為其中有一些事，我只是把事實的經過講出來，究竟為什麼會發生這樣的事，我完全不知道。多少年來，我怎麼想，也想不明白。不單是我，我曾和喬森先生共同研究過，也一樣不明白。」

我道：「好的，請你說。」

於是，當年「天國號」上的海軍中尉，負責電訊室工作的青木歸一，就講出了那件不可思議的事。

他講得極詳細，也花了很久的時間，在他開始講述的時候，還不到中午。到了將近下午兩點的時候，我曾打斷了他的話頭，問他要不要吃點東西。

青木搖著頭說不要，我也沒有堅持。因為他所說的事，將我帶入了一個極其迷離的境界之中，使我一點也不覺得飢餓。

等到他講完，已經是傍晚時分，在他的聲音靜下來之後，我們兩人好久不出聲，天色已黑，我也不去著燈，由得房間中的光線越來越暗，我們兩個人，就像是在黑暗中靜止的幽靈。

以下，就是青木歸一所講的事。由於這件事，才產生了整個故事，所以我必須詳細記載，將時間拉到三十多年前，暫時拋開珠寶展覽會，喬森、金特和但丁．鄂斯曼等人。

青木中尉坐在電訊室的控制臺前，注視著有各種各樣刻度的儀表，全神貫注，絲毫不鬆懈。

電訊室中還有三個工作人員，四個年輕軍官的軍銜，全是中尉，可是上級卻指定他做為電訊室的負責人，這使得青木中尉分外感到驕傲，也特別感到責任重大。

青木幾乎每天在進入電訊室之前，都將上級把這個責任交給他時的訓話，重複一遍。他記得很清楚，那天，他進入了司令官室，那是整艘軍艦中最神聖的地方，全艦官兵，不論軍階多高，即使在經過距離司令官室還有二十公尺處，都會肅然起敬，因為他們都知道，在司令官室中的他們的司令官，是一位了不起的軍人，是一位世界上每一個人都以為他已經死了的偉大軍人。

青木在司令官室的門上敲了一下，就筆挺地站著。在來之前，他已經仔細檢查過他身上的制服，沒有絲毫不符合規定。

他站了沒有多久，就聽到一個很莊嚴的聲音道：「請進來。」

青木中尉推開門，首先看到的就是山本司令，山本司令的目光向他射來，他挺胸而立，大聲道：「海軍中尉青木歸一。」

山本司令打量了他約有半分鐘，就向身邊其他幾個高級軍官點了點頭：「好，很好，我初加入海軍的時候，年紀比他還輕……」

山本司令又講了些什麼，青木完全沒有聽進去，他只聽到山本司令在誇獎他，這令得他的心情激奮到了沸點。一個高級軍官向他做了一個手勢，令他走前幾步：「青木中尉，現在，委派你負責電訊室的工作，其餘軍官，在職務上，歸你指揮。」

青木大聲答應著，身子仍然筆挺。那高級軍官又道：「電訊室工作，極其重要，可以說是軍艦的五官，尤其是『天國號』的存在，幾乎不為世人所知，但是我們卻要知道世上發生的一切。我們必須通過電訊室來聽、說、聞，青木中尉，希望你盡力。」

青木大聲答應著，在高級軍官的示意下，立正敬禮，然後告退。

從那天起，青木中尉幾乎一天二十四小時，都在電訊室中，他的工作表現，令上級感到很滿意，幾次提出來表揚。可是，卻令他自己感到極度的沮喪。

「天國號」在太平洋中遊蕩，並沒有參加實際戰役。「天國號」的官兵，不管他們是不是真正明白，都知道這艘軍艦所擔負的任務，並不是戰鬥，而是替帝國的復興做準備。那也就是說，帝國這一次的失敗，已經不可挽回，他們要將「天國號」保留下來，等待復興。

「天國號」將來的任務如何，官兵也不擔心，那是高級將領的事。大戰的進展過程如何，普通官兵也無由得知，因為自從軍艦秘密自琉球群島的久未島啟航之後，就消失在浩淼無涯的海洋中，幾乎沒有人知道它的存在。艦上的官兵，和外界隔絕。

青木不同，他負責電訊室工作，是「天國號」和外界的唯一聯絡。每天，他收到的電訊，送到上級的辦公桌上的報告，他都要先過目。幾乎沒有一件是好消息，太平洋戰爭，日本節節失利，盟軍逐步反攻，每天都有日軍「放棄」太平洋中島嶼的電訊傳來。

青木中尉有時沮喪得雙手緊抱著頭，不知該如何對自己解釋，神聖的太平洋之戰，如何會落得這樣的一個下場？

問題在他腦際縈迴的次數，也越來越多：一旦日本勢力，被逐出整個太平洋，一艘軍艦，能起什麼作用？到那時候，「天國號」將如同孤魂野鬼，在浩淼的海洋上遊蕩。遊蕩到哪一年？哪一天？

海洋極其遼闊，一艘軍艦再大，和海洋相比，也顯得微不足道。但是，總有被發現的一天吧？到那時候，又怎麼樣？

青木雖然想到這些問題，但是絕對不能和任何人討論。電訊室中四個人，都默默工作著。

情形越來越壞。

最壞的兩天是電訊傳來了原子彈落在廣島和長崎，青木將報告送上去，高級將領正在開會，他聽得山本司令用一種幾乎絕望的聲音問道：「原子彈？原子彈是什麼東西？」

青木也不知道原子彈是什麼東西，山本司令的那種聲音，令他心碎。他心目中的偶像，應該是勝利象徵，竟然發出了這樣絕望的聲音。

當青木回到電訊室之後，他用雙手抱住了頭，感到了絕望。他所想到的只有兩個字：「完了。」

就在這時候，電訊又發出了聲響，青木抬起頭來，拋開了心中的念頭，將訊號記下。青木太熟悉他的工作，各種各樣的密碼，他都可以隨手翻譯。可是這時候，他卻呆住了。

他記下的訊號，看來完全沒有意義。青木立刻又檢查了一下，更是吃驚，訊號使用了一個極度機密的調頻發出。

這個調頻的來源是什麼機構，連青木也不知道。上級曾經吩咐過：有這個調頻的訊號傳來，立刻送上。

這是第一次收到來自這個調頻的訊號。

青木想到：這是超級密碼，只有長官才知道。一般來說，軍事機構內，電訊工作人員，都值得信任，但是為了預防萬一，也有的密碼，只有長官才知道。

青木記錄那些訊號，心中十分緊張，他知道那一定是極其重要的一個消息。

他接收這種訊息，才告一段落，電訊室中其餘兩個軍官，突然發出了一下慘叫聲，青木轉過身去，那兩個人額上冒著豆大的汗珠，面色灰敗，身子在發抖，雙手緊握著拳，在他們的面前，是電訊紙。

那兩人發出慘叫聲：「天皇宣佈無條件投降了。」

青木陡地震動，搶向前去，看著電訊，剎那之間，在他的額上，也冒出汗來，喉際發出怪異的聲響，天旋地轉，但是他很快就恢復了鎮定，用一種聽來極其嘶啞的聲音道：「請注意，電訊員不能私下討論電訊內容。」

那兩個人瞪著青木，像是一時之間，不知道青木在講些什麼，接著，兩個人忽然狂笑。看到他們的精神狀態是如此失常，青木陡然揚起了手，在他們的臉上重重掌摑著。

然後，青木又和他們擁在一起失聲痛哭。

日本天皇宣佈向盟軍無條件投降，這個消息，對日本人打擊之大，無以復加。青木自他的同僚手中接過電訊稿來，他是電訊室的負責人，他覺得這個如同雷劈一樣的消息，應該由他送到長官那裏去。

由於這個消息實在太使人震驚，所以青木一時之間，忘記了他自己收到的那個他所看不懂的密碼電訊，將之留在他的桌上。

青木拿著電訊稿，不斷抹著一直在湧出來的眼淚，腳步踉蹌，不顧一路上遇到的官兵向他投以奇訝的眼光，一直來到了司令官室前，大聲叫了報告，得到了回答，推門進去。

青木才一推開門，就發現司令官室內，幾乎集中了艦上所有的高級官員。那些將軍和佐官，挺直著身子，坐在一張長方形的桌子之旁，個個神情肅穆，像是早已料到了會有極嚴重的事情發生。

青木盡量使自己維持著軍人應有的步伐，向前走著，直來到山本司令官的面前，雙手將電訊稿送了上去，然後退了一步，筆挺地站立著。

他注意到，山本司令官在看著電訊稿的時候，雙手在微微發著抖。也許是他不想自己在眾多軍官面前太失態，所以他立時將雙手用力地按在桌面上。然後，他才低著頭，用一種十分嘶啞的聲音道：「各位，請記得今天這個日子，八月十日。日本天皇陛下向盟軍宣佈無條件投降。」

山本本來是挺直身子坐著的，當他講完這句話之後，忍不住身子伏向桌上。

作為一個通訊室的負責人，青木中尉送達了通訊稿，應該立即退出司令官室的，但是由於他心靈上所受到的震動，實在太甚，所以他站著沒有離開。

而當山本司令宣佈了電訊的內容後，先是一陣靜寂，靜到了一點聲音也沒有，接著，便是一下嚎叫聲，一個穿著少將制服的將軍，突然站起。

青木認得他是脾氣出名暴烈的作戰參謀長。他一站起，又發出了一下呼叫聲，陡然轉身，向司令官室的門口走去。

山本司令官在這時候，陡然直起身來，大聲呼喝：「等一等！」

可是那位少將，已經來到了司令官室的門口，身子挺得筆直，拔出佩槍來，對準了自己的太陽穴，扳動了槍機，身子緩緩倒了下去。

槍聲令得司令官室中所有的人全站起，山本司令官面肉抽搐，聲音嘶啞，神情激動，陡然之間，破口大罵了起來：「蠢材！這早已預料得到。我們預料了帝國的滅亡，所以才建造了這艘可以長期在海上生存的艦隻，我們懷有復興帝國的任務，一定要堅持下去！」

山本司令官越說越是激昂，可是在一旁的青木，卻看到他雙腿在劇烈發抖，而且，在他顫動的面肉上，淚珠隨面肉的抖動而散開。

就在這時候，青木中尉陡然衝動了起來，做了一件他千不該萬不該做下的事。或者說，做了一件使他和全艦官兵有了不同命運的事。

青木全然未曾經過任何思考，而是在衝動之下那樣做的。他會有這樣的衝動，是由於他在電訊室工作，知道更多的戰況，知道日軍的失敗全然無可挽回。

他當時，陡然之間，大聲道：「司令，你相信你自己所說的話？憑一艘軍艦，能夠復興帝國？」

青木的口齒，並不是怎麼伶俐，但這時那兩句話卻說得清晰無比。

他的話才一出口，就知道自己闖了大禍。山本司令官猛地一震，像是遭到了雷殛，一動不動，然後，慢慢轉過身來，面對著他。

當山本司令官轉過身來之際，青木中尉害怕到了極點，他心中只在想：當司令官望向我的時候，我一定會支持不住。

可是，當山本司令官面向他、望著他時，青木中尉還是筆直挺著，而且，直視著山本司令官，因為他看到山本司令官的神情，比他更害怕。

山本司令官的雙眼之中，充滿了恐懼。那種恐懼是經過了竭力掩飾之後的結果。正因為經過掩飾，所以更可以使人看出他內心真正的恐懼如何之甚。

山本司令官雖然流露出極度的恐懼，動作還是極快，他陡地取了佩用的手槍在手，舉了起來，直指著青木。

山本司令官由於早期受過傷，喪失了半截手指，所以在習慣上一直戴著白手套。青木在那一霎間，只覺得山本司令官的手套，閃動著一片奪目的白。他的腦中也變得一片空白，他甚至未曾想到自己會死在司令官的槍下。他知道，剛才對司令官的這樣不敬，在這種非常時期，司令官絕對有權開槍將他打死。

但是也就在那一霎間，他卻想起了那則神秘的電訊，就在槍口之下，他陡地大聲道：「報告司令官，從絕密的電臺調頻，有一則電訊！」

他在這樣叫的時候，視線已經模糊，看不到司令官的反應。

過了半分鐘，發現自己仍然站立著，這才知道山本司令官並沒有開槍。然後，他再定了定神，發覺司令官的手慢慢垂了下來，厲聲道：「為什麼不拿來？訓令說，來自這個調頻的電訊，要以最快的時間送給長官過目！」

青木並沒有解釋，只是人聲答應著，立時返身奔了出去。

他跨過了那個自殺的少將的屍體，直奔向電訊室。他感到一股難以形容的死氣，籠罩著整個艦隻，所見到的官兵，都大失常態，不是呆若木雞，就是像瘋子一樣，團團亂轉，在快到電訊室之前，他還看到兩個佐級軍官，正狠狠地在打著對方的耳光，臉早就紅腫了，可是他們還是一下又一下地打。

青木進了電訊室，他的兩個同僚，倒在椅子上，血流披面，已經死了，看來是自殺的。青木也早已麻木。他知道，消息一定已經傳出，所以艦上的官兵，才會有那麼反常的行動。

青木取過了那份他所看不懂的密碼通訊稿，又奔回司令官室。

他一來一去，大約花了五分鐘的時間。他發現所有的人，包括山本司令官員在內，都在他們原來的位置上，甚至連姿勢都沒有變動過。那也就是說，在這五分鐘之內，所有的高級軍官，也因為極度的震驚，而變得像是木頭人。

青木也顧不得禮節了，他來到山本司令官面前，甚至沒有立正，就將電訊稿交了給他。山本司令官接過了稿來，迅速地看著，口唇抖動，沒有出聲。從他的動作，青木可以肯定，他完全看得懂這份電訊的內容。那果然是高級軍官才看得懂的密碼，可能看得懂這種密碼的，只有山本司令官一個人。

山本司令官看電訊的時間極短。但在那短短的數十秒之間，他的神情卻發生了許多變化，先是驚訝、惱怒，接著，變成了一種無可奈何的悲傷，然後，當他看完之後，他抬頭向天，神情變得極度的茫然。

這種茫然的神情，並沒有維持了多久，他又低下頭來，看了那份電訊一眼。然後道：「各位，這是一則秘密命令，命令是要我們……不，是請求我們……請求我們全體……」

他接連重複了好幾次，無法繼續唸下去，然後，他陡地一偏頭，看到了站在一旁的青木。當他一看到青木的時候，他吼叫了起來：「你還站在這裏幹什麼？向憲兵組去報到，在單獨禁閉室中，等候發落。」

青木答應了一聲，轉身走了出去。

他走向憲兵組，發現艦隻上的情形更加反常，碰到的人，全都臉如死灰，顯然，無條件投降的消息，已經傳遍了全艦。

他來到了憲兵組，說明來意，憲兵組長只是隨便指著一個櫃子：「鑰匙在這裏，你自己開門，進禁閉室去吧。」

青木苦笑，他自己取鑰匙，走向禁閉室，打開了門，進去，將門關上，在小小的禁閉室的角落，雙手捧著頭，慢慢地蹲了下來。

這裏，值得注意，必須說明的是，艦上的禁閉室，面積十分小，空無一物。禁閉室的門，本來要在外面上鎖。但由於青木自己進來，根本沒有人在門外再將門鎖上。所以青木雖然在禁閉室中，他隨時可以走出去。

不過，他是經過嚴格訓練的軍官，司令官親自下令要他在禁閉室中等候發落，若不是有非常事故，他不會走出去。

他心中所想到的只是一點，這也是艦上的官兵每一個人都在想的事：他們完了。日軍戰敗了，亡國了，什麼都沒有了，一艘軍艦設備再好，鬥志再強，也絕對不能使歷史改寫。

青木蹲了不知道多久，才聽到了一陣「嗚嗚」聲響，那是最緊急的全體官兵集合令，艦上的人，一聽到這緊急集合令，都會跳起來，奔到甲板上去，青木也不例外，他立時站起，向外奔去。他才奔出一步，就幾乎直撞在門上，他也想起自己在禁閉室中，可以不必參加緊急集合。

他呆呆地站在門後，聽到許多雜遝的腳步聲在門外傳過，由急急去甲板集合的官兵所發出。

嗚嗚的響號聲持續了五分鐘，比平時演習的時候長了一倍，可知秩序有點混亂。等到響號聲停了下來之後，青木只覺得異乎尋常的沉寂。然後，又過了大約一分鐘，才聽到了山本司令官的聲音。

聲音通過了擴音器傳出，聽起來有著迴響。青木也可以清楚地聽到山本司令官的話。

山本司令官宣佈了日本的戰敗，天皇宣佈了無條件投降的消息。接著，他用一種聽來十分刺耳、高亢的聲音又道：「全體官兵，我接到最新秘密指令，我們全體官兵，要一體殉國！」

青木震動了一下，沒有出聲，只是呆立著。

他看不到甲板上近千名官兵的反應，但是猜想起來，應該和他一樣，那是一種絕望的麻木。精選出來的軍人不會反對殉國，但是生命畢竟是自己的，在紀律和軍令下要結束生命，只怕人人都會同樣麻木。

山本司令官的聲音聽來也變得平板，他在繼續著：「主機械艙上，已經裝好了炸藥，我們的艦隻，會在十分鐘之後，開始下沉。在爆炸發生之前，上司的密令說，會有使者，來察視我們的靈魂！」

青木聽不懂這句話是什麼意思，也不明白山本司令官何以忽然講了這樣一句話。

戰敗了，要殉國，軍人早已有思想準備。在一陣麻木之後，相信每一個人都會接受這個事實，只要山本司令官宣佈一聲，就不會有人逃避。

察看靈魂，這有點近乎滑稽了？

青木正想著，山本司令官的聲音又響了起來：「在我講完話之後，到爆炸發生之前，使者就會來到，大家請靜候。」

山本司令官的話到這裏為止，接著另一個將軍，領導著叫了十來句口號，全體官兵跟著叫喊。連在禁閉室中的青木，也受到這種群體意識感染，起勁地叫著。

在這一刻，生命的結束與否，反倒不重要了。重要的是自己是不是跟著大家一起行動。如果自己一個人偷生，那就是背叛。在集體生活中，個人意識被削弱到最低程度，更何況是在這樣悲憤的時刻。

青木仍然不瞭解什麼叫做「使者會來到」。「天國號」和外界完全隔絕，根本不可能有什麼使者來到艦上。青木也沒有去深一層想，他只是想到，爆炸一發生，艦隻下沉，艦上的官兵，自然全體遇難，不會有一個倖存。

而這時，大家都在甲板上，只有他一個人在禁閉室中，他可不願意當海水湧進禁閉室的時候，死在禁閉室中，他必須出去，到甲板上去，和其他所有的官兵在一起。

他強烈地有著這個願望，他並沒有立即開始行動，而還在猶豫，因為沒有上級的命令，要他推開禁閉室的門走出去，在他的意識中，那是大逆不道的事。他希望在這幾分鐘之內，山本司令官會突然記起了他，把他從禁閉室中放出來，讓他和艦上其他的官兵在一起。

他等著，時間飛快地過去，大約等了三分鐘。在這段時間內，艦上靜得一點聲音也沒有。然後，是一陣奇異的「劈劈啪啪」聲響。

他立時想：啊，爆炸就快開始，我不能再等了。

有了這樣的念頭，他立時打開門，向外疾奔出去。到甲板，要經過一條走廊和幾道梯級。那種「劈啪」的、如同電花在連續爆炸一樣的聲響聽來更清晰。

青木奔出了走廊，正準備衝上一道梯級，他陡地呆住了。

他看到了幾乎不能相信自己眼睛的奇異現象：

在艦隻上空，約莫兩百呎高，有一個看來相當巨大的光環，這個光環，發出強烈的光芒，以致青木在一看之下，第一個感覺是：太陽墜下來了。然而那並不是太陽，那是一個巨大的光環。光環在緩緩轉動著，自光環之中，射出許多細小的、筆直的光線，射向甲板。

青木還看不到甲板上的情形，只看到那無數股光線，射向甲板，那些光線發自緩緩轉動的光環，發出聲響，沿著光線，可以看到不斷在閃耀著爆裂的耀目火花。他完全無法想像這究竟是什麼現象。

前後只不過極短的時間，所有自光環中射下來的光線，陡然消失，在那無數股細光線消失之後，大光環卻忽然閃了一閃，以極高的速度——簡直不是速度，只不過閃了兩閃，就消失了。

那大光環在連閃兩閃之際，所發出的光芒之強烈，令得青木在一剎那之間，什麼也看不見，他定了定神，開始奔上梯級，那個留在他視網膜上的紅色環形虛影，一直在他的眼前。

青木只用了極短的時間，就奔上了梯級，可以看到甲板上的情形。甲板上滿滿是人，所有的人，全倒在甲板上，景象恐怖到了極點。

青木不由自主地大叫了一聲，繼續向上奔去，然後，以最快的速度衝向甲板。他可以看到，眾多的將領，倒在司令臺上。只有山本司令官例外，他的身子靠在欄杆上，頭向下垂，連帽子也跌了下來。

青木立即發現，所有的人全死了，毫無疑問，所有的人全死了。整艘軍艦上，只有他一個人還活著。

他像瘋了一樣，去推甲板上的死人，他只推了不到十個，爆炸已經發生，爆炸是如此之強烈，令得甲板上的死人，大都彈跳起來，看起來就像是所有的死人，在一剎那間，都變成了僵屍。

強烈的爆炸一下接一下，足足維持了三分鐘。青木被拋向東又拋向西，不斷跌落在已死去的官兵的屍體上。

爆炸停止，青木第一個感覺是海變成了斜面，當然，海不會傾斜，傾斜的是船身：軍艦很快就會沉沒了。

在那一霎間，青木的求生意志，油然而生，他向前奔去，奔到了救生艇旁，解下了一艘，他從已傾斜了的艦身，向海中跳去，游著，登上了救生艇。

青木眼看著「天國號」沉進了水中。雖然全體官兵都在甲板上，但是青木卻未曾看到一個人浮起來，因為艦隻下沉之際所扯起的巨大漩渦，將人全都捲進了海底。

當然，屍體有機會浮起來。但是，海洋中有那麼多水族在等著啃吃屍體！

青木在海上漂流了兩天，才登上了一個小島。那個小島在幾個月前，曾經發生過美軍和日軍激烈的爭奪，雙方的炮火，將之轟成了一片焦土。青木在上岸之後，一個人也沒有遇到，只看到許多白骨，和東倒西歪的樹木。

第六部：不知大光環是什麼

海上漂流兩天，青木腦中渾渾噩噩，根本無法去細想。他一閉上眼，就看到那個高懸在空中的大光環，和自大光環中射出來的無數迸射著火花的光線。他完全不知道那是什麼。但是他卻可以肯定，「天國號」上近兩千官兵，全被那個大光環中射下來的光線殺死。青木在上岸之後，找到了一些美軍補給品賴以維生。

青木只能想像這樣的大光環，這樣的光線，是盟軍方面的一種新武器，說不定就是「原子彈」，才會有那麼巨大的殺傷力，令得「天國號」全艦官兵，除了他一個人之外，全部死亡。

而他，青木歸一中尉，因為事先在禁閉室中，而不是在甲板上，所以發自大光環的光線就沒有射中他，他是唯一的倖存者。

在小島上住了幾天，一小隊美軍來清理戰場，發現了他。青木會講英語，自稱是島上日軍的唯一殘存，就被當做戰俘，沒有隔多久，經由琉球遣回日本本土。

青木在回到日本之後，遭遇也相當奇特，可以簡單地敘述一下。戰敗之後的日本，陷入一片絕望和混亂。青木是長崎人，那是第二顆原子彈爆炸的地方，他根本無法在廢墟之中找到他的任何親人。

他想以軍人的身分去登記，可是卻發現，有關他的紀錄，完全不存在，也就是說，海軍中根本沒有他這個人的任何紀錄。

青木知道，這是「天國號」上所有官兵同樣的遭遇，連山本五十六大將也不能例外。

青木歸一全然沒有社會依據，他開始在日本各地流浪，做一點低微的工作。幸而戰後日本工業迅速復興，他在一家電工廠找到了一份工作。

對於別的軍人來說，戰爭是一場惡夢，對於青木來說，戰爭更是惡夢中的惡夢。當他回到日本之後，他很快就知道了原子彈是怎麼一回事，也可以肯定，他看到的那個大光環，不是原子彈。

那大光環是什麼武器，青木一直不知道。搜集武器新知，成了他的業餘嗜好，經過了二十年之後，他可以說是這方面的專家。但是，他卻仍然無法知道那大光環是什麼。

青木如果不是在一個偶然的機會之中認識了喬森，他的一生，可能就此度過，他心中的秘密，也永遠不會有人知道。

他一直不甘心海軍軍官的身分被抹殺。所以，一有空，就奔走有關機關，想得到身分的承認。

可是，不論在哪一個機關，當他說到最後的服役船隻叫做「天國號」時，一定被人轟了出來，罵他是神經病。

青木曾利用過他的積蓄，在報紙上登廣告，徵求當年他在海軍軍官學校的同學，出來證明他的身分。他一共收到了七封信，一致指斥他是一個冒充者。據這七位來信者所說，他們的同學，青木歸一中尉，早已在戰爭中英勇殉國。

青木還是不甘心，他知道海上防衛廳有一個專門處理戰時失蹤官兵的部門，一有空，就向這個部門跑，而且幾乎每次，都和這個部門的辦事人員吵架，吵得很兇，以致那個部門的人一見到他，就向他敬禮，稱他為「天國號」艦長。

而青木也照例以十分嚴肅的神情道：「胡說，『天國號』的艦長，是山本五十六大將。」

每次當他這樣說的時候，聽到的人，都免不了要捧腹大笑，那一次，也不例外，但是他卻發現其中有一個沒有笑。

被人笑慣了，有一人居然不笑，青木反倒感到意外，他瞪著那人道：「你為什麼不笑？」

那人的回答很妙：「我不覺得好笑。我叫喬森，專門調查世上失蹤、沉沒的船隻，你自稱曾在一艘叫『天國號』的軍艦上服役？」

青木大聲道：「是。」

旁邊的人又笑了起來，那個叫喬森的人，仍然不笑：「青木先生，你可以和我談談有關『天國號』的事？」

青木臉上變色：「那怎麼可以？這是國家最高度的機密。」

旁邊的人到這時，更是笑得直不起身子來，有一個胖子，捧著肚子，直叫「哎呀」。

而喬森的態度，和青木一樣嚴肅：「事實上，你剛才已經洩露了秘密，你曾說『天國號』上的司令官，是山本五十六大將。」

青木的臉色變了，喃喃地道：「我不是故意的，而且事情過去了那麼多年。」

喬森拍了拍青木的肩頭：「是啊，既然事情過去了那麼多年，還有什麼秘密可言？」

他說著，就抓著青木的手臂，走了出去，在一家酒吧之中，幾杯酒下肚，青木的話就多了，終於，他將「天國號」的事，源源本本告訴了喬森。

喬森在調查戰時日本海軍艦隻沉沒的資料時，發現了一件十分奇怪的事，就是在原來海軍部的舊檔案之中，有一份文件，提及首相府和海軍之間的一個特別調頻通訊。他知道所有日本海軍艦隻，一來，都不和首相府做直接通訊，能和海軍大臣做直接通訊的也寥寥可數。二來，這個調頻十分古怪，只宜做長距離的傳播。

喬森腦筋靈活，想像力豐富，他立時想到，日本海軍方面，是不是曾秘密建造過一艘軍艦呢？他一直在調查這件事，可是不論他如何努力，始終一無所得。直到他聽說有一個「怪人」，不時到海上防衛廳去吵，自稱曾在一艘根本不存在的兵艦「天國號」上服役過，他才開始留意。

青木對喬森的敘述，喬森聽了大喜過望。當時，喬森就要求青木和他一起到南太平洋去找尋沉在海底的「天國號」，青木一口答應。

雖然喬森追查沉沒船隻，已經建立了極良好的信譽，但是這艘「天國號」，實在太無稽，以致完全沒有人肯出錢來支持。喬森卻深信青木的敘述，把他所有的積蓄，全部拿了出來，而且還借了一大筆債，要來做打撈之用。

他們先到了青木在海上漂流兩天後到達的那個小島，然後，根據當時的氣象資料，研究、確定了風向和水流方向，判定「天國號」沉沒時所在的位置，就在那裏進行探測。

現代的海底金屬探測儀器，對於打撈沉船有很大的幫助。然而，一艘船沉在汪洋大海之中，和一枚針沉在海中沒有什麼分別，海洋實在太遼闊，就像「無窮大」，加上任何數字，依然是「無窮大」。

他們花了三個月的時間，也花完了喬森所能動用的每一分錢，還是一無所獲。所以，只好放棄了搜索行動。

喬森花完了最後一分錢，那並不誇張，而是實在的情形。他們回程的時候，偷上了一艘小貨船，然後，不斷利用同樣的方法，才能夠回到日本。

在日本上岸，青木向喬森表示了極度的歉意，因為若不是他說有「天國號」的存在，喬森不會有這樣金錢和時間上的損失。

但是喬森卻十分看得開，他只「哈哈」一笑：「青木老兄，別將這件事放在心上，我相信『天國號』一定靜靜地躺在海底，不過我們運氣不夠好，所以才未曾發現它。」

青木感動莫名，當時就湧出了眼淚：「多謝你相信我。」

喬森想了片刻：「青木老兄，我不但相信有『天國號』的存在，而且，也相信你所說的在『天國號』上最後發生的事，這件事，十分怪異，我會繼續調查。現在，我們不得不分手，請你給我一個固定地址，事情一有發展，我就和你聯絡。」

青木想了一想，想起了他工作的那家工廠附近，有一家小雜貨店，店主是一對老年夫婦，和他很談得來，青木就將那家雜貨店的地址給了喬森。

分手之後，喬森神通廣大，要解決自己的生活，並不是難事。青木卻潦倒得可以，原來的工廠，因為他無緣無故辭職，已不再用他，這些日子來，他是怎麼過日子的，連他自己都不敢想。

不論日子如何困苦，每隔一個時期，有時是一個月，有時是兩三個月，總要設法到那家小雜貨店去一次，問問是不是有喬森給他的訊息。每次他都失望，令得那對老夫婦代他難過。一直到大半個月之前，青木才一出現，雜貨店老闆就奔了出來，大聲叫道：「青木先生，有你的信，從美國寄來的，好像還附有匯票。」

青木激動得發抖起來。信是喬森給他的，很簡單，附上一筆可觀的旅費，請他馬上到美國來。

青木立時辦手續，到了美國，見到了喬森。

青木所講的全部經過，就是這樣。

在青木講述他的經歷之際，我一直極用心地聽著。可是等他講完之後，老實說，我真是莫名其妙，不知道喬森要我聽青木的敘述，有什麼作用。難道他又掌握了「天國號」的新資料，要再去打撈，希望我參加？

一想到這一點，我不禁好笑，一個但丁・鄂斯曼的寶藏還不夠，又來了一艘神秘的「天國號」，看來我變成發掘寶藏的熱門合夥人了。

我忍不住問道：「青木先生，你的故事很動人……」

青木的神情很惱怒：「我不是在講故事，我所講的，全部是事實。」

我攤著手：「好，全部是事實，我可以接受，包括有關山本五十六大將和那個大光環，但是我不明白，喬森要你將這件事詳細講給我聽，是為了什麼？」

青木怔了一怔：「你不知道？」

我道：「不知道，所以才問你。」

青木扭著他手中的帽子：「我也不知道，他要我來告訴你，我就照他的話做。」

我不禁心中暗罵了喬森不知在鬧什麼玄虛。我又問道：「你見到喬森，他難道沒有說為什麼叫你來？」

青木大口喝著酒：「我四天前到，和他見了面。」

青木和喬森見面的情形，青木也講得十分詳細，在敘述中，可以看出喬森態度怪異，他一定有什麼事隱瞞著青木，就像他有事隱瞞著我。所以我也有必要，將他和青木見面的情形，詳細地記述出來

青木到了四天，和喬森一共見了三次面。

青木到的第一天，就去見喬森，被那家大酒店的職員趕了出來。

青木找到了一家低級旅館住下來，用電話和喬森聯絡，終於聽到了喬森的聲音。喬森一聽到是他，立時問了他住的地方：「在旅館等我，我立刻來。」

喬森說是「立刻來」，但是事實上，青木卻等了他足足二小時，而且，當青木打開門，喬森站在門口，神態疲倦至極，像是他才跑完了馬拉松。

喬森想走進房間，可是才跨了一步，就站立不穩，青木忙扶住了他，喬森指

著房間中的洗臉盆，張大口，連發出聲音的氣力也沒有。

青木半扶半拖著他，來到了洗臉盆前，喬森低下頭，用發顫的手，扭了好久，也扭不開水掣，還是青木幫他開了水掣，喬森就讓水淋在他自己的頭上。淋了好久，才聽得他長長吁出了一口氣。

青木料不到喬森會這樣子，也慌了手腳，一直等到喬森吁了一口氣，他才道：「天，喬森，你怎麼啦？」

喬森抬起頭來，滿面全是水，他努力想睜開眼，一把拉住青木的手臂：「青木，把『天國號』上……最後發生的事，再……向我講一遍。」

他一面說，一面就在床上坐了下來。床發出了一陣吱吱的聲響。

青木道：「喬森先生，為什麼……」

喬森立時叫了起來，道：「求求你別說廢話，快說當時的情形。」

青木只好答應了一聲，把當時的情形，說了一遍。喬森在聽的時候，卻又心不在焉，只是用一種極茫然的神色，望著天花板。

（喬森的這種神情，我也「領教」過，當我在看但丁的資料時，他也一直看著天花板，神色茫然。）

青木講完，喬森現出十分苦澀的神情，用手抹乾了臉上的水。

他問道：「司令官說什麼？會有使者來察視靈魂？」

青木道：「是的，他是這麼說。」

喬森又沉思了片刻，在突然之間，他的神情已恢復了常態，站了起來，塞了一點錢給青木，一言不發，向外走去。

青木像是受了侮辱一樣叫了起來：「你叫我來，就是為了施捨我這點錢？」

喬森道：「當然不是，老朋友，我現在非常忙，也……極度困惑，想要你幫忙。現在我沒有時間，明天這時候，再來看你。」

青木還想講什麼，喬森的體力看來完全恢復，他像一陣風一樣，捲了出去。

第二次見面的情形，比較正常，喬森先生來到旅館，和青木一起到了附近的一家小餐室。

（從青木講他和喬森見面的日子、時間，我可以知道他和青木的三次見面，我都在紐約，但是喬森卻從來也未曾告訴過我，也沒有提起過青木這個人，直到今天，才突然叫青木來見我。那是他故作神秘？還是他真有難言苦衷？）

在飽餐了一頓之後，他們又找了一處幽靜的咖啡室，喬森一直顯得精神恍惚，欲言又止。但是他終於開了口：「青木，要你把三十年前的事的每一個細節都記起來，相當困難，但是我想……」

青木訝然道：「喬森先生，我已經什麼都講給你聽了，已經什麼都講了。」

喬森做了一個手勢：「請你再想一想，把你聽到的，山本司令官講的話，每一個字都記起來。」

青木認真地想著，把當時聽到的話，又講了一遍。喬森用心聽著，接著又問道：「肯定是，有使者來察視靈魂？」

青木皺著眉：「是的。等一等，我當時的心緒很亂，但是，他是這樣說。」

在喬森的一再追問之下，青木變得有點猶豫不決，好像又不能肯定了。喬森又問道：「會不會司令官是說：來察視是不是有靈魂？」

青木呆了半晌，道：「或者有這個可能，擴音機中傳來的聲音有迴響，有這個可能，我不敢肯定。」

青木一面回答著喬森的問題，一面忍不住好奇，又問道：「喬森先生，你問這個幹什麼？」

喬森並沒有回答，神情沉思，過了一會兒，他站了起來，付了帳：「明天我再來看你。」

第二次見面的情形就是這樣，喬森的問題，集中在「天國號」沉沒之前那幾分鐘的事，而且特別注意山本司令官的講話。

青木已經說了是「有使者來察視靈魂」，可是喬森卻問青木，會不會是「有使者來視察有沒有靈魂」？他為什麼要知道當時山本司令官的話？那聽來沒有任何意義。

我聽了青木敘述他和喬森第二次見面的情形，心中十分疑惑。照我的想法，當時山本已決定沉船殉國，在這樣的情形下，提及靈魂，是很自然的事。任何人，不管他信仰的是什麼，在面臨生死大關之際，想到靈魂，講出來，這很自然。喬森拚命去追究這一點，又有什麼意義？

我最感疑惑的，是青木提到的那個「大光環」，和無數發自光環的光線。在青木的敘述中，可以肯定全船官兵都為這種光線所殺。

那大光環又是什麼怪物？喬森何以不注意這點？

喬森和青木見面的第三次，就在昨天。

喬森衝進了青木的房間，急速地喘著氣：「青木，那封電訊，你還記得接收時的調頻？」

青木搔著頭，雖然事隔多年，但由於這個調頻給他印象十分深刻，所以他一想之後，立時想了起來。他說出了那調頻的數字。

喬森立時取出了一份影印的文件來：「你看，這是海軍部的絕密文件，這個調頻，就是你說的那個，是首相府直接通訊所用的。」

青木呆了一呆：「我從來也未曾想到這一點，首相府？」

喬森道：「是的，你是電訊室的負責人，難道沒有接到過訓令？」

青木搖著頭：「關於這個調頻，我接到的命令是，只要一有電訊來，必須立即呈給上司。」

喬森思索著：「有趣的是，我曾詳細地查過，自這個調頻確定以來，首相府絕沒有使用過，尤其在天皇宣佈投降的那一天，首相府一共發出了八十七通密電，每一道都有案可稽，其中根本沒有一道，命令『天國號』全體官兵殉國。」

青木驚訝得張大了眼：「喬森先生，你……你是在指責我說謊？」

喬森神情肅穆：「決不是，青木老兄，我完全相信你說的話！」

青木十分感動，喃喃地道：「我說的全是事實。電訊是我接收的，是我看不懂的密碼。」

喬森想了一想：「山本司令官一看到密碼，就知道了電訊的內容？」

青木再一次回想當時的情形，肯定地道：「是，可是我沒有聽到他唸完，就被他趕了出來，我只知道電訊是請求全體官兵……」

喬森道：「殉國？」

青木道：「我沒有聽完，但是從當時山本司令官的神情和以後發生的事來看，就是這個意思。」

喬森喃喃地道：「要是能得到這份電訊就好了。」

青木苦笑：「那沒有可能，我也無法記得住那些密碼。」

喬森思索：「事情真怪，山本司令官以為那是從首相府發來的電訊，但實際上並不是。而什麼有使者來察視靈魂的說法，可能也是電訊上說的，這通電訊……」

青木問道：「究竟是來白什麼人的呢？」

喬森陡地震動了一下，沒有回答，忽然改變了話題：「青木老兄，有一個人，我要你去見他，把『天國號』上發生的事，詳詳細細告訴他。這個人的名字叫衛斯理。」

青木沒有問為什麼，只是答應著。

「我在旅館，一接到他的電話，告訴了我你的住址，我就來了。」青木結束了他的全部談話。

我仔細思索著青木的話。

我承認當年發生在「天國號」的事，極之怪異，無法確定屬於什麼性質。「天國號」本身神秘之極，但是還可以想像。至於什麼「使者來察視靈魂」，全體官兵突然一起死亡，全不可思議之極，看來喬森著重的就是這些怪事。

這大大引起了我的好奇心，我對青木道：「很感謝你告訴我這些，我想，等喬森來了，我們一定會研究出一個眉目來。」

青木再度用力扭著他那頂帽子，顯而易見，當年他親歷的不可思議的恐怖怪事，事隔多年，仍然給他極度的震動。

我和他又談了一會兒，問了一些我沒有聽明白的細節問題，時間慢慢過去，喬森卻還沒有來。我等得有點不耐煩了，打電話回原來的酒店去問，叫了喬森的助手，和他同房的那兩個年輕人之一來聽電話。那年輕人道：「喬森先生已經辭職，沒有人見過他。」

沒有喬森的下落，我只好再等。青木不斷自己斟酒飲，已經有了五六分酒意，歪倒在沙發上睡著了。

房間中的光線，漸漸黑下來，我等得坐立不安了。看了看時間，已經是晚上六時，喬森還是沒有來。這真令人心焦。

我又耐著性子等了半小時，青木還在睡，這時，叩門聲響了起來，我奔過去，陡然拉開門，大聲道：「你究竟到什麼地方去了？」

我的話陡然停住，只是錯愕地望著門外那個人。門外那個人的神情比我更驚愕，那是但丁．鄂斯曼，不是喬森。

但丁道：「對不起，我來之前沒有通知你，你不歡迎我？」

我忙道：「不是，當然歡迎，只不過我正在等一個人，你也認識的，喬森。」

但丁「嗯」地一聲：「聽說他今天上午突然辭職，保險公司的首腦正在大傷腦筋，不過照我看，他並不是保安主任的好人選，我每次遇到他，總覺得他精神恍惚。」

但丁的形容詞用得相當恰當。我又陡然想起，有一個人，曾說過喬森「精神上受著困擾」，這個人是那個神秘人物金特。

金特不但身分神秘，所說的話也極其神秘，他也知道「天國號」的事，甚至提議喬森可以用「天國號」的事，去回答困擾他的那個問題。

剛才我打了許多電話去找喬森，就是沒有想到金特，這時，我又連帶想起了一些別的事情，忙去搖睡在沙發上的青木。

但丁在一張椅子上坐了下來。我推醒了青木，在青木還在揉著眼睛之際，我問他：「『天國號』的事，你還對誰講過？」

青木怔了一怔：「我對不少人講過，但是根本沒有人相信我。」

我道：「有一個人，叫金特，你認識他？」

青木搖頭道：「金特？從來也沒有聽說過。」

我想了一想，雖然我沒有望向但丁，但是也可以感到他正注視著青木。我想，金特知道「天國號」的事，可能是喬森告訴他的。

我吸了一口氣：「青木先生，喬森還沒有來，而我又有了一個客人……」

青木十分識相，「哦」地一聲，立時站了起來。我倒有點不好意思：「我不是趕你走……」

青木忙道：「不要緊，我在酒店大門口等喬森先生，他來了我一定可以看得見他，我們再一起上來找你。」

第七部：老祖母的奇遇

我拍了拍他的肩，表示同意，青木向外走去，但丁故意轉過頭去，當做看不見他。青木打開門，走了出去。

我只是淡然一笑，沒有說什麼，心中卻在想：你可別看不起他，他對我說的事，一定比你要對我說的有趣得多。我走前幾步，在他對面坐了下來，和他寒暄了幾句，才道：「你來看我，是為了……」

但丁挪動了一下身子：「我要說的，只是你和我兩人之間的事。」

我道：「好，請說。」

但丁搓了一下手，然後，又將他所繫著的那條皮帶，取了下來，向我遞了過來：「請在燈光下，好好看一下這些珍寶。」

我走向桌子，著亮了燈，看看皮帶背面的那些鑽石和寶石。以我對珠寶的常識而論，這些精品，真是嘆為觀止。

我看了好一會兒，抬起頭來：「我一生之中，從來沒有看到過那麼多精品在一起。」

但丁對我的評語，感到十分高興。他走了過來：「如果我說有一處地方，其中的珍寶，百倍於此，甚至千倍於此，你會怎麼說？」

我想了一想：「就是你提及過的那個寶藏？」

但丁的神情有點惱怒：「你還不相信？」

我笑了一下：「你太敏感了，不是不相信。事實上，看了這些珍寶，沒有人會懷疑你還有更多。」

但丁神情高興：「我如今攜帶的珠寶，是我祖母當年從土耳其帶出來的。我的祖母是……」

看他的神情，像是在搜索詞句，如何介紹他的祖母才好。我接了上去：「鄂斯曼先生，你富於傳奇性，所以在上次我們見過面，發生了一些誤會之後，我已經知道了你不少事，包括更富傳奇性的令祖母。」

但丁「哦」地一聲：「你對我的一切，已經十分瞭解，我不必再作自我介紹了？」

我道：「是，可以這樣說。」

但丁又「嗯」地一聲，接著，他的神情陡然緊張起來，向前挪了挪身子，湊近了我。雖然房間中明顯地只有我和他兩個人，可是看他的神情，卻像是很多人等著要偷聽他的話。

他在湊近了我之後，才說道：「衛先生，我的祖母，到過那個寶庫。」

但丁顯然已被他自己將要說的話弄得十分興奮，他甚至在喘著氣：「我二十歲生日那一年，她講給我聽，她說，這個秘密，只有我一個人知道，而我只可以告訴另一個人，絕不能再有任何其他人知道。」

我大是好奇：「為什麼選中了我？」

但丁吸了一口氣：「要事情進行得順利，必須得到幫助，從知道了這個秘密開始，我就一直在物色一個可以共同進行的人，幾年前，我開始聽到有關你的一些事，搜集你的資料，這次能見到你，真巧，不然，這個珠寶展覽會之後，我也會專程去找你。」

我道：「如果令祖母曾進過那個寶庫，那你再進去，不應該是難事……」

我在委婉地拒絕做他的夥伴，但丁也聽出了我的意思，不等我講完，就急急地道：「不，不，其中還有一點很奇怪的事，如果你有時間，你要不要聽聽我祖母的敘述？」

我「啊」地一聲：「令祖母在瑞士？我怕抽不出時間……」

但丁又一次打斷了我的話頭：「不，她的講述進行了錄音。她知道我必然需要將這個經過講給另一個人聽，又怕轉述會漏去了一些重要的部分，所以才這樣安排。」

他一面說著，一面已經從上衣袋中，取出了一只扁平的金質盒子。這隻盒子一角，用小粒的鑽石和紅寶石，鑲出一個圖案，整個盒子，十分精緻。

他取出了盒子之後，將盒子打開，裏面是兩卷卡式錄音帶。我一看到錄音帶竟然有兩卷之多，不禁皺了皺眉頭。

但丁十分敏感，他立時覺察到了我的反應：「衛先生，我祖母的敘述，一共是八十七分鐘……時間雖然長了一點，但是你聽了之後，一定不會後悔。」

我做了一個手勢：「我必須弄清楚一點事。」

但丁直視著我。我指著錄音帶：「令祖母的話，只有一個人能聽？」

但丁道：「是的，當你聽過之後，我就會將錄音帶毀去，而我祖母也不會再對任何人說起她的經歷。」

我笑了一下：「我想明白的就是這一點：這是不是說，如果我聽了之後，我一定要成為你的夥伴？」

但丁呆了半晌：「是不是成為我的夥伴，這……自然在聽了之後，由你來決定。」

我道：「如果我拒絕，你再找另外的夥伴時，又必然要講給他聽一遍，那豈不是多一個人知道了？」

但丁的神情，惱怒而堅決：「不，你是我選定的唯一夥伴，只有你！如果你不答應的話，整件事情就此作罷，終我一生，不會再對任何人提起。」

他說得這麼堅決，倒使我十分感動。但丁高傲，他只選中了我，我真的應該聽一聽他祖母講的話。

反正，我已經聽過青木歸一所講的有關山本五十六和「天國號」的事，何妨再聽一聽一個老婦人講述她和土耳其鄂斯曼王朝的藏寶庫的事！

轉換了一下坐的姿態，全神貫注：「我正在等一個朋友，要是他來了，可能會中斷一下，你不介意？」

但丁的神情很不願意，我解釋道：「我們早約好了，我不知道你會來。是不是我們改天再聽令祖母的敘述？」

但丁搖頭道：「不要緊，你的朋友一來，我們就停止。」

他取出了一隻小型錄音機，放進了錄音帶，按下了放音掣，雙手交叉著放在膝上，坐了下來。

錄音機中，傳出了一個老婦人的聲音，講的是並不很純正，但是極其流利的法語。

才一開始之際，但丁望向我，揚了揚眉，詢問我對於法語的瞭解能力，我又做了一個手勢，表示沒有問題。

在我還沒有聽但丁祖母的錄音帶之前，我心中在想：今天不知道交了什麼運，一天要聽兩個故事，一個故事來自一個舊日本海軍軍官，一個故事來自一個據稱是出身土耳其皇宮的老婦人。這兩個人雖然同生活在地球上，但是兩人相去太遠了，他們所講的故事，一定毫無相同之處。

可是當我聽到一半時，我已經訝異得說不出話來。等到聽完，我更是呆了不知多久，直到但丁叫了我幾次，我才如夢初醒，定過神來。

兩個生活背景截然不同的人，在他們所講述的故事中，竟然有著相同的不可思議之處，這是我絕想不到的事！

雖然我聽完了兩個故事，仍然不明白其中的秘奧，但是我卻至少知道了一點：兩件事之間，有著關聯。

現在，我這樣分析，沒有作用，因為但丁的祖母究竟說了些什麼，別人還不知道，等到知道了之後，自然會同意我的說法。

在但丁祖母的敘述過程中，但丁曾有好幾次插言，我也照錄下來。老婦人的敘述相當長，但丁一定曾聽過不止一遍，所以知道全部時間是八十七分鐘。附帶說一句，在這八十七分鐘之中，我沒有受到任何打擾，喬森一直沒有出現。

但丁的祖母究竟叫什麼名字，我不知道，但丁也沒有告訴我，我聽到的故事，全是這位老婦人用第一人稱敘述的，我保留了她的敘述的形式。

以下，就是但丁祖母的故事：

「孩子，今天是你二十歲的生日。二十歲，成人了，我要向你講一些事。你或許不信，但是，你對我所講的事，不能有絲毫懷疑，絕對不能，一定要毫無保留地全部接受，因為你已經是一個大人，我可以對你做這樣的要求。我等了好多年，才等到你二十歲的生日，可以向你說這番話。

「你聽了我的話，不但要牢記在心，而且，你會需要一個真正可以幫助你的同伴，這件事，除了你自己之外，只能向這個同伴提及。為了你的轉述可能有錯漏，所以我現在正在錄音，將我的聲音記錄下來，好讓你找的同伴，和你一樣，聽到我的聲音。你要小心保留錄音帶，因為你找到同伴，可能我已不在人世，就不能再講一遍了。

「唉，多年之前，你的父親二十歲生日，我也曾向他講述這件事，要他絕對相信，牢牢記住。只可惜你父親死得早，根本沒有機會做什麼，就已經離開了人世。願他安息。我現在還能夠對自己的孫兒再敘述這件事，算是十分幸運了。孩子，你聽著，你，是顯赫的鄂斯曼帝國的最後傳人，西元一二九〇年，你的祖上，鄂斯曼一世，創立了鄂斯曼帝國。

「你生來就有鑒別珠寶的本領，旁人會引以為奇，我一點也不覺得奇怪，那是意料中事：自從鄂斯曼帝國建立以來，屬於皇室的珠寶，是人類歷史上從來也未曾有過的大蒐集，你的身體之中，流著鄂斯曼王族的血，珠寶對你，就像是大麥和小麥對世代務農的農家孩子，是你生命的一部分。

「鄂斯曼帝國的珠寶蒐集，早在十三世紀就開始，十五世紀時，鄂斯曼帝國的軍隊，征滅了東羅馬帝國。原來屬於東羅馬帝國的寶藏，也併入了蒐集之中。接下來的歲月中，帝國的版圖曾包括了巴爾幹半島、敘利亞、巴勒斯坦、埃及。各地的奇珍異寶，百川歸海，流進宮廷之中。

「到了十六世紀，那是帝國的全盛時期，其時在位的是你的一位極其傑出的祖先，他的尊號是蘇里曼一世。疆土橫跨歐亞非三大洲。」

「一直到你的祖父，你祖父的尊號是……」

（但丁不是很耐煩的聲音：「祖母，鄂斯曼帝國的歷史，我夠熟悉了！」）

「是的，孩子，你應該熟悉，因為你是這個王朝如今唯一的傳人。好了，現在講我要對你說的故事。我本來是保加利亞和土耳其接壤的一個山區少女，因為特殊的機遇，進了土耳其皇宮，遇到了你的祖父。這其中的經過……

（在這裏，有老婦人的欷歔聲，和但丁的聲音：「祖母，往事如果令你傷心，還是別提了吧，提了也沒有什麼作用。」）

「唉，是的，孩子，我被你的祖父喜愛，是土耳其最悲慘的時刻。第一次世界大戰，土耳其參加了同盟國，戰敗，即使在深宮之中，也可以強烈的感受到自外面傳來的那種惶惑不安。你祖父在愁悶的時候，就常到我這裏來，哭得像一個孩子，不住重複著一句話：『鄂斯曼帝國要在我這一代滅亡了，這不是我的錯，不是我的錯。』

「每當這樣的時候，我就像哄小孩子一樣的哄他，雖然他比我大很多，樣子也十分威武莊嚴，有著君臨天下的氣概。可是，當他軟弱的時候，他真像小孩子，需要女性的安慰。

「時局越來越不安，不利的消息一個一個傳來，那天晚上，你祖父突然來到我這裏。這時，我才知道自己有了孕，你祖父也剛知道。那天晚上他來的時候，滿頭是汗，神情極其激憤驚懼，我嚇呆了。他一來，就握住了我的手，很用力的親了我一下，叫著我的小名：『你快走，你有著我的孩子，可是還沒有人知道，你再不走，等他們知道了，就走不脫了。他們已經揚言，一個人也不放過，一個也不放過。』

「他講到後來，簡直是聲音嘶啞地在哭叫著，我當時就嚇得哭了起來，他略為鎮定了些，將一只盒子塞在我的手中，又催道：『快走！快走！我已經叫人保護你離開，你到保加利亞去，找保加利亞皇，他會保護你，我已經寫了信給他。』

「我只好接過了盒子，那只盒子，我曾在他的書桌上見過，是一只扁平的小盒子，我常見他用手按在那只盒子上沉思，可是卻從來也未曾見他打開過它。

「他一說完，拉了我向外就走，一面走，一面又告誡我道：『在未曾安全到達保加利亞之前，你千萬別表露自己的身分，絕對不能，他們一知道了你的身分，就會把你殺死。這只盒子，據說是蘇里曼一世傳下來的，是鄂斯曼王朝的重要寶物之一，時間太倉促了，我沒有什麼可以給你，只好給你這只盒子。』

「我也不知道這只盒子有什麼用，更不知盒子中放的是什麼東西，只覺得拿在手裏，十分沉重，我哭了起來，抱著他：『你自己為什麼不逃到保加利亞去？』他一聽得我這樣問，陡然發起怒來，大聲道：『我是君主，怎可以臨陣脫逃？』

「我見他發怒，嚇得一聲也不敢出，由得他拉了我向外走。

「一面走，一面他又道：『這只盒子，叫作打不開的盒子，據說自從製成之後，根本沒有人打開過，也沒有人知道作用是什麼，但卻是一代一代傳下來的寶物，我交給了你，你要小心保管。』

「我答應著，當時心慌意亂，只是隨便向盒子看了一眼，盒子看來是金質的，上面也沒有什麼花紋，只是十分光滑。我在向盒子看的時候，平滑的盒面上，映出了我充滿淚痕的臉，像是一面鏡子。

「我抽噎著，問道：『是不是我們分別了之後，我再也見不到你了？』他一聲不出，樣子十分難過。我想起他在軟弱時候的情形，心裏也極難過：『你在需要安慰的時候，誰來安慰你呢？』

「他陡然變得焦躁起來，粗聲粗氣地說道：『別廢話了，以後，我再也不會有需要人家安慰的日子。』

「我忍著悲痛，既然他這樣鄭重地將那只盒子交給我，又告訴我這盒子叫作『打不開的盒子』，當時我心中只是想，我要好好保護這盒子。我拉下了頭巾，將盒子包住，緊緊捏在手中。

「這時，我只覺得他粗大的手，手心全是汗，又冷又濕的汗。

「他拉著我，一直來到了一處門外才停下。門前早有兩個人在，全是他的侍衛官，我見過他們，兩個人的身形都很高大，可是這時，他們都穿著便服。他推了我一下，將我推向那兩個人，又叫著我的小名：『快照我的話去做。』

「我回頭再看他時，只見他挺直著身，已經轉身走了回去，他高大的背影，到現在我閉上眼還可以看得到，唉，他真不愧是一個勇敢的君主。

「當時，我想追上去，伏在他寬大的背上，可是我才奔出了一步，那兩個侍衛就阻住了我，其中一個留著鬍子的道：『請別耽擱時間，城裏已經亂了。』

「我還是掙扎著不肯走，但拗不過那兩個侍衛，只好離開了皇宮。」

（但丁在這裏插問：「祖母，你離開了皇宮之後，就再也沒有回去過？」）

「是的，孩子，沒有再回去過。後來我才知道，在我走了之後不久，造反者的軍隊，就衝進了皇宮……」

（一陣啜泣聲音，但丁在問：「祖母，這就不很對了，你走得這樣倉促，根本沒有機會收拾東西。而祖父給你的那只盒子，你又說不是很大……對了，我怎麼從來也沒有見過這只『打不開的盒子』？可是你卻有很多珠寶，多年來我們的生活，全是靠變賣珠寶維持，你是怎麼把這些珠寶從宮中帶出來的？」）

（老婦人的聲音，打斷了但丁的話，先是一下長長的嘆息，接著才說話。）

「孩子，我說下去，你自然會知道，現在先別發問。

「離開了皇宮，城裏的確已經很混亂，店鋪全關上了門，大街上有許多人和士兵，在奔來奔去，那兩個侍衛帶著我，穿過小巷，天色很快就黑了下來，我們在混亂之中，漸漸離開了市區，到了一處相當靜僻的地方，歇了歇腳，兩個侍衛取出了一塊餅來，分了一點給我，令我坐在樹下不要亂走，他們兩人走開去，離我不是很遠。

「我當時不知道他們想做什麼，只是想，我一個人，沒有可能到達保加利亞，一定要靠他們的保護。他們既然是你祖父在這樣危難時候挑選出來，一定是忠心耿耿的好人。

「我這樣想著，一直望著他們兩人，他們一直在交談著，好像在爭什麼，聲音很低，我一個字也聽不見。他們交談了大約十多分鐘，就互相伸出手來，拍了拍手掌，轉過身，向我望過來。

「當時的天色已十分黑，遠處有爆炸聲，也有幾處隔老遠就可以望見的火頭，顯然是城裏有幾處地方，正在著火燃燒。他們兩人正好背著火光而立，火光雖然遠，但是在他們的背後閃動著，看來也十分詭異。

「那兩人站著，看了我一會兒之後，就一直向我走了過來，來到了我的面前。

「他們一來到了我的面前，一開口，我就知道事情不對了。

「他們不照宮中的稱呼叫我，只是叫道：『女士，請你站起來！』

「我吃了一驚，站了起來，其中一個一伸手，我一個不防，已經被他將我緊捏在手中的那只盒子，奪了過去。當時我真的急了，立時叫了起來：『還給我，這是皇帝給我的。』那個留鬍子的，惡狠狠向我獰笑：『就是因為這樣，才搶你的。』

「他一面說，一面將包在盒子外的絲巾拋去，另一個道：『盒子那麼小，不會多值錢。』留鬍子的道：『你懂什麼，珍寶要多大？夠你我用一輩子的了。』他說著，就想打開盒子，可是打來打去打不開。

「另一個自他手中接過盒子來，先看了一會兒，再去打開盒子，但是一樣打不開，兩個人立時兇狠地向我望來，喝道：『打開它！』

「我又怒又急：『打不開的，這隻盒子，就叫「打不開的盒子」』。那兩個侍衛卻不肯相信，留鬍子的那個，一步跨過來，揪住了我的頭髮，將我的頭按低，推著我，要將我的頭向樹上撞去，我拚命掙扎，可是無法敵得過他，被他推著，在樹上重重地撞了一下，痛得我叫起來。孩子，你看，我前額上的這個疤，就是叫那一撞形成的。」

（但丁憤怒的聲音：「那兩個畜牲，太可惡了，簡直是沒有靈魂。」在但丁這樣說了之後，老婦人的聲音，驚訝到了極點。）

「孩子，你覺得這兩個人沒有靈魂？你為什麼會這樣說法？」

（但丁聲音仍然憤怒：「他們趁你在危難中欺侮你，這種人，就算有靈魂，他們的靈魂，也早就叫魔鬼收買去了。」）

「唉，孩子，當時，我也是一面掙扎，一面就這樣罵他們道：『你們的靈魂在哪裏？一定是叫魔鬼收買去了，一定賣給魔鬼了。』那留鬍子的仍然將我的頭向樹身上撞，另一個獰笑著：『我們的靈魂？哈哈，不是叫魔鬼收買了，是被你帶著的珠寶收買了。』

「我叫道：『你們誤會了，我走得這樣匆忙，根本沒有帶什麼珠寶。』

「那留鬍子的放開了我，狠狠地道：『鬼才相信妳的話，快將盒子打開來。』

「我哭了起來：『幾百年都沒有人可以打開，我有什麼辦法？』那留鬍子的抬腳向我踢來，我又驚叫了起來。孩子，就在這時候，怪事情出現了，奇蹟出現了……」

（老婦人的聲音，在這時，激動得在發顫。）

「孩子，真神降臨了，一定是真神降臨了，我突然看到一個光環，出現在眼前，在我伸手可碰及的地方出現了。」

（但丁遲疑的聲音：「祖母，你能不能說得比較明白一點？」）

「我還說得不夠明白麼？一個光環，孩子，一個閃亮的光環，突然出現在眼前。」

（但丁悲哼了一聲：「好，我明白了。」）

「那光環一出現，那兩個侍衛也呆住了，怔立著，盯著那個光環。他們的臉，在青白色閃亮的光芒的照耀之下，青白得異樣可怕。我在不知不覺之中，跪了下來，那兩個侍衛仍然站立著。突然之間，自光環之中，射出了兩股光線，那兩股光線，射向兩個侍衛。」

（又是但丁的聲音：「祖母，你在說什麼，我真的不明白。」）

「孩子，你不需要明白，只要聽我說。那兩股光線，發出一陣劈啪的聲響，閃耀著藍色的火花。我從來也沒有看到過這樣奇異的景象。這種情形，到現在，我還可以極清楚地記得。我不但跪著，而且膜拜。

「就在這時，我聽到那兩個侍衛一起叫了起來：『不知道，我不知道！』他們這樣叫，好像有什麼人在問他們話。可是除了他們的聲音之外，我聽不到有別的人在問他們什麼。

「他們叫了幾聲之後，又道：『真的不知道。』那另一個道：『我只是這樣說，我沒有見到珠寶，收買我……我不過是這樣說說，我……不知道。』那留鬍子的也在叫著：『沒有什麼收買，我……沒有……我沒有……』

「孩子，你要記得他們兩個這時叫的話，我不知道他們為什麼這樣叫，但是他們叫的話，我每一個字全記得，現在照樣說給你聽。

「光環中射出來的那兩股劈啪作聲、有火花的光線，突然閃了一閃就不見，光環依然在。我還跪在地上，看到那兩個侍衛的身子，慢慢向下倒去，倒地之後，一動也不動，看來已經死了。

「這時，我又是吃驚，又是高興。」

（老婦人的聲音講到這時，興奮激動得異常。）

「光環緩緩轉動了一下，我在這時，突然聽到有人在對我講話，真的，那是一個十分柔和的聲音，在對我講話，我聽到那聲音在問：『你剛才說，他們兩個人的靈魂被魔鬼收買去了，真有收買靈魂的魔鬼嗎？』

「這時，我心中只是驚訝，並不害怕，聲音是不是從那光環中發出來的，我也不敢肯定，但是神蹟在光環出現之後發生，所以，我在回答的時候，望著那個光環：『我不知道。』」

（但丁發出了一下類似抽噎的聲音。）

（在聽錄音帶聽到這裏時，我也跟著發出了一下類似抽噎的聲音。但丁祖母的回答「我不知道」，這是一個十分普通的回答，幾乎每個人每天都可以聽到。可是這個答案和這個問題聯繫起來之後，就令人吃驚之極。）

（那兩個侍衛回答過「我不知道」。喬森也在不知和誰對話之際，回答過「我不知道」，是不是他們得到的問題，和但丁祖母得到的問題一樣？）

「那聲音在我回答之後，忽然提高了很多，又問道：『為什麼你們對自己靈魂的去向都回答說不知道？還是你們根本沒有靈魂？』孩子，你知道，我自一出生開始，就是一個虔誠的伊斯蘭教教徒。那聲音居然說我可能根本沒有靈魂，這使得我又是著急，又是難過，我忙答道：『不！我有，一定有！』

「那聲音又問道：『如果有，在哪裏？』我急得幾乎哭了出來：『我不知道，我……想沒有人知道自己的靈魂在哪裏。』我的回答很正常，孩子，這些年來，我一直在思索這個問題。我們每一個人都有靈魂，可是，有誰知道自己的靈魂在哪裏？孩子，我仍然不知道，你知道嗎？」

（但丁很低沉的聲音：「祖母，我也不知道。」老婦人再度長長地嘆息著。）

「那聲音就靜了下來，我仍然注視著那個光環，看到那光環在急速地旋轉，顏色也在變幻。我不知道將會有什麼事發生，只好戰戰兢兢地等著。過了極短的時間，那聲音又響了起來：『剛才那人說他的靈魂被珍寶收買了，是不是你們的靈魂，全在珍寶中？』我呆了一呆，根本不知道這聲音如此問，是什麼意思，也無從回答起。

「我沒有回答。那聲音繼續道：『如果你有很多珍寶，你會怎樣？』這時候，我不知道為什麼，實在忍不住了，淚水湧出，哭了起來：『我已經什麼都沒有了，還說什麼有很多珍寶。』

「那聲音繼續問：『如果你有的話，是不是會好一些？』我也無暇細想：

『當然是。』孩子，我的回答錯了麼？我想每一個人都會這樣回答。」

（但丁只是發出了「哼」的一聲，沒有進一步的反應。）

「在我回答了之後，那聲音又停了片刻，每當聲音停止之際，光環的旋轉就急速。然後，那聲音又道：『你可以得到很多珍寶，你可以根據寶藏的地圖，去找尋那些藏起來的珍寶。』我全然不知道那聲音這樣說是什麼意思。當時我只是想，或許那是真神在指點我，可以使我得到什麼珍藏，可是真神所說的『寶藏地圖』在什麼地方呢？

「正當我在這樣想之際，自光環之中，又射出了一股光線來，射向那個有鬍子的侍衛手上，光線一射了過去，在那侍衛手中的那只盒子，陡然之間，跳了起來，落在我的面前。

「孩子，你切切不可以為我接下去所說的話是胡言亂語，那全是我親身經歷的事實，不可思議的事實。

「盒子落在我面前之後，光線又繼續射向那盒子。怪事接著發生，那盒子打了開來。盒子打了開來之後，根本不是盒子……」

（但丁急切的聲音：「祖母，你要我相信你的話，你就必須把話說得合理一些。什麼叫盒子打開之後，就根本不是盒子，我不明白。」）

「孩子，你聽我解釋。盒子本來是一只盒子，或者說，看起來，就是方方扁扁的一只盒子。但是，當它一打開來之後，原來是連在一起的許多薄片，拉長成了一長條。難怪這盒子根本打不開，原來它並不是盒子，而是許多疊在一起的薄片，使得它看起來像是一只盒子。」

（當中有一段時間，完全沒有聲音。）

「孩子，你明白了麼？」

（但丁的聲音：「我還不是很明白。祖母，如果這只盒子還在，你拿出來給我看看，我就會明白。」）

「我會的，但不是現在，你如果還不是十分明白也不要緊，聽下去就好了。

「盒子變成了一長條，在光環光芒的照映下，我清楚地看到，在連成了一長條的金片上，有著地形圖，地形圖的中心，是一個圓點。

「當時我還不知道那是什麼意思。那聲音又叫了起來：『照著這地圖去找，你會找到大批珍寶。不過你別取太多，珍寶和你們的生命，好像有一種極其神奇的關係。你們每一個人都想得到它，但是當有了太多的時候，反而會惹來禍事。』

「我那時，也沒有心緒去仔細想那幾句的含意，只是又膜拜了起來：『謝謝真神的指點。我虔誠的信仰，有了結果。』那聲音卻道：『我們不是你心目中的真神，你弄錯了！』我在錯愕間，一抬頭，看到自出現之後，就一直懸在我面前的那個光環，閃了一閃，陡然之間，消失不見。

「眼前一陣漆黑。我呆了極短的時間，就撲向前去，將那一長條金片，抓在手中，將它們又疊了起來，成為一只盒子模樣，也不再理會那兩個侍衛是死是活，就一直向前奔了出去。

「一直到了第二天天明，我才找了一處隱僻的所在，再把那一疊金片攤開來，仔細研究著上面的地形圖，地形圖上有一個湖，那個湖的形狀，我在地圖上見到過，我認得出是什麼湖。」

（但丁的聲音：「祖母，你在說什麼？那盒子是……祖父說它是蘇里曼一世時的東西，就算上面刻有地形圖，當時也沒有準確的測量，你無法一看到形狀就認出它是什麼湖。」）

「孩子，我不和你爭辯，總之，我一眼就認出了那是什麼湖。而那個圓點，就在那個湖的旁邊。於是，我就遵照真神的指示，向那個湖走去。儘管那聲音曾否認他是真神，但是我還是堅信，那是真神的指引，一路上歷盡了艱辛，來到那湖邊，在靠近那圓點的所在，徬徨了十天，也找不到什麼藏寶所在，一直到了第十天傍晚時分，在荒涼的湖邊，我看到了一連串鋪向前的石塊來的金片。

「那些石塊看來很整齊，向前伸展著。我一看，就覺得它們恰像那一條攤開來的金片。

「於是，我順著這些石塊向前走，來到了那一連串石塊的盡頭，在我面前，是一座石崖。石崖有一條十分狹窄的石縫。

「接下來的事就像神話一樣。我從這山縫中擠進去，一直向前擠，山縫越來越窄。

「等到我擠到筋疲力盡，連再進一步的氣力也沒有時，我就向前爬，用手和腳，向前爬，等到實在爬不動了，我伏在地上喘氣，突然有清新的風，吹向我臉。

「眼前一片漆黑，什麼也看不見，但是那股清涼的風卻告訴我，前面一定有出路。這使得我精神大振，又向前爬出了幾步，覺出四周圍空了許多。我仍然看不到任何東西，伏在地上喘息，掙扎著站了起來，向前走出了一步，被一件東西絆跌。我跌向地上，身子被許多硬而尖銳的東西，弄得極痛。

「我呻吟著，用手在地上撐著，手心著地時，地上仍然有許多硬而尖的東西。很奇怪，我當時立即就覺出，那些又尖又硬的東西，並不是小石塊，一定是寶石，是各種各樣的寶石。我喘著氣，抓了滿滿的兩把。我竟然傻得不知道將抓在手裏的東西放進袋裏，喃喃地向真神禱告，轉身向外走，由於走得太急，在石頭上撞了兩下，才找到了那條窄縫，向外擠。

「當我擠出了狹窄的山縫之後，天色早已全黑了。但是在星月的微光之下，我看到我兩手所抓著的，是兩團各種色彩交織而成的光團。各種各樣的鑽石、寶石，有的鑲成了一大串，有的沒有鑲過，滿滿的兩大把，我無法估計它們的價值……」

（老婦人的喘息聲，和但丁的聲音：「祖母，你說跌倒在地時，地上全是……珍寶？」）

「是的，我可以肯定，那裏面是一個山洞，我不知那山洞有多大，但是整個山洞的地上，一定散滿了各種各樣的珍寶，我只是順手抓了兩把，孩子，那兩把珍寶，就是我們一直以來的生活來源，是真神賜給我們的。」

（但丁的聲音有點發顫：「祖母，你沒有再進去？」）

「沒有，孩子，真神曾吩咐過我，不能多拿。雖然我曾在皇宮中生活了幾年，但是也從來未曾見過那麼多珍寶，我呆了不知道多久，才撕開了上衣，將那些珍寶，包了起來。

「轉身向那個山縫望去，回想著山洞中的情形，就在這時，我突然感到整個大地，都在震動，隆然作響。當時，我曾起了貪念，想再進那山洞，取更多的珍寶。我知道，一定是我的貪念觸怒了天神，要降禍於我。我嚇得忙俯伏在地上，不住叫喚著真神的名字，求真神原諒我。

「震動立即停止，在震動發生的時候，真像是世界末日。震動停止，我又俯伏了好久，才抬起頭來。我是對準了那個山縫的，所以，一抬起頭來，我就看到，那個狹窄的山縫，已經被許多大大小小的石塊塞滿。那些石塊，自然是震動跌下來的。

「我呆了一會兒，才開始離開。路途艱難。雖然我滿懷珠寶，但是在那種窮鄉僻壤的地方，珠寶的價值，還不如一塊餅乾和一碗羊奶。

「好不容易，我到了保加利亞，得到了保加利亞皇室的收留，生下你的父親。

「再接下來的事，你也全知道的了。孩子，這就是我要對你講的事。」

（沉默了一會兒，是但丁的聲音：「祖母，你說我需要一個同伴，那是什麼意思？」）

「這，你還不明白？那山洞中滿是珍寶，我相信那是鄂斯曼王朝全盛時期，蘇里曼一世收藏起來的寶物。孩子，你是鄂斯曼王朝的唯一傳人，山洞中的珍寶，全應該歸你所有。」

（但丁的聲音：「是，我仍然不明白，可靠的同伴有什麼用。」）

「唉，孩子，進山洞去的那個狹縫，已經塞滿了大小石塊，決不是你一個人的力量可以弄開。如果只是你一個人去，那太困難，也太危險，可能送了性命，而如果有太多的人幫你，一進山洞之後，人會因為滿洞的珍寶而發狂。所以，你必須有幫手，只能是一個，不能多。這個人，要真誠、忠實，又要能應付一切非常事故。這樣的同伴不好找，當你找到了這樣的一個人之後，我就會將那盒子給你，不然，我寧願那些珠寶，永遠埋在那個山洞之中。

「或許你會問，要是你還沒有找到這樣的夥伴，我就死了呢？

「如果情形是這樣的話，那麼，就讓那些珍寶，永遠藏在那山洞之中吧。

「你的父親死得早，沒有機會找到這樣可靠的夥伴，現在，就靠你了。」

（一陣欷歔嘆息聲。）

（錄音帶到這裏結束了。）

第八部：「他們」的問題

當聽完了錄音帶之後，令我呆住了的，倒不是什麼蘇里曼一世的寶藏，而是那種奇幻現象：一個光環，有光線從光環中射出來。

這種情形，和青木敘述他在「天國號」甲板上看到的情形一樣！雖然出現在「天國號」甲板上的光環，據青木的敘述，極大，但卻可以肯定是同類的東西。

而更玄妙的是，但丁祖母當時聽到那個聲音，所發出的那些問題。那些問題，乍一聽來，全然沒有意義。那聲音像是正在急切地找尋人類的靈魂，所以才會發出那樣的問題。

這真是奇幻不可思議之極，什麼人在尋找人的靈魂？

我怔怔地坐著。但丁一直在等我先開口，可是我實在不知道說什麼才好，我只是發出了一下奇異而模糊的聲音。

但丁道：「衛先生，你就是我選定的夥伴。」

我吸了一口氣：「非常感謝你看得起我。」

但丁道：「你相信我祖母所說的整件事？」

我想了一下，如果不是我先聽青木提起過那個光環，我可能認為這一切，全是一個老婦人的幻想，但如今我不會那樣想。

所以我道：「沒有理由不相信。」

但丁的神情極興奮，站了起來，揮著手：「你和我一起去見我祖母，我們可以到那個地方去，把比所羅門王寶藏更豐富的寶藏發掘出來。」

我也站了起來，不論怎樣，和當年曾有那樣奇異遭遇的一位老婦人見面，也是很有趣的事。可是如今我實在沒有時間到瑞士去。

我略微猶豫了一下，但丁就急急地道：「如今我隨身帶著的珍寶，就是我祖母當年在那山洞中，在黑暗之中，順手抓了兩把抓來的。」

我嘆了一聲：「但丁，我相信你選擇我做你的夥伴，但是你知道我並不是一個看到珠寶就能被打動的人。」

但丁的臉紅了一紅，立即正色道：「是的，衛先生，我相信你高尚的人格，請原諒我剛才的話。但是我實在十分急切，祖母的年紀大了，健康又不好，萬一她……」

他講到這裏，頓了一頓：「我對寶石十分在乎。或者很難解釋，我不在乎它們的價值，而是我愛它們，我對寶石有一種天然的愛，在我的心目中，它們不單是礦物，簡直有生命！」

我笑道：「人的靈魂就在寶石中？」

但丁聽了之後，呆了一呆：「什麼意思？」

我揮了揮手：「沒有意思，忘記它算了。但丁，在紐約，我有點事……」

但丁道：「什麼事？我們立刻起程到瑞士去！」

我忙道：「我必須處理先發生的事……」

我講到這裏，陡然停了下來。剎那之間，我心中像閃電一樣，掠過一個念頭。

我在那一剎間想到的是，但丁祖母的故事，和青木的故事，有某些相同之處，假設它們之間，有某種聯繫。而青木之所以講「天國號」的故事給我聽，是由於喬森的授意。金特又曾將喬森的「精神困擾」和「天國號」聯在一起，那麼，是不是目前發生在喬森身上的事，也和但丁祖母所敘述的有聯繫呢？

甲事和乙事有關，乙事又和丙事有關，照最簡單的邏輯來推論。也可以知道甲事和丙事有關聯。

看來全然是風馬牛不相及的三件事，可能有聯繫！

這三件事，從表面上看來，全然不相關。

第一件：一個保險公司的安全主任，基於不明的原因，行動怪異，語無倫次，顯然受著嚴重的精神困擾。

第二件：一個自稱曾在一艘無任何記錄可以追尋，全體官兵都已神秘死亡的軍艦上服過役的日本海軍軍官。

第三件則是一個老婦人講的故事，這個老婦人曾是土耳其皇宮中的宮女。

不但時間不同，而且地點、人物也不同，三件事主要聯繫是什麼？

我感到自己捕捉到了一個開端，極想再捕捉多一點，所以緊蹙著眉頭，思索著。

但丁以為我是在思索是不是答應去，神態顯得很焦急。我也知道我在未曾和喬森進一步交談之前，不可能有什麼結果，是以我道：「但丁，我答應到瑞士去，但是不是能夠立即就動身，我不能肯定。」

但丁用力搓著雙手，苦笑道：「那也沒有別的辦法，盡快好了。我怎樣和你聯絡？」

我道：「我會一直住在這裏。」

但丁道：「好，我每天和你聯絡。」他說著，指了指他腰際的皮帶：「這裏是十二顆出類拔萃的寶石，不論將來的事情怎麼樣，你都可以先選擇六顆，做為一個紀念。」

我對他的慷慨，十分感激，而那些寶石，也的確誘人之極，以致令得我聽到了之後，也不由自主，起了一種想吞嚥口水之感。

但是我還是道：「謝謝你，真的，很謝謝你，我想我還是暫時不選擇，等到進了那個山洞之後，學你的祖母那樣，閉著眼睛隨便抓兩把！」

但丁笑了起來，神情極其滿意，而且一副一口答應的樣子。

看到他這樣的神情，我也不禁覺得好笑，因為他好像是那個山洞中珍寶的法定主人。

但丁道：「好，那我告辭了。」

他向門口走去，在門口停了一停：「喬森還沒有來，他好像並不守時？」

我早已在暗暗發急，皺了皺眉：「真的，不知道發生了什麼事。」

但丁沒有再說什麼，走了出去。

我在但丁走了之後，又打了幾個電話，查問喬森的下落，沒有結果。我覺得至少要到金特那裏去走一遭。

我離開了房間，先到大堂留了話，要職員告訴喬森（如果他來了的話），我到金特那裏去，很快回來，請他務必在酒店等我。

我才走出酒店的大門，就看到青木站在一根電燈柱下，樣子很瑟縮。青木離開的時候，曾對我說過，他會在酒店門口等喬森，真想不到他一直等到現在。

我想起了金特曾提及過「天國號」的事，心中一動：「青木，我要去見一個人，知道『天國號』的事。」

青木震動了一下，瞪大眼睛望著我。我又道：「這個人的名字叫金特，十分神秘，你要不要和我一起去見他？」

這時，恰好有一輛計程車經過，我招停了車，打開車門，讓青木先上車。青木沒有再猶豫，上了車，我和他坐在一起。

青木在沉思，在車中，他一直沒有開口，直到車子停下，他才道：「不會的，不會再有人知道『天國號』的事。」

我沒有理會他的自言自語，和他一起下車，兩個司閽還認得我，忙打開了門。

電梯停下，我和青木走了出來，青木在那個放在川堂的佛像前，雙手合十，口唇在顫抖著，我走向那兩扇橡木門，和首次來的時候一樣，才一來到門前，門就打了開來。那自然是司閽通知了金特，他有客人來。金特就打開了電源控制的門。

我和青木走了進去，書房的門也打開，金特自一張轉椅中，轉過身子來。

他才轉過身子時，臉上的神情，是絕不歡迎有人打擾的神氣，可是當他看到青木之後，神情立刻變得訝異絕倫，竟然從椅子上，一下子站了起來。

我不知道何以青木會受到金特這個怪人這樣的厚遇。因為我見他幾次，他就未曾對我這樣客氣過。

他一站了起來之後，伸手指向青木：「你……」

他不喜歡講話，所以只講了一個「你」字就住了口，等人家接下去。

青木瞠目不知所對，我又是好氣，又是好笑。

青木既然是我帶來的，我自然要作介紹，我指著青木道：「這位是青木歸一先生，以前的日本海軍軍官。」

金特吞了一口口水，盯著青木，雙眼之中的那種光采，看來令人害怕，青木也明顯地感覺到了，所以他不由自主，向後退了一步。

金特一直盯著青木，好一會兒，才道：「天國號的？」

（在這裏，我要做一個說明。金特真是不喜歡講話，他所說的話，都是簡單之極的幾個字，如果不是曾和他有過多次交談的經驗，是根本聽不懂他的話的。像這時，他問青木的話，實際上，他只講了「天國號」三個字，而在尾音上略為拖長，表示這是一個問題。以後，遇有他說話的場合，我都會再加上幾個簡單的字，使他的話容易明白，而不記述他原來所說的更簡單的用語。）

金特說話的聲音並不是太大，可是這一句話，給予青木歸一的震動，無可比擬，他陡然之間，失去了支持身體直立的力量，搖晃著，張大了口，面色青白。我未曾來得及趕過去扶住他，他已經跌坐在一張椅子上。

青木跌坐在椅子上，大口喘著氣，然後，在不到三秒鐘的時間內，陡然發出了一聲呼叫聲，又直立了起來，伸手指著金特：「你……你怎麼知道？」

金特的口唇掀動了一下，想講什麼，但是卻沒有講出來，撇過頭去，像是不願意再討論這個問題。

青木見他沒有回答，神情變得十分激動，連聲音聽來也顯得嘶啞，叫：「你怎麼知道？」

金特皺了皺眉，看來像是對青木這種起碼的禮貌也沒有的逼問，感到了厭惡，他仍然不出聲。

青木的臉色，由白而紅，看來要和金特做進一步的逼問。我忙向他做了一個手勢，轉向金特：「由於青木先生昔年的經歷，十分怪異，所以他對於你一下子就知道了他曾在天國號上服役，表示驚訝，想知道你從何得知。」

金特揮了一下手，道：「有人告訴我的。」

青木氣咻咻地問：「誰？誰告訴你的？」

金特又向青木望來，忽然現出了一副深切同情，搖了搖頭。青木顯得極不耐煩，本來青木一直很有禮，這時焦急得大失常態。

金特道：「你不會知道，他們告訴了我一切。」

我和青木異口同聲：「他們？他們是誰？」

金特深深吸了一口氣，緊抿著嘴。在接下來的幾分鐘之內，我和青木，不斷向他發出問題，可是金特始終堅持著這個姿態不變。像是下定了決心，縱使有人撬開他的嘴，他也不會再說什麼。

青木越來越焦躁，我向青木做了一個手勢，示意他一切由我來應付。然後，我向金特道：「好，我們不再討論天國號，雖然事實上，天國號的事，還有許多是你不知道的……」

我講到這裏，用手直指著金特：「他們，並不是如你想像那樣，告訴了你一切。」

我這樣說，完全是一種取巧的手段。

我根本不知道是誰告訴了金特關於天國號的事，也不知道告訴金特的人，究竟說了多少。

從邏輯上來說，青木是天國號上唯一的生還者，當時他親身經歷了一切怪異的事，他所知道的一定比任何人更多，我這樣說會引起金特的好奇。果然，當我這樣說了之後，金特怔了一怔，想問什麼而又不知如何問才好。

我心中自慶得計，裝著真的不再討論天國號事件：「真對不起，我來看你，是為了喬森。」

金特揚了揚眉，代替了詢問，我道：「我和他有約，可是他一直未曾出現，你知道在什麼地方可以找到他？」

金特吸了一口氣，看來正在思索著，但是過了一會兒，他卻搖了搖頭。

青木仍然是一副焦急的神情。我一看到金特搖頭，就道：「那麼，請原諒我的打擾，告辭了。」

說著，我已拉著青木，向門口走去。青木老大不願，硬被我拖走。到了門口，金特終於開了金口：「等！」

我緩緩地吁了一口氣，站定了身子，並不轉過身，只是向青木眨了兩下眼睛。

又過了片刻，才又聽得金特道：「告訴我。」

一聽得他這樣說，我又好氣又好笑，疾轉過身來：「最好你是皇帝，人家問你的事，你只是搖頭，你要問人家的事，就必須告訴你。」

金特眨著眼，我道：「你要知道全部詳細的經過，青木先生可以告訴你，但是你必須先告訴我們，天國號的事，誰告訴你的。」

金特考慮了一下，點頭，表示同意。

青木不等我開口，已迫不及待地問：「是誰？」

金特道：「他們。」

我和青木都呆了一呆，這算是什麼回答？這傢伙，就算再不喜歡講話，也不能這樣回答就算數。

我和青木齊聲說道：「他們是誰？」

金特現出十分為難的神色，不知道該如何講才好。過了好一會兒，他總算又開了口：「他們，就是他們。」

我忍住了怒意，直來到他的身前，用手指點著他的胸口：「聽著，如果你想知道進一步的詳情，就爽爽快快說出來。」

金特居然憤怒了起來：「他們，就是他們。」他這樣說的時候，雙手做了一個我看不懂的怪異手勢。

金特在這時，做這個手勢，顯然是為了說明「他們」是什麼人。可是我卻完全看不懂他做這樣的手勢，是代表了什麼。

他的雙手高舉著，比著一個圓圈形，忽大忽小。這算是什麼呢？

我瞪著眼，他雙手比著的圓圈越來越大，直到他的雙臂完全張開，然後，又縮小，到他的手指互相可以碰得到，在這時候，他又道：「他們。」

我真想重重給他一拳，因為我實在無法明白，他這樣解釋「他們」，究竟是什麼意思。

可是在這時，我忽然聽得在我身邊的青木，發出了一下呻吟聲，我忙轉頭向青木看去，不禁呆住了。

青木仰著頭，也高舉著雙手，在做和金特所做的手勢。他也雙手比著圓圈，所不同的是，他比的圓圈，是他手臂可以伸展的最大極限了。

同時，青木也在道：「他們？」

我心中真是生氣，金特一個人莫名其妙還不夠，又加上青木，我正想責叱他們，可是在那一霎間，我腦際閃電也似想起一件事來。我也不由自主，學著青木，雙臂高舉，雙手比著圓圈：「他們？」

我學著他們這樣做，是因為突然想到了青木的敘述，也想到了但丁祖母的敘述。

他們兩人的敘述中，都提到了一個「光環」，雖然大小不同，但總是一個圓形的光環。

青木比我先一步明白了金特的手勢，金特雙手在比著的，在青木看來，是一個光環。所以他也跟著比。而他見過的那個光環十分巨大，所以他的雙臂，也在盡量張開。

當我明白了這一點之後，我自然也比著同樣的手勢，而且問：「你說的他們，是一個光環？」

金特鬆了一口氣，點了點頭。

這時，我心中的疑惑，也達到了頂點。在但丁祖母的敘述中，這位老婦人說，她曾聽到一種極其柔和的聲音，發自光環。那麼，光環若也曾向金特「說」了些什麼，「告訴」了他一些事，雖然怪誕，倒還不是絕對不可想像。

可是，金特將那光環稱為「他們」，這就真有點匪夷所思。

我仍然比著手勢：「那種光環，你為什麼稱它為他們？那是什麼東西？」

金特仍然很固執地回答道：「他們。」

青木已在急速地喘著氣，我再問：「他們？是人？會講話，告訴過你天國號上的事？」

金特搖著頭：「他們，就是他們。」

我悶哼了一聲，放下手來：「他們告訴過你一些什麼？」

金特道：「沒有找到。」

我真的發起怒來：「什麼沒有找到？他們在找尋什麼？」

金特的聲音變得很低沉：「找他們要找的。」

青木忽然道：「他們就是他們！我明白了！」

我竭力使自己不發怒：「青木先生，同樣的話，我不明白，你明白了，這說明在你的經歷中，有一些事，你隱瞞了沒有對我說。」

同樣的情形下，青木懂了的事，而我不懂，只有兩個可能。一個可能就是我對青木的指責，另一個可能就是我比青木笨。

我當然選擇前一個可能。

青木現出十分慚愧的神情，低下頭，一聲不出。這證明了我的指責，我立時理直氣壯，大聲道：「我以為你什麼都對我說了。」

青木的神情極內疚：「……我只保留了一點點……真的只是一點點，連喬森先生，我也沒有對他說起過，請原諒，請原諒。」

我「哼」地一聲：「那麼，現在你就告訴我，隱瞞的是什麼？」

青木神情猶豫，我用嚴厲的眼光瞪著他：「要是不說，我們就當沒有認識過。」

青木張大了口，我一看他這種神情，就知道他準備說了，可是就在這時，平時三拳也打不出一個悶屁來的金特開了口：「可以不說。」

青木一聽，張大了的口，立時閉上。

我心中真是惱怒之極，可是看起來，再加壓力也沒有用。在惱怒之餘，我連聲冷笑：「那光環，其實也沒有什麼神秘，不過會射出一種光線殺人之外，還會講話而已。」

我這樣說，全然是為了表示，我所知的並不比他們來得少。想不到我話一出口，青木和金特一起發出了「啊」一下的驚嘆聲來。

他們一定是極其吃驚，所以反應都大失常態，應該講話的青木，驚愕得發不出聲來。而不應該講話的金特，居然立即問：「你也遇到過？」

我心中暗罵了一聲「見鬼」，我才沒有遇見過這樣的光環，但是我聽過老婦人敘述她遇見光環時的情形。

這時，我也知道，只有我表示我也遇見過，使他們感到我是和他們有著同樣的經歷，他們才不會對我有所隱瞞。所以我立時道：「當然。」

金特吸了一口氣：「說謊。」

我有點惱羞成怒，道：「為什麼要說謊，那光環，懸在半空，會大會小，發出聲音，還會急速旋轉，發出來的聲音，十分柔和！」

青木又發出了一下呻吟聲，雙手抱著頭，坐了下來。金特卻盯著我。我已經將但丁祖母所說的情形，全都搬了出來，心中當然有恃無恐，可是金特仍然搖著頭：「撒謊。」

我怒道：「遇上一個這樣的光環，有什麼了不起？」

金特道：「如果你遇到過，他們是他們，你就懂。」

我當真有點啼笑皆非，「他們是他們」，這句話我真的沒有法子懂，但是我也絕不投降，我道：「我當然懂，只不過想弄清楚一些。」

金特一點也不肯放過我：「他們向你問了什麼問題？」

我沒有見過那種光環。

但是既然假充了，只好充下去，我想起了但丁祖母的敘述，連考慮也不考慮：「什麼問題？哼，無聊得很，他們問到了靈魂，問靈魂在哪裏。」

金特的面色變了一變，後退了一步，神情仍然是充滿了疑惑，可是至少他不能指責我說謊。

在這時候，青木突然叫了起來：「是的，同樣的問題，我不知道靈魂在哪裏，可能我，我們，根本沒有靈魂。」

我向青木望去，青木站了起來，團團轉著，轉了十來下，才停了下來。

他望著我：「我……的確瞞了一些事沒有說。」

我做了一個「請現在說」的手勢，青木道：「那是……那是當天國號發生了爆炸之後，我在救生艇上，所發生的事。」

我仍然不出聲，以免打斷他的敘述。

青木的神情很苦澀：「那時，我在驚濤駭浪之中，心中的驚異，到了極點。

就在那時候，眼前一亮，那光環忽然又出現，就在我的面前，看來雖然小得多，但是我知道那是同樣的光環，它們一樣。」

他說著，又用手比了比出現在他面前的光環的大小，大約是直徑五十公分的樣子。

青木說：「這光環一出現，像是有一股奇異的力量，令得本來在波浪中快要傾覆的救生艇，變得平穩。這個光環的一種神奇力量救了我。不然，我一定葬身在大海之中了。」

我悶哼一聲：「你告訴過我，你的經歷是上了救生艇之後，眼看著天國號的沉沒，然後你就漂流到了一個小島上，找到一些美軍遺留下來的補給品。」

青木脹紅了臉：「我的確漂流了兩天，到了那個小島上，我寧願那個光環沒有救我。」

我有點詫異：「為什麼？」

青木的神情變得更苦澀：「在海上漂流的那兩天中，那光環一直跟著我。」

我剛想說那有什麼不好，這個光環既然有那樣奇異的力量，可以保證你在大海漂流時不遇險，它一直跟著你，不是很好麼？

可是我的話還未出口，突然聽得金特在一旁，發出一下呻吟聲。

我轉頭向金特望了一眼，只見這個怪人，十分苦惱困擾，同時，帶有幾分同情地望著青木，像是他很瞭解青木在那兩天海上漂流時所遭遇的痛苦。

我看到了這種情形，心中動了一動，又向青木望去。

青木吁了一口氣：「其實，也沒有什麼重要的事，我在對喬森先生，對你講述過去事情之際，略去了不說，實在是因為那……些經過並不重要。」

我冷笑道：「你口裏說不重要，但是照我看來，你卻一直放在心上，而且，覺得很困擾。」

青木再度低下頭去，長嘆一聲：「是的，你說得對，我真的很困擾。我本來可以成為一個十分優秀的工程師，但是在我又回到日本之後，多少有點自暴自棄，就是因為，因為……」

青木講到這裏，不知如何講下去才好，臉上一片迷惘之色。這種神情，絕不是假裝出來的，證明在他心中，真有著不可解決的難題。

青木的口唇顫動著，並沒有發出聲音。這時，金特突然說道：「因為你自己知道，你根本沒有靈魂。」

青木陡地震動了一下，我也陡地震動了一下。

我心中剎那之間所想到的是：金特和青木，只是第一次見面，他怎麼知道青木深藏在心底，連喬森都不肯講的困擾？

一時之間，不知道該說什麼才好，青木卻立時有了反應，他顯得十分狼狽，十足是有一件不可告人的隱私，突然之間被人揭穿了一樣。

在狼狽中，青木惱羞成怒，脹紅了臉，大聲道：「是的，我沒有，你有麼？」

這一切，從金特突然開口，到青木憤然的反應，接連發生，其間幾乎沒有間歇。我聽了青木的責問，感到了更大的震動。

青木責問金特的話，我聽來一點也不陌生，喬森的「夢話」，就是同樣的兩句話。

剎那之間，在雜亂無章中，我已經找到了一個頭緒，但是我的思緒還是很亂，我在不斷地問自己：怎麼一回事？究竟是怎麼一回事？

我迅速轉念，注意力高度集中，所以在身邊的聲音，感覺上，像是從很遠的地方傳來。

不過，我還是斷斷續續，可以聽到他們的交談。

金特在說：「是的，我也沒有，我們全都沒有。」

青木的聲音有點接近悲嗚：「為什麼會沒有？應該有的，我們全是人，人有靈魂，一定有，一定有！」

金特在說：「有？在哪裏？」

青木的聲音更接近悲嗚：「我要是知道，早就告訴他們了。」

金特說道：「如果有，一定知道。」

青木很固執：「一定有，只是我不知道在哪裏。」

金特沒有再說什麼，而青木則一直說著，他下面的話，我也沒有留意去聽，大抵還是重複著那幾句話。在他們交談時，我迅速的思考，已經有了一定的結果，我揮著手，大聲說道：「聽我說。」

在我叫了一聲之後，青木也住了口，和金特一起向我望了過來。

我已經有了一定的概念，我就根據自己得到的結論，發出問題。

我首先問：「誰在尋找人的靈魂？」

從青木的敘述，金特的話，喬森的話，甚至但丁祖母的敘述中，我已經可以肯定一件事，那便是：有人在千方百計搜尋人的靈魂。

靈魂的搜尋者，似乎問過很多人：「你的靈魂在哪裏」，或者「你有沒有靈魂」。青木被問過，但丁的祖母被問過，金特也可能被問過，喬森被問過。

所以，我要問金特和青木，究竟靈魂的搜索者是什麼人，他們都遇到過，應該回答得出來。

當我的問題一出口之際，金特現出木然的神色來，青木苦笑了一下：「就是他們。」

我追問道：「他們是誰？就是那個光環？自始至終，就是那個光環？」

青木點了點頭。我冷笑道：「你自己想想，那像話麼？光環只是一個光環，不是生物，怎麼會來搜索人類的靈魂？」

青木喃喃地道：「就是一個光環，一個奇妙而且具有神秘力量的光環。」

我還想再追問，因為我認為青木極可能還有別的事瞞著未說。但在這時候，金特卻開口：「你對生物知道多少？」

我呆了一呆，金特的這句話，分明針對「光環不是生物」而發。

這個問題，我一時之間，也的確答不上來。我對生物知道多少？生物常識，我有，對地球上的生物，我或者可以誇口說：知道很多，但是地球以外的生物呢？

外星生物的生命形態是怎樣的？形狀是怎樣的？我半點也答不上來。

縱使我心中大大不服，但是我不得不承認，我是被金特的這個問題問倒了。

所以，在呆了一呆之後，我道：「一種生物的形態，是一個光環，這無論如何，太古怪了。」

金特長嘆了一聲：「為什麼非是生物不可？」

我又怔呆了，不明白金特的意思。但是，我卻也隱隱感到，在金特的問題中，有極其深奧的道理在。

金特的問題，乍一聽，不合邏輯。

「為什麼非是生物不可？」

第九部：生命和反生命

一些東西，不管它是什麼東西，如果不斷向人發出問題，又能用行動達到某些目的，又在為某些目的而活動，例如搜尋人的靈魂，那麼，在概念上，當然，應該是生物，就算他的形態再怪異和不可思議，他也應該是生物，不應該是別的。

我在仔細想了一下之後，就將以上的一番話，講了出來，做為對金特這個問題的答覆。

金特望著我，他不喜歡多說話，可是眼前的事，卻又不是簡單的語言所能解決，他也知道這一點，所以在開口之前，神情有一種無可奈何的痛苦。

然後，他開口：「在概念上，你在概念上，只能這樣設想。」我自然不服：

「那麼，在你的概念上，如何設想？」

金特吸了一口氣：「你未曾接觸過『反物質』概念？」

我皺著眉。我聽說過「反物質」，那是一些尖端科學家提出來的，理論十分深奧，作為一個普通人，對這種概念的理解，不可能太深入。

事實上，即使是提出這種概念的科學家，自己也還在摸索的階段。有一段對話，我聽人說起過，可以作為「反物質」概念的註腳。對話的雙方，一方是提出這概念來的科學家，另一方是質難者。

科學家：物質的存在，大家都知道。有物質，也一定有反物質。

質難者：科學重實踐，你提出有反物質的存在，那只是一種假設，要等找到了反物質，才可肯定。

科學家：既然是反物質，「存在」這種字眼就不適用，反物質，根本不是一種存在，當然更不能用「找到」這個詞，要是能找得出來，供我們研究，那就是物質了。

質難者：哈哈，那算是什麼？看不見，摸不著，找不到，甚至不存在，那算是什麼？

科學家：一點也不好笑，那就是反物質。

這段對話，對於瞭解「反物質」，其實並沒有什麼幫助。但是對於「反物質」概念的建立，卻有一定的作用。

我不知道金特在這時，忽然提出了這個還只是被某些尖端科學家提出來的一個概念，有什麼作用。所以我問道：「稍微接觸過一點，反物質，那和我們現在討論的問題，有什麼關係？」

金特用十分緩慢的語調道：「物質，反物質；生命，反生命！」

我望著金特，金特居然破例，將這十個字，又重複了一遍。我深深吸了一口氣。真的，我不是十分明白。物質和反物質的概念，已經是如此虛無標緲，不可捉摸，何況是生命和反生命。

我在遲疑了片刻之後，才又問道：「反生命，是什麼意思？」

金特道：「就是一切和生命全部相反。」

我再試探著問道：「你是指那個光環，那是反生命的……現象？」

金特點了點頭，表示我說對了，我只好苦笑。老實說，我實在莫名其妙。

反生命！什麼叫反生命呢？反生命是什麼東西？錯了，反生命當然不是「東西」，甚至不是一種存在，只是一種現象。用「現象」這個字眼，可能也不恰當。或者，人類的語言之中，根本沒有一種詞彙可以形容反生命或反物質，因為人類的語言，全是為物質或生命而創設的。

金特表示那光環，是一種「反生命」現象，這又是什麼意思？

我儘量使自己的思緒不那麼紊亂，再道：「是生命也好，反生命也好，那光環，總會有一種行動，它會發出一種光線來，這種光線可以做很多事，包括殺人在內！」

金特皺著眉，對我的話，不置可否。

我繼續道：「這個光環，還會發出聲音，逼問人的靈魂在何處。」

金特卻搖頭，我剛想反駁，他已經道：「不是它在問，而是它使你感到它在問。」

我「哼」地一聲：「那有什麼不同？」

金特道：「不同。」

我先想了一想，想起但丁祖母的敘述，那兩個護送她的侍衛，在光環之前，曾大聲叫嚷，但當時但丁祖母，卻並沒有聽到什麼聲音，那的確不同，那光環可以使人感到它在發問。

這一點，倒還比較容易理解，如果那光環有一種力量，可以直接影響人腦部活動，那麼，它就可以使人感到自己聽到了某種聲音，那是聽覺神經的作用。

我同意了金特的話：「好，有不同。但無論怎樣，他們——那種光環的目的，是在搜尋靈魂，人的靈魂，對不對？」

金特道：「看來是這樣。」

他講了這句話之後，頓了一頓，忽然又主動講了一句：「我們，從人有思想開始，一直在尋找自己的靈魂。」

金特這兩句話，聽來很玄。但是想深一層，倒也大有道理。任何人，在一生之中，都會有找尋自己靈魂的想法。每一個人，都以為自己有靈魂，可是自己的靈魂在哪裏呢？

我感到有點明白金特所說的話的含義了，我道：「靈魂，就是反生命？」

金特攤著手，說道：「不知道。」

我知道，再和金特談下去，也不會有什麼結果，金特回答「不知道」，那自然是他真的不知道，因為他也是人，是一種生命形式的存在，無法作生命形式之外的任何突破。而反生命，全然是另外一種形式，是任何以生命形式作存在的人，所無法觸及的現象。

我想了一會兒之後，轉頭向青木望去，青木也搖著頭：「我也不知道，我根本不知道什麼叫反物質、反生命，我只是回答不出那個問題。」

我來回走了幾步，坐了下來：「有一種現象，正在搜尋人的靈魂？」

金特點了點頭。

我苦笑了一下：「真奇怪，他們為什麼會對人的靈魂發生興趣。」

金特說道：「你可以直接問他們。」

我有點惱怒：「他們在哪裏？」

金特的雙眼，看起來有點發呆，這顯然又是一個他所回答不出的問題。

我又悶哼了一聲：「好了，這一切全不再去理會它。如今，喬森所受的困擾，是不是也來自那個光環？」

金特想了一會兒：「可能是。」

我提高了聲音：「你應該知道得很清楚。是，或者不是。什麼叫『可能』？你曾建議他用天國號上的事來做為回答。而你，顯然也被那光環問過同樣的問題？」

金特這次，回答得很乾脆：「是。」

到這時，總算有了極大的收穫。我不但知道了喬森精神困擾是怎麼一回事，也把兩件看來毫不相干的事，結合了起來，知道了有那個神秘光環的存在——我不願用「反生命」這個詞，這太難以令人理解了，一個光環的存在，比較容易明白。

同時，我也知道了這個光環，正一直在做著一件事：搜尋人類的靈魂。

附帶說一句，十分有趣的是，這個神秘光環搜尋人類靈魂的方法，十分幼稚。但丁祖母說「靈魂被魔鬼收買去了」，光環就追問是不是有收買靈魂的魔鬼，光環又以為人的靈魂，是在珍寶之中。人的靈魂被珍寶吸了去，被金錢買了去，這只不過是一種「說法」，並不是真有這樣的事。

這種「說法」，在人類語言之中，流傳了不知道多久，而那個神秘光環，居然根據這種「說法」，真想把人的靈魂找出來，幼稚可笑得很！

這個神秘光環，如今喬森正在受著它的困擾，只要找到喬森，就可以見到這個光環。

我不在乎被這個神秘光環困擾，很希望能見到它。它不過問我靈魂在哪裏，我可以簡單地回答不知道，然而，在對答之間，我卻可以弄清楚它的來龍去脈。

我站了起來，向金特道：「很多謝你的啟示，我會去找喬森。青木先生，我們該告辭了。」青木站了起來，我和他一起走了出去，金特並沒有說什麼。我和青木在離開了金特的住所之後，進了電梯。

當電梯開始向下降去之際，青木喃喃地道：「我不知道喬森先生……也遇見了那……種光環。」

我瞪了他一眼，青木這個人，窩窩囊囊，再加上他敘述經歷，隱瞞了一段，很令人反感。聽了他的自言自語，我忍不住道：「困擾？自己找的。」

青木聽出我有責備的意思，低了頭，可是從他的神情看來，他對我的話，感到不服氣。我又道：「那個光環，動不動就殺人，我看一定是一種奇異的生命形式，侵入地球的異星生物。」

青木沒有表示什麼意見，電梯門打開，他默默地走了出去。離開了那幢大廈之後，深夜的街頭上很寂靜。我們都不出聲，向前走著。

走了一段路之後，青木停了下來，道：「衛先生，如果再也找不到喬森先生？」

我嚇了一跳：「你這樣說，是什麼意思？」

青木雙手，又開始扭動他那頂破帽子，道：「我瞭解喬森先生，他是一個……一個……鍥而不捨的人，一定要追尋問題的答案，不像我……」

他言詞吞吞吐吐，令人冒火，我問道：「像你，又怎麼樣？」

青木的神情十分苦澀：「像我……在那種光環不斷追問之下，你知道，他們對於『不知道』這個答案並不滿意，會不斷追問下去，直到我向他們承認了……我根本沒有靈魂。」

青木的話，說到後來，聲音越來越低，像是在說著什麼見不得人的醜事。而且，還現出極其痛苦而又無可奈何的神情。

我感到十分奇怪：他對於自己是不是有靈魂，感到極端重視。而一般來說，除非是基於宗教上的理由。普通人對自己有沒有靈魂，並不覺得如何重要。

我望了他一會兒：「據我所知，喬森先生，也已經承認了自己沒有靈魂。他曾在半夜大叫：『我沒有，你們有麼？』這證明他已經承認。」

青木依然十分痛苦：「不，那是喬森先生的負氣話，我恐怕他……他會盡一切可能，把自己的靈魂找出來，給他們看。」

青木的話，真可以說是荒唐到了極點。世界上任何人，不論他如何努力，只怕也絕對沒有法子可以把自己的靈魂找出來讓人家看看的。

聽了青木這種荒唐話，我真想哈哈大笑。青木卻又一本正經地說：「我不懂得什麼生命、反生命的道理。但是我想，靈魂如果是反生命，那麼，必須先突破生命——」

我是一直忍住笑，聽到這裏，我不再想笑，而代之以一種悚然。

青木的話，很有道理。

人對於「靈魂」的認識，一般來說，達到「生命」和「反生命」這種新概念的少，相信人死了之後，變成一種靈魂的多，這是很傳統而且固執的想法，甚至在邏輯上不是很講得通：靈魂若是存在，不管人活著或死了，都該存在。為什麼活的時候不存在，死了就存在呢？但是一般人都這樣相信。

青木這時擔心的是，喬森固執起來，是不是會去突破生命的形式，向那個神秘光環，展示他的「靈魂」？聽來很荒唐。不過，我相當瞭解喬森為人，知道並不是沒有可能。

我忙道：「快回酒店，看看他是不是已經去了？」

我一面說，一面急步向前奔著。到了前面街口，截停了一輛計程車，和青木一起上車。

喬森根本沒有來過。

他在一條陋巷中被人發現，已經死了。我再見到他，他在殮房中，已經經過了法醫的剖驗。

法醫剖驗他屍體的結果，對他致死的原因，也感到了吃驚，法醫的報告是：「此人死於大量飲酒，在酒中有三種以上的致命毒藥，再從至少十公尺以上的高處躍下而致死。」

那是我在見到金特三天之後的事。

在這一天，那個珠寶展覽會已成功地舉行。我當然沒有參加，只是在報上看大幅報導。

開幕那一天，冠蓋雲集，報導記述了一個「小插曲」，說是有一個怪人，在開幕典禮上，發表了一篇莫名其妙的演說，引起了一陣小小的騷動，結果這個怪人，雖然持有大會的正式請帖，但是還是被保安人員趕了出去。

有的報紙上，還刊有這個「怪人」的照片。我一看，就認出那個「怪人」是金特。

真是怪異，金特那麼不喜歡講話，卻跑到一個世界性的珠寶展覽會上去「發表演說」！

報上沒有記載金特講了什麼。我想知道，只要去問問但丁就可以，但是我忙於尋找喬森，也沒有和但丁見面。

我知道，但丁在開幕後的第二天，來找過我，但是我不在酒店。

我怕他要逼我去見他的祖母，所以雖然回了酒店之後，也不和他聯絡。

我在殮房中看到了喬森的屍體，心情沉重，難過之至地離開，一個法醫走過來：「剛才那具屍體，是你的朋友？」

我苦笑著，點了點頭。那法醫搖頭道：「他為什麼非死不可？從來也沒有人採取那麼堅決的方法來結束自己生命。」

我一直向外走去：「或許，他是為了追求反生命的出現。」

那法醫本來是一直跟在我的後面的，當他聽了我的話之後，陡然站定，我不必轉過頭去。也可以知道那法醫看著我的眼光，一定古怪之極。

我心情苦澀，自己一再重複著我剛才所說的那句話。「追求反生命的出現」，這樣說法是不是對？反生命既然是和生命完全相反，那麼，「出現」這樣的詞，當然不恰當。

喬森的死，給我打擊極大，思緒一片渾噩。

才走出殮房，就聽得一聲怪叫，青木正跌跌撞撞地向我奔了過來。

我在趕來殮房之前，曾和青木聯絡，叫他也來，他來遲了一些。我伸手扶住他。青木仍然在發出哭叫聲：「喬森先生，喬森先生……他……他……」

我嘆了一聲：「他死了，自殺。」

青木劇烈地發抖，我要用雙手重重地壓在他的肩頭上，好讓他不再抖下去。青木一面發抖，一面還在掙扎講話：「他……真的……是那樣……我已經料到，他會那樣。」

我苦笑了一下：「他的生命結束了，是不是生命結束，反生命就產生？」

青木雙手掩著臉：「我不知道，我不知道。」由於我和青木兩人的行動，十分怪異，所以有不少人在注意我們，我拉著青木，向前走著。漫無目的地向前走，全然沒有留意已經到了何處。

等到心境較為平靜，發覺我們來到了公園。我和青木在一張長椅上坐了下來，公園中沒有什麼人。坐定之後，我又嘆了一聲，心中又是難過，又是氣憤，恨恨地道：「那種光環，他其實是被那種光環殺死的。」

青木悶哼了一聲，沒有反應。我的情緒越來越激動，陡然之間，大聲叫了起來：「我有靈魂！你們在尋找靈魂？我有，可以給你們看，快來，我有靈魂，我有。」

喬森的死亡，使得我心情鬱悶，所以才這樣神經質地大叫。

青木因為我的失態，驚呆得站了起來，不知所措，我叫了兩遍，停了下來。喘著氣，又為我剛才的行為而感到幼稚可笑。

青木顯然知道我這樣高叫的用意，在我靜了下來之後，他低聲道：「如果他們找到了喬森先生的靈魂，應該滿足，不會再出現了。」

我腦中亂成了一片，「靈魂」不可捉摸，它究竟是什麼，世界上沒有人可以說得上來。有的人認為那是一組電波。但電波不是反物質，也不是反生命，靈魂和人類的知識、思想、言語，是全然不相干的一種現象，如果有存在，一定是存在於另一個空間之中。

我無法繼續想下去，只好雙手握著拳，深深地吸著氣：「你準備怎麼樣？」

青木想了一會兒：「當然只好回日本去。喬森先生給我的錢，還沒有用完。唉，真是想不到，那麼好的一個人。」

青木說到這裏，又嗚咽起來。我取出了一張名片，又塞了一卷錢在他的口袋中：「希望日後，我們保持聯絡。如果……如果……你又遇上了那個光環，不論你在什麼地方，多麼困難，都要設法通知我。」

青木用力點著頭，表示他一定會做到這一點。我道：「你應該知道我的意思，那光環在搜尋靈魂，我要搜尋他們，看看究竟是什麼東西。」

青木的神情有點駭然，但還是點著頭。

我和青木一起向園外走去。一面走，一面在想，曾經見過那個光環的人，還活著的，據我所知，只有三個人：金特、但丁的祖母和青木。

其餘見過光環的人全死了，這三個人中，最神秘的是金特。金特和那種光環之間，好像保持著某種程度的聯繫。我如果要想那光環出現，弄清它是什麼東西，應該從金特那裏下手才是。

出了公園之後，我決定再去看看金特。我已經想好了對付金特的辦法，不論他多麼固執和不愛說話，就算是動粗，我也要逼他說出一切來。

可是，我一切的盤算，全落了空，在那幢大廈前，才一下車，司閽就迎了出來：「衛先生？金特先生已經搬走了。」

我陡地驚動了一下，一股氣被憋住了無處宣洩、極度苦悶。

那司閽又道：「他知道你會來找他，所以，有一封信和一包東西留給你。」

我忙問道：「他搬到哪裏去了？他住所裏東西很多，怎麼可能一下子就搬走了？」

那司閽一面取出一封信來給我，一面道：「他搬走已經兩天了，不知道他搬到哪裏去。」

我忍住心中的失望，接過信來，撕開，拉出信紙來。信上的字跡極潦草，乍一看，根本不能看得出那是什麼文字。

我定了定神，仔細看，才看出信居然是用中文寫的。我倒未曾想到金特的中文如此嫻熟。信的內容很簡單：

「衛先生，我知道你一定會來找我，但是我卻不想和你再交談，因為那不會有結果。反生命不是尋常人所能理解。留給你的一包東西，是我所做的筆記的一部分，你如果有興趣，可以看看。最後，我要告訴你一點，我本人，畢生都在追尋人類的靈魂，至今為止，沒有結果。」

看了金特這樣的信，我只好苦笑，司閽又取出一個紙包來給我，我接了過來，也不知道那是什麼樣性質的筆記，但是猜想起來，多半和他搜索靈魂的經歷有關。給了司閽小費之後，和青木離開。

青木一直很憂傷，我也想不出什麼話來安慰他。我們又並肩步行了一程，他才說道：「我們該分手了。」

我和他握手，在岔路口分了手。自顧自回酒店去，才一進酒店，就聽到但丁的聲音，在大叫我的名字。我抬頭向他看去，他已經急得全然不顧禮貌，向我奔過來，推開了兩個阻住他去路的胖女人，直衝到我的面前。

他一來到我的面前，就一把抓住了我的上衣，叫道：「我終於等著你了，你可知道我等了你多久？」

他一面叫著，一面還喘著氣。酒店大堂中所有人，都以極奇異的眼光，向我望來。我對在我身邊的一個老婦人道：「沒辦法，誰叫我欠他錢。」

那老婦人現出了一副愛莫能助的神情，搖著頭，走了開去。

但丁怒道：「你倒說得輕鬆，欠我錢？你欠我人。走，什麼都安排好了，上飛機場去。」

我叫了起來：「可是總得讓我回房間去收拾一下。」

但丁現出兇惡而又狡獪的神情來：「不必了，行李已替你收拾好，在車上了，快走吧。」

但丁說著，竟強推著我向外走去。我又好氣又好笑。這時，我自然可以輕而易舉地把他打倒，但是我卻並沒有這樣做。

他推著我，一直來到門口，才鬆開了我的衣服，揮了揮手。立時有一輛大房車駛了過來，但丁直到這時，才恢復常態：「對不起，我真的急了，祖母的病很沉重，我們一定要在她還沒有離去之前趕去看她。」

我怔了一怔，本來，我早已準備出些花樣，整治一下但丁，以懲罰他的無禮，例如到了飛機場突然溜走之類。但這時聽得他這樣說，可知他的焦急，並非沒有理由。我只好道：「你怎麼不早說？」

但丁惱怒道：「早說？對誰說去，你連影子都不見。」

我嘆了一聲，和他一起上車：「我不是故意躲你，我一直在找喬森。」

但丁揮手令司機開車，道：「快，盡快！」然後他轉過頭來問我：「找到了沒有？」

我答道：「找到了，在殮房。」

但丁陡然轉過身，向我望來，神態極其驚訝，我攤了攤手：「為了某種極怪異的原因，他自殺死的，唉。」

但丁沒有說什麼。我又道：「有一件事，你祖母的故事中的那個光環，我可以肯定有。」

但丁一聽，神情變得極其興奮：「怎麼證明？我一直不敢完全相信。」

我道：「另外有人見過，那個日本人，你遇到過的，青木，他見過。還有一個十分怪異的人，名字叫金特，也見過；喬森，可能也見過。」

但丁的神情有點緊張：「那麼，會不會他們也知道我們知道的事？」

但丁真是小心，他連「寶藏」兩字也避免提，怕被前面的司機聽到。

我搖頭道：「我想不會。」

但丁皺著眉，但是忽然之間，他又笑了起來：「你說的那個金特，在珠寶展覽會開幕那天，做了一件十分滑稽的事。」

我想起了報紙所載的新聞：「是啊，報上說他發表了一篇演說？」

但丁道：「是，這個人，我看神經有問題。」

我十分嚴肅地道：「絕不！你可還記得他的演說？」

但丁瞪大了眼睛：「如同夢囈一樣，你為什麼要聽？」

我道：「你別管，將當時的情形詳細告訴我。」

我想知道當時的情形，是因為我肯定金特決不會將時間浪費在沒有意義的事情上。他發表演說，我更可以肯定，他經過長期計畫，這就是他要請柬，參加開幕儀式的目的。

但丁看到我這樣堅持，只好告訴了我當時的情形，他說得十分詳細，好幾次，車子在急轉彎時，他身子傾側，也沒有中斷敘述。

在嚴密的保安下，珠寶展覽開幕。深紫色的帷幕緩緩拉開，高貴人士緩緩進入會場。

精心設計的燈光，照耀在展出的珍寶上，令得珍寶的光彩，看來更加奪目。所有櫃子，全用不反光玻璃製成。以致看來，珍寶像是全然沒有什麼東西遮蓋著，一伸手就可以碰得到。有不少人，不由自主地伸手，想去撫摸一下那光彩絢爛奪目、誘人之極的珍寶，等到手指碰到了玻璃，才知道一個事實，自己和那些美麗的東西之間，有阻隔，不可突破。所以，每一個伸出手去的人，縮回手來，都現出失望的神情。

當然，這種失望的神情要刻意掩飾，不能讓人家看到。

但丁．鄂斯曼是全場最活躍的人物。並不是他自己想活躍，而是由於他對珠寶的非凡鑑賞能力，使得每一個有意購買珍品的人，都想先聽聽他的意見。

但丁忙於應酬各色人等，所以金特進來的時候，他並沒有注意。

事實上，金特進入會場，並沒有引起任何人的特別注意，他穿了一身全黑的衣服，看來雖然怪異，但是他有著正式的請柬——請柬上有一條磁性帶，經過特殊儀器的檢查以確定真偽，絕對無法偽造。

而且，當金特進來的時候，展覽會的主席，正走上一個講台，準備發表簡短的談話，是以每一個人的視線都被吸引了過去。

主席的講話十分簡短，在這種場合下，誰要是發表長篇大論的演說，那麼誰就是標準的傻瓜。主席的最後一句話是：「現在請大家……」

他本來要講的是「現在請大家仔細欣賞大自然留給我們的奇珍異寶吧。」

可是，他話才講到一半，金特不知在什麼時候，已經來到了他的身邊，就著擴音器，接了下去：「現在，請大家聽我說幾句話。」

主席陡地一怔，那是不應該有的流程。可是他還沒有來得及做任何抗議，就感到腰際，有一個管狀的硬物，頂住了他。

主席的臉色，在剎那之間，變得極其難看。他無法知道頂住他腰際的是什麼東西，因為金特身上所穿的那件黑色衣服，式樣十分奇特，有寬大的衣袖，將他的手完全遮掩住，看不到他手中所握的是什麼。

金特向主席眨了眨眼：「主席先生，我的話，大家都有興趣。」

在這樣的情形下，主席要考慮到他自身的安全，除了點頭之外，似乎沒有別的辦法。金特突然出現，人叢中也引起了一些驚訝，但是每個人都看到主席點了頭，所以，也很快靜了下來。

金特就著擴音器：「各位：現在在各位面前的，是許多美麗的珍寶，它的價值，並不在於它們的美麗。大自然中美麗的東西極多，為什麼只有它們才使人著魔？是不是我們的靈魂，就在珍寶之中？」

金特的話講到這裏，幾個保安人員，已經疾衝了進來，會場之中，起了一陣騷動，但畢竟與會人士，全是見慣大場面的人物，所以並沒有引起混亂。

金特也顯然看到有保安人員向他衝了過來，所以講話的速度也快了許多。

他提高了聲音，道：「各位，你們的靈魂在哪裏？如果誰能回答出來，希望他馬上告訴我。」

人叢中有人叫道：「我也想知道，哈哈。」

這個人的笑話，引起了一陣笑聲。四個保安人員來到了金特的身邊，但只是監視著，並沒有展開進一步的行動。

金特繼續說著：「別笑！各位的靈魂在哪裏？人類的靈魂在哪裏？或許人原來是有靈魂的，但是在珍寶所代表的那種價值之下，全都消失了？」

人叢中開始響起了噓聲，但是金特仍然在繼續著他的演講：「各位，人類的靈魂，到哪裏去了？各位……」

人叢中又有人叫道：「全都上天了，靈魂不上天，留在世上幹什麼？」

金特的聲音變得極哀傷：「這個問題，並不是我要問，是有……有人感到，像今天這樣的聚會，參加者是全世界人類中的精英，這是一個難得的機會，所以才要我來問一問，再加上，這裏有那麼多珍寶，珍寶為什麼會吸引人，它所代表的那種價值，為什麼可以驅使人去做任何事，為什麼……」

金特講到這裏，或許是由於他太激動了，以致他的手揮動著，離開了主席的腰際。

金特的手一揚起來，主席也看到，他手中所拿的，絕不是什麼手槍，只是一隻煙斗。

主席在陡然之間，變得勇敢起來，叫道：「把他趕出去，這個人是瘋子。」四個保安人員立即開始行動，熟練而又快疾，將金特挾下來，拉向外面。在這時候，身邊有著男伴的高貴女士，都紛紛發出適當的呼叫聲，昏了過去，身子倒下來，都能恰好由她們身邊的男伴扶住，未曾引出更大的悲劇。

金特一面被保安人員抬出去，一面還在叫：「大家繼續欣賞吧，在珍寶美麗的光輝之中，可能就有著人類的靈魂。」

金特被直抬了出去，據說，一直抬到酒店的大門口，被保安人員推向馬路，幾乎沒有給來往的車輛撞死。

金特被抬了出去之後，不到兩分鐘，會場就已完全恢復了常態，再也沒有人提起他。只有幾個記者，記下了當時的情形，第二天，在報上刊登出來，也只是一則小小的花邊新聞。

「金特在一直被抬出會場之後，還在叫嚷。」但丁說，「我本來想追出去看看他，可是保安人員勸我不要出去，所以，我沒聽清楚他又叫嚷了些什麼。」

聽完了但丁的敘述之後，我呆了半晌。這時，車子仍然以極高的速度，駛向機場。

第十部：靈魂代表什麼

我在想，金特在這樣的場合之下，這樣講話，究竟有什麼意義？金特在話中表示，一連串的問題，並不是他自己要問，而是「有人」要他問。

他說及「有人」，曾經猶豫，顯然，要他問的，並不是「人」，而只是一種現象，我甚至可以肯定，一定就是那種不可思議的「光環」。

我在思索，但丁又道：「這個怪人的話，有幾處和我祖母的敘述，有相同之處，當時我就感到奇怪，所以想追出去問。」

我「唔」地一聲，低聲說道：「是，都提到了珍寶和人類靈魂的關係。」

但丁想了一想：「那人的話更容易明白，他的說法是：珍寶和它代表的價值。我想，他指的是金錢價值，那麼，他的話就比較容易明白：人類的靈魂哪裏去了？全被金錢力量消滅了？」

我聽後不禁深深地吸了一口氣，但丁的理解很對，金特想要表達的，就是這個意思。

或者說，這並不是金特所要表達的意思，而是那個「光環」要找尋的答案。

在文學和哲學上，表達人類的靈魂受到金錢力量的左右，這種說法，存在已久，而且也可以理解，這種形容的方法中，「人類的靈魂」這個詞，代表人類性格中美好的一面，只是一個抽象的名詞。但是，在金特的那個問題上，靈魂卻不是那樣的一個抽象名詞，金特的問題（也就是「光環」的問題）問人有沒有靈魂，靈魂在哪裏，等等，都將靈魂當做一種切切實實的存在來發問。

那應該如何理解？

但丁繼續在自言自語：「珍寶和人類的靈魂聯繫在一起？我不知道自己靈魂在哪裏，你知道麼？」

對這樣的問題，我有點氣惱：「當然不知道，沒有人知道。」

但丁現出一副沉思的樣子來：「如果根本沒有人知道，那麼，人類是不是有靈魂，是一個疑問！」

我盯著他：「這個問題，不是太有趣。」

我是想阻止他再在這個問題上討論下去。可是但丁卻哈哈笑了起來。他笑得十分突然，我實在想不出我們這時的談話，有什麼好笑之處。

但丁一面笑，一面道：「真有趣，每一個人都認為自己有靈魂。」

我悶哼了一聲：「你說的靈魂，是一個抽象名詞，代表了人性中善良美好的一面，還是一個存在？」

但丁呆了半晌，看來他是認真地在思考這個問題，過了好一會兒，等到車子在疾行之中，突然一個急煞車，停在一個紅燈之前，他才道：「兩者二而一，一而二。」

我呆了一呆，回味但丁那句話。是啊，為什麼不可以二而一，一而二？抽象和實際的存在，可以互合為一。尤其，靈魂的存在，本身就極度抽象。

我深深地吸了一口氣：「你的意思是：人有靈魂，所以才有人性善良美好的一面，而人如果沒有靈魂，人性善良美好的一面就不存在？」

但丁望著外面，紐約的街道上，全是熙來攘往的途人，他的神情很惘然：「正是這個意思。」

但丁在講了這句話之後，頓了一頓：「如果是這樣的說法，那麼，我實在看不出人有靈魂。」

他在這樣說的時候，聲音十分苦澀。我也不禁苦笑了一下。真的，人性中美好的一面，所佔比例實在太少，街上那麼多人，哪一個人不在為自己打算？不在為自己的利益做拚命的努力？本來，人為自己打算，為自己的利益做拚命的努力，十分正常的事，人是生物的一種，生物為了生存，必須如此。可是人類在求利的過程中，有太多卑污劣蹟、下流罪行產生！

我和但丁兩人都陷入了沉思，到了機場，我下車：「但丁，這個問題，不必再談下去了！」

但丁立時如釋重負地點頭，表示同意。

我自然明白他的心意，因為我自己也有這樣的感覺，這個問題，如果問下去，似乎只有一個答案：人類沒有靈魂。

人類沒有靈魂，每一個人反躬自問，答案自然也是「我沒有靈魂」，這令人沮喪，人查究自己是怎樣的一種生物，結論竟然是性格中沒有美好的一面。

突然之間，我心頭感到遭受了一下重擊，我有點明白，喬森為什麼如此堅決地要自殺。

喬森自殺，他意識上，並不是結束了他自身寶貴的生命，而是結束了一個卑污的、沒有靈魂的生命。

當我想到這一點的時候，不由自主，打了一個寒顫，不敢望向但丁，只是匆匆走進機場。

但丁不知道向哪一個伯爵夫人，借了一架飛機，所以一到機場，並沒有等了多久，就已經登上了那架私人飛機，幾乎立即就起飛。

到瑞士的航程並不短，一共加了兩次油，飛機總算在日內瓦機場降落，下機之後，但丁開車，橫衝直撞。我知道他發急，是因為寶藏。他祖母曾經說過，如果他不能在她生前找到可靠的夥伴，她就寧願把那個寶藏永遠成為秘密。

我坐在但丁的身邊，看到他那副焦急的模樣，忍不住道：「你這樣開車，只怕你祖母的病情沒有惡化，你就先下地獄了。」

但丁的眉心打著結，一副惡狠狠的樣子：「下地獄？我用什麼去下地獄？」

我不禁呆了一呆，我不過隨便說說，誰想到但丁尋根究底。一般來說，「下地獄」代表死亡，「見」的自然不再是肉體，而是靈魂，但丁這樣問，他的意思，自然再明白不過。

我悶哼了一聲，沒有回答，由得他用力去踏下油門，一面連轉了三個急彎，然後，他才吁了一口氣：「對不起，我真想要找到那個寶藏。」

我苦笑了一下：「其實，你現在的生活很好，纏在你褲帶上的那十二顆寶石，如果你肯出讓，那可以使你的生活過得更好……」

但丁一面盯著前面的路面：「一百二十顆豈不更好，一千二百顆，那更好！」

我嘆了一聲，一千兩百顆這樣的寶石，當然更好。然而，「更好」只怕沒有止境。當你有了一千兩百顆之後，「更好」的是一萬二千顆。

我沒有多說什麼，但丁駕車的速度也絲毫不慢。

日內瓦湖邊的住宅區，可說是整個地球上，豪富最集中的地方。要考驗一個人是不是真正的豪富，主要的考題之一，就是：在日內瓦湖畔，有沒有一幢別墅。

車子駛上了一條斜路，直衝向一幢房子的鐵門，鐵門倏然打開，但丁直衝了進去，經過花園，然後，車輪陡然發出「吱吱」的聲響，停在建築物的門口。

但丁打開車門，向我做了一個手勢，直奔上石階，我跟在後面。但丁一面向上衝，一面在大聲叫著。我跟著進去，那是一個佈置十分精美的大廳，我看到兩個醫生，正提著箱子，自一道寬闊的樓梯上走下來。

但丁已經向上直迎上去，焦切地問道：「怎麼樣？」

那兩個醫生並沒有回答但丁的問題，只是向一個管家道：「老太太信的是什麼宗教?怎麼神職人員還沒有來?」

但丁陡地呆了一呆，我也知道老太太的情形不是很好，要請神職人員，那麼，老太太的生命，已經瀕臨消失了。

但丁大聲叫著，向上衝去，那兩個醫生十分生氣，問我道：「這是什麼人?」

我並沒有回答他們的問題，也緊跟著在他們兩個人之間，穿了過去。

二樓有一條相間寬闊的走廊，但丁在前面奔著，我很快追上了他。他在一扇門口，略停了一停，喘了幾口氣，推開了門。

裏面是一間十分寬大的臥房，佈置全然是回教帝國的宮廷式，豪華絕倫。在一張巨大的四柱床上，一個看來極其乾瘦的老婦人，正半躺在一疊枕頭上，有兩個護士，無助地望著她。

但丁大踏步走了進去，用土耳其語，急速地問：「祖母，我來了。我已經找到了夥伴，你說的，必須要有的夥伴。」

老婦人躺在床上，乍一看來，會以為那已經是一個死人!

但是但丁一叫，老婦人灰白的眼珠，居然緩緩轉動。但丁直來到床前，一面跪了下來，拉起了他祖母鳥爪一樣的手，放在唇邊吻著，一面反手向我指了指，示意我也來到床前邊。

我走向床邊去，老婦人的頭部，辛苦地轉動著，向我望了過來。她的雙眼之中，已沒有生氣，可是她顯然還看得到我。被一動也不動的眼珠盯著看，不是舒服的事。我勉強擠出了一點笑容：「但丁是我的好朋友。」

老婦人身子動了起來，看她的樣子，像是想掙扎著坐起來。但丁忙去扶她，兩個護士想來阻止，被但丁粗暴地推開。

一個護士轉身奔出臥室，另一個口中不斷喃喃地在禱告。

老婦人在但丁的扶持之下，身子略為坐直，她的呼吸，強力了許多，甚至連眼珠也可以轉動。垂死的人，突然之間，因為某種刺激，而出現這種現象，一點也不值得歡喜，那叫作「迴光反照」，是一個人的生命快要結束之前的短暫亢奮。

但丁緊靠著他的祖母：「祖母，那只打不開的盒子在哪裏？」

老婦人的手顫動著，看樣子她正努力想抬起手，但是她實在太虛弱，結果，只是抬起了一根手指來，向前略指了一指。

我循她所指看去，看不到什麼盒子，可是但丁的神情卻極興奮：「是，祖母，我知道那裏有一個保險箱，祖母，密碼是什麼？」

我呆了一呆，再向老婦人垂死的手指所指處看了一下，看不出有什麼保險箱。

這時，剛才奔出去的護士，和兩個醫生一起走了進來。一進來，護士就神色憤然，指著但丁。我忙過去：「這位是病人的孫兒，他們正在做重要的談話。」

那護士仍憤然道：「應該讓病人安靜地……」

她的話還沒有說完，醫生就搖了搖手：「由得他們去吧，都一樣。」醫生的話說得再明白也沒有，老婦人沒有希望了，騷擾和平靜的結果，全是一樣，老婦人命在頃刻，隨時都可以死去。

這時，但丁以一種十分緊張的神情，把耳朵湊近老婦人的口部，一面向外揮著手，我知道他的意思，低聲道：「各位請暫時離開一下。」

四個人一起走了出去，我將門關上，聽得但丁以極不耐煩的聲調道：「別管這些了，祖母，密碼是什麼？取得了那盒子之後，如何打開？」

我心中也有點奇怪，老婦人的生命之火，隨時可以熄滅，在這時候，她還講了些什麼廢話？我也走到床前，老婦人在以一種極緩慢的速度搖著頭，看來簡直詭異莫名。

她一面搖著頭，一面發出比呼吸聲不會大了多少的微弱聲音：「孩子，你……知道保險箱？我……沒告訴過你。」

但丁更著急道：「祖母，別理會這些好不好？」

可是老婦人仍然固執地搖著頭，但丁道：「好，是我自己發現的。」

老婦人突然笑了起來，一面笑，一面嗆著氣，以致發出來的笑聲，可怕之極。但丁已急得一頭是汗，老婦人這樣笑著，只要一口氣嗆不過來，立時可以斷氣。

幸好，老婦人笑了幾下，胸口劇烈地起伏著，已停止了笑聲，卻眼珠轉動，向我望了過來，在她滿是皺紋的臉上，突然現出了極其詭異的神情。

我當時絕不知道她的神情忽然之間這樣古怪，是什麼意思？我只是嚇了一跳，以為那是她臨死，面部肌肉抽搐的後果。可是，那種詭異的神情，立即在她臉上消失，她又望向但丁，口唇顫動著。但丁忙湊過耳去，不住點著頭，不到一分鐘，他就神情極其滿足地直起了身子，理也不理他的祖母，向前走去，走到了一張几旁。在那几上，有一隻十分巨大、精緻的瓷花瓶，上面繪有工筆的美女。

但丁伸手，將那只大花瓶提起來，原來花瓶的下半部是空的，罩在一具小型的保險箱上，那具小型保險箱，看來固定在茶几上。

我看了這種情形，心想：用這種方法來掩飾一具保險箱，倒並不多見。

我注意著但丁的行動，只聽得那老婦人突然發出一陣怪異的聲響，我忙向老婦人看去，老婦人正望向但丁，怪異的「咯咯」，發自她的喉際，看來她正要向但丁說什麼。

我忙道：「但丁，你祖母好像有話要對你說。」

可是但丁恍若未聞，只是在轉動著保險箱上的鍵盤。我忙來到床前：「老太太，你想說什麼？」

老婦人的頭部，已不能轉動，只是移動著她的眼珠，向我望來。

她頭部不能轉動，而只能移動眼珠的神情，看來相當可怖，可是，當她的眼珠定向我的時候，她突然再一次，又現出了那種看來像是嘲笑的神情。

她的喉際，發出「咯」的一聲，眼睛之中，唯有的一絲光采，也立時消失，眼仍然睜著，可是誰也看得出，這個有著許多神奇經歷的老婦人，已經離開人世。

我失聲叫道：「但丁，她死了！」

幾乎在我叫出那句話的同時，但丁發出了一下歡呼聲。我抬頭向他望去，發現他根本沒有理會他祖母的死活，他已經打開了那具保險箱。

那保險箱的內部，和那只盒子，一樣大小。但丁小心翼翼，將盒子取了出來。我又道：「但丁，她死了。」

但丁連看也不看他的祖母，拿著盒子，向外便走：「通知醫生。」

我根本來不及阻止，他已經走出了房間，我也走向門口，醫生和護士已急急走了進來。

我看到但丁推開了走廊盡頭的一扇門，走了進去，隨即將門關上，全然沒有邀請我和他在一起的意思。這不禁令我十分生氣。

我在門口站了一會兒，聽得醫生在房間中急速的講著話，當我回過頭時，一個醫生已經拉過了床單，蓋住了老婦人的臉，兩個護士在床邊祈禱。

老婦人死了，而但丁竟然在她臨死前的一剎那，離開了她。

我忍不住有一股要去責難但丁的衝動，我向著但丁走進的那扇門，直奔了過去，在門口推了推門，沒推開，就大力地踢著門，一面叫道：「開門。」

我弄出來的嘈雜聲十分大，但丁只要是在這幢房子之中，沒有可能聽不到的。可是有好幾分鐘之久，他卻一點反應也沒有。我略停了一停，心中反倒擔心了起來。但丁是不是會有了什麼意外？

正當我這樣想著，門內傳來了一下叫喚聲，聽來十分怪異，正是但丁所發。我又高叫了一聲，門打了開來，但丁滿面喜容，我瞪著他：「你祖母死了。」

但丁像是完全沒有聽到：「我已經知道寶藏在什麼地方。」

我道：「在什麼地方？」

但丁怔了一怔，忽然又笑了起來：「地圖上顯示的地方……我看……還不一定……可靠……」

聽得他這樣支支吾吾，我不禁火冒三千丈，不等他講完，我就大喝一聲：「算了，你一個人去好了。」

我一面說，一面掉頭就走，但丁連忙把我拉住：「不，我不是這個意思，我們是同夥，當然我會和你一起研究那個盒子上的地圖。」

我轉回身去，但丁做著手勢，要我進房去。我皺著眉道：「你祖母死了，我們……」

但丁不耐煩地揮著手：「他們會處理的，我們先來研究那地圖。」

他硬將我拉了進去，在關上門之前，他向門外的幾個神情慌張的僕人，大叫了一聲：「你們自己去辦事，別來叫我！」

我被他拉進了門，才注意到，那是一間書房，房子的四周圍，全是書櫥，正中是一張相當大的書桌。

書桌上，攤著一幅地圖，在地圖旁邊，是七八塊薄金屬片，連在一起，上面有著刻痕。

我知道金屬片上的刻痕，可以指出一個龐大的藏寶地點，那是鄂斯曼王朝全盛時期的寶藏。

我和但丁，一起急步來到了書桌之前，金屬片上的刻痕，乍一看來，相當凌亂，但丁指著中間的一片：「你看這個符號。」

我已經注意到這個符號，那看來像是一個皇室的徽號，在這個徽號之旁，有一個典型的回教宮廷建築的半圓形屋頂。

但丁道：「這裏，我假定是皇宮。」

對他這樣的假定，我點頭，表示同意。但丁的聲音，變得十分興奮：「早年繪製藏寶圖的人，一定經過十分詳細的實地考察，它和今天的精密地圖，多麼吻合。」

他一面說，一面將地圖移近了些。金片上的許多刻痕，和地圖上的線條相吻合。有兩條比較粗的線條，那是河流；山脈在金片上，用一連串尖角組成來表示，一直向東南移過去，有一個不規則形狀的曲線，但丁的手指向地圖，地圖上有一塊幾乎一模一樣形狀的淺藍色，那是一個湖。

但丁的祖母在敘述中，提到這個湖。但丁認為他祖母是不可能一下子就認出那是什麼湖的，但事實上，金片上的形狀，和地圖上的形狀一樣，真是一眼就可以認出來。

但丁雙眼之中，充滿了興奮的神采，我也不禁吸了一口氣，真的，就是那個湖。而在那個湖的旁邊，有一個黑色的小圓點。

我不由自主，把聲音壓得十分低：「但丁，這裏就是寶藏的所在。」

但丁屏住了氣息，點著頭：「可不是，我祖母當年，什麼設備都沒有，也能發現寶藏，我們只要有足夠的配備……」

他講到這裏，由於過度興奮，甚至無法再說下去，要停下來大喘了幾口氣，才接下去說道：「我可以成為世界上擁有珠寶最多的人。」

當他這樣講的時候，自他臉上和眼神之中，所顯示出來的那種貪婪的神情，真叫人吃驚。我再也想不到，人的臉部的肌肉，通過簡單的變化，可以表達出那麼強烈的意念。

我對他的這種神情感到很厭惡，轉過頭去，不去看他。但丁的聲音之中，仍然充滿了那種極度的興奮：「我們這就走。」

我吸了一口氣：「至少該等到你的祖母的喪事結束吧？」

但丁大聲道：「我可等不了那麼久。」

他說著，又將那些金片，「拍拍」地合了起來。金片合起之後，看起來十足是一只盒子。然後，他又摺好了地圖，一起放進了一個公事包，提起公事包，看來像是一秒鐘也不願耽擱，就向外走去。

才一出書房門，一個老年僕人就急急走了過來：「但丁少爺，老夫人……」

他的話還沒有說完，但丁就大喝一聲：「滾開！」

看那老僕人的神情，還像是不知道有多少話要說，但丁已根本不理會他，逕自向前走去。

我在他的後面，看看他的背影，在剎那間，我忽然想起了本來聽來莫名奇妙的幾句話，那幾句話，是金特在珠寶展覽會上的「演說詞」：「珍寶為什麼會吸引人，它所代表的價值，為什麼可以驅使人去做任何事……在珍寶美麗的光輝之中，可能就有著人類的靈魂。」

如果有靈魂的話，但丁的靈魂現在哪裏？只怕早已飛到那個滿是珍寶的山洞中去了。

接下來，但丁一分鐘也不浪費地趕向目的地，他先是高速駕車，到了機場，還是用那架飛機，飛往土耳其，直接降落在那個湖邊的一個中型城市的軍用機場上。

我不知道他利用了什麼人事關係，飛機不但降落在軍用機場，而且，他又弄到了一輛吉普車和足夠用的設備。這些，全是在飛機降落之後，他留我在機上，一個人下機，只花了二小時左右就辦到。

他駕著吉普車，和我一起駛離機場，天色已漸漸黑了下來。但丁顯然準備連夜趕路，他囑咐我打開地圖：「到湖邊，只有二百多公里，太陽升起之前，我們一定可以看到湖水。」

我沒有說什麼，自從離開了瑞士日內瓦湖邊的那所房子之後，但丁興奮得不可遏制地不斷講話，有時，一句話重複很多遍，我卻表現得十分沉默，我需要思索，事態已經相當明朗，簡單來說：有某一種力量，在尋找地球人的靈魂。是什麼力量，它為什麼要搜尋地球人的靈魂，這種搜尋已經多久？我全不知道，所知道的只是：這種力量，以「光環」的形式出現。

人是一直認為自己有靈魂。這種信念，支持了人類許多活動，也成為人類整體社會生活中道德規範的一種支柱。雖然一直以來，靈魂虛無縹緲，不過這個名詞，已經成了人性美好一面的一個代表，在意念上來說，非有它的存在不可，它已成為抵制某些劣行不能妄為的力量。

如果一旦，當人類發現根本沒有靈魂，那會在人類的思想觀念上，引起何等程度的混亂？

一種冥冥中不可測的力量，一直在人類的思想中形成一種約束，突然之間，這種約束消失了，那等於人性美好的一面消失，醜惡的一面得到了大解放，再也無所顧忌。在有這種約束力量的情形下，尚且不斷迸發的劣根性，會像火山爆發一樣地炸開來。

或許，就是由於人類早已開始發現了根本沒有靈魂，所以，靈魂做為一種約束力量，已經越來越薄弱，以致人性的醜惡面，已越來越擴大？

我的思緒十分紊亂，一個接一個問號，在我腦中盤旋著，我又想起了喬森，喬森自己毀滅了自己的肉體生命，是不是已達到了目的，證明了有靈魂？還是靈魂的存在，如金特所說，是一種「反生命」？只有到了那個境地，才能明白，不然，無論如何也不會明白。

我一直在想著那些，所以，有時候，但丁的話，我全然沒有反應，聽來全是他在自言自語。

吉普車由但丁駕駛，他要採取什麼路線，我也無法反對，在月色下，車子駛上了一個石崗子，跳得像是墨西哥跳豆，我嘆了一口氣：「路真不好走。」

但丁神情越來越興奮：「快到了，快到了。」

他一面說，一面將車速提高，令得車子不斷地在大小石塊上彈跳。

車子經過的是土耳其南部十分荒涼的地區，不見人影。我只好想像一下，當日但丁的祖母在這種地方，向著不可測的目的地前進的情形。

突然之間，我想到，但丁祖母在敘述中，似乎對她當年的這段旅程，說得十分簡單，回想起來，其中像是故意隱瞞了一些什麼。會不會那光環一直跟著她，而她隱瞞了沒有說出來？

我無法肯定這一點，只覺得有這個可能。而且，我也無法推測她有什麼理由要隱瞞。

過了午夜之後，但丁的情緒更接近瘋狂，他加速駛上了一個坡度相當高的山坡，使車子在向上駛的時候，隨時都有可能翻跌下去。

等到車子駛到了山坡頂上，他陡然停下了車，發出了一陣又一陣的歡呼聲。向前看去，已經可以看到大約在幾十公里外，在月色下閃爍著耀目銀色光芒的湖水了。

但丁指著前面，轉頭向我望來，我知道他要說什麼，忙搶在他的前面：

「是，我知道，你快成為世界上擁有珍寶最多的人！」

我這樣說，只不過重複了他說過十多遍的一句話，可是他在聽了之後，卻怔了一怔，像是在剎那之間，想到了什麼：「我們，我們要成為世界上擁有珍寶最多的人。」

他一直都是說「我」的，這時忽然變成了「我們」。我雖然覺得有點奇怪，可是卻也沒有在意，只是道：「還是你，分珍寶的時候，我讓你多拿一塊好了。」

但丁哈哈地笑了起來。自從但丁向我提起珍寶開始，我一直不是很熱心。那絕不是說，珍寶對我沒有吸引力，我只是沒有但丁那樣狂熱。當車子駛下山坑，越來越接近湖邊，我想起滿山洞的珍寶，我也不由自主，有點氣息急促，一點也不覺得但丁把車子開得太快。

車子駛到了湖邊，但丁繞著湖，飛快地駛著，朝陽升起，我和但丁都看到一串鋪向前的石塊。石塊大小不一，加工也很粗糙，但是還可以一眼就看出，那是人工鋪成。

抬頭看去，石塊的盡頭處，是一片石崖，並不是很高，只是在湖邊許多石山崗中的一部分，絕不會令人特別注目。

第十一部：滿洞寶石

但丁把車子一直駛到石崖前停下。

石崖上果然有一道十分狹窄的山縫，山崗面向東。朝陽正升起，光線恰好照進山縫，可以極清楚地看到，山縫只不過兩公尺深，之後，就被許多石塊堵塞著。

但丁的祖母說得十分明白，當她離開之後再想回去時，有一陣震動，震跌下許多石塊，將石縫堵住了。

這一帶，正是中亞細亞地震最頻繁的地區，極輕微的地震，也可以將山石震下來，堵塞了山縫，那倒不足為奇。

我看到了這種情形，不禁涼了半截。山縫很長——根據但丁祖母的敘述，如果全被石塊堵塞了，兩個人的力量，即使但丁帶了炸藥，也是沒有法子清理。

在我這樣想的時候，但丁已大叫著奔向前，擠進山縫。

他擠進了兩公尺之後，自然無法再向前去，我看到他一面叫著，一面在狹窄的山縫之中，困難地抓起了一塊小石塊，向外拋來。

我駭然，大聲道：「但丁，如果你用這個方法清理堵塞的石塊，我估計需時兩千萬年。」

但丁又很困難地拋出了一塊小石塊來，喘著氣：「當然不會一直用這個辦法，但少一塊石頭阻塞去路，也是好的。」

我只好苦笑，他急到這種程度，很值得同情。我叫道：「出來吧，別浪費時間了。」

但丁總算肯擠了出來，但在他出來的時候，還是帶出了兩塊小石頭。他的嘴不夠大，要不然，我想他會用口叼出一塊石頭來。

我們兩個人合作，大約花了半小時的時間，就裝好了炸藥。

我和但丁，都不是爆炸專家，也無法估計我們所放的炸藥是不是恰到好處，只是靠盲目的估計，然後，把藥引拉到了車子附近，但丁的手一直在發抖，無法點燃藥引，我自他的手中奪過打火機來，點著了藥引。

藥引在著火之後，「嗤嗤」地向前燒著，我們的心中都很緊張。不過這時的情形是，就算有錯誤，也來不及改正了。

我屏住了氣息，等著，藥引燒進了山縫，緊接著，「轟」地一聲響，濃煙迷漫，將整個山縫口，全都遮住了，一時之間，什麼也看不到，只聽到連續不斷的石塊滾動聲。

但丁握緊我的手，濃煙過了好一會兒才散開，看清了爆炸的結果，我和但丁都發出了一下歡呼聲。

爆炸的結果，正是我們預期的結果：塞在山縫中的大小石塊被炸鬆了，有許多，已經因為鬆動，而滾瀉到了山縫之外，令得山縫看起來更深。

我奔到山縫前，向內看去，可以看到，至少有十公尺左右，可以供人很吃力地爬進去，一次爆炸而可以有這樣的成績，理想之至。

當天，我們一直工作到日落西山。包括了另外兩次的爆炸，和將大小石塊，通過了一條臨時搭配起來的運輸帶運出去。由於山縫十分狹窄，把石塊從山縫中弄出來的時候，身子連轉動一下都不能。這種工作環境，令我想起中國的採石工人，在端溪的坑洞之中採端硯的原石。

天色黑了，我們疲倦不堪，我上了車，放下了前面的座椅，躺了下來。

我向但丁道：「你一定要休息，不然，要不了兩天，你就會脫力而死。」

但丁在車邊佇立著，一口又一口吸著煙，大口喝著溫熱的罐頭啤酒，衣服因為汗濕而貼在身上，滿身污穢，他那種情形，和出入一流酒店，一副花花公子模樣的但丁相比較，簡直換了一個人。

他道：「我會睡，你別管我。」

我沒有法子管他，太疲倦，一閉上眼，已經睡著了。

當我一覺睡醒，睜開眼來，天色相當昏暗，轉頭一看，但丁並沒有在車上，我探出頭去，看到他睡在地上，睡得很沉。當地白天相當熱，但是晚上氣溫相當低，我拿起了一條毯子，想下車替他蓋上，就在我一坐起身來之際，我突然看到山縫之中，有亮光在閃動。

我第一個想法是，但丁忘了將照明設備熄掉，所以才有光亮透出來。

我下車，將毯子蓋在但丁的身上，但丁睡得像死豬。

亮光從山縫裏面透出來！

然後，我向山縫走去，亮光一直自山縫中傳出。

我到了離山縫口極近處，光亮忽然熄滅了。我陡地呆了一呆，自然而然地問：「什麼人？」

我得不到回答。我感到了一股寒意，連忙後退了兩步，山縫中仍然一片漆黑。

我在呆了片刻之後，摘下懸在腰際的手電筒，向山縫內照去。電筒的光芒，一直可以射到山縫還被石塊堵住的地方，絕對沒有人，也沒有看到任何可以發光的物體。我熄了電筒，思緒混亂，陡然想到了一點：那光環，那神秘的光環。

剛才，我看到的光亮，會不會是那種神秘的光環發出來的？

一想到這一點，我不禁大是興奮。我一直期待著遇到這種神秘光環，如果是它，那真是太好了。我在山縫口，又等了一會兒，仍然未見有任何光亮，我只好壓低了聲音：「你剛才曾出現過，希望你再出現，我想和你交談。」

我一連講了好多遍，可是一點反應也沒有，這令我十分失望，只好緩緩轉回身去。這時，天色十分黑暗，突然之間，我看到自己的影子，出現在我面前的地上。

這種情形，真令我震呆，在我的身後，有光線射出來。

那也就是說，我一轉身，山縫中的光線又亮起來了。

一時之間，我不知道該如何才好，轉回身去？我想那神秘的光線，一定又會消失，所以，我決定什麼也不做，只是吸了一口氣，繼續慢慢向前走。

當我在向前走著的時候，我留意地上影子的變化，如果影子越來越短，那就說明背後的光源，沒有移動過。

可是，我向前走了好幾步，地上影子的長短，完全沒有變化，這令得我又驚又喜：證明光源是移動的。而據我所知，那神秘光環，也會移動。這時，極有可能，那神秘光環，就在我的身後。

好幾次，我想轉過頭去看上一看，但是又怕一轉過頭去，它就消失，所以我只好仍然向前走著，不一會兒，我已經來到車子前面，但丁躺著的地方了。

在那短短的幾十步路程中，我心中不知轉了多少念頭，想的全是如何才能使那光環不要離開我，好讓我和它作交談，但是我卻想不出什麼辦法來。

當我來到了但丁的身前之際，我停了一停，我的影子投射在但丁的身上，就在我仍然不知道如何才好之際，但丁忽然醒了過來。

他先是略動了一動，然後，睜開眼來。當他初睜開眼來之際，他還是十分疲倦的樣子，可是，就在不到百分之一秒的時間內，他刷地坐了起來，眼睛瞪得極大，一副驚訝之極的神情，望著我。

也就在那一霎間，我面前的影子消失。我留意到，但丁極度驚訝的神情，也變得十分疑惑，用手搓著眼睛，我轉過身去，身後什麼也沒有。

我等不及但丁站起身來，忙蹲了下去：「但丁，你剛才看到了什麼？」

但丁搖了搖頭：「我應該看到什麼？我想一定是太疲倦，眼花了。」

我聽得他這樣說，知道他一定是真的看到了什麼，又問道：「是光環？那種神秘的光環？你祖母遇到過的那種？剛才在我的身後？」

但丁睜大了眼：「沒有看到什麼光環。」

我呆了一呆，但丁沒有理由撒謊的，那麼，他看到了什麼東西？

我極快地連問了三遍，但丁用手比著：「好多光，從你的頭部發出來，不，也不應該說是光，只是很多光線……你頭上，像是在冒著火燄，而從你頭上冒出來的火燄之中，又有很多光線，錯綜複雜地環繞著，看來像是一個什麼圖案。」

我用心聽著，可是卻沒有法子聽懂他的形容，不禁氣惱道：「你在胡說八道些什麼？」

但丁道：「就是這樣。」

我只好道：「請你再詳細說一遍。」

但丁又說了一遍，比較詳細了些，但還是差不多。剛才，我頭上有「火燄」冒起來，自「火燄」上，有許多環狀的光線射出來，像是一個圖案。

我不禁苦笑，我一直以為那神秘的光環跟在我的後面，原來不是。至於我頭上冒起「火燄」，那更不可想像。

我抬頭向上望，星光稀落，天已快亮了，我道：「該起來工作了。」我一面說，一面直起身子來，卻又不由自主，伸手在頭上摸了摸。

但丁也隨著我站了起來，他突然道：「對了，剛才，你的頭髮，根根直豎，每一根頭髮都有火光冒出來，所以，你看來，才像是整個頭上，有一蓬火燄。」

這一次，他總算形容得具體了些，但仍然不可思議。剛才我頭髮根根倒豎了？

當天的工作更辛苦，每當滿身是汗，擠出山縫，等候炸藥爆炸，我和但丁在烈日之下互望，都只好苦笑，但丁說了好幾次他沒有選擇錯夥伴，一副衷心感激的樣子。

這一天，有一點小意外，有一隊土耳其士兵經過，給但丁用流利的土耳其語打發走了，但丁自稱是政府派出來的勘察人員，沒有露出什麼破綻。

一天的工作，又打通了十公尺左右，爆炸聲已相當空洞，明天大有希望可以進入那個山洞。

當晚，我仍是倦極而睡，但午夜時分就醒來，希望再看到有亮光，然而一無所見，等了一小時，再度入睡，等再醒來時，天已亮了。

和前兩日一樣，吃了些罐頭食物，再度開始工作，在當天的第二次爆炸，清理了石塊之後，但丁在前，我在後，一起向山縫中擠進去，已可以強烈地感覺到，前面有一股相當清新的氣流，向我們湧過來。

那等於在告訴我們，去路打通了。

但丁興奮得大口吸著氣，不斷問我道：「你感覺到沒有？你感覺到沒有？」

我當然可以感覺得到，在石塊和石塊堆疊的隙縫中，有相當強的氣流在湧出來，我們又安上了一支小炸藥，然後，退出山洞，引爆，濃煙冒出，我的心情緊張。

但丁更緊張得不等濃煙消散，就想進去，我用力才能把他拉住。他急得像是恨不得向山縫中大口吹氣，好令濃煙早一點消散。

我雖然同樣感到緊張，但是看到他的這種神情，還是覺得可笑：「先檢查一下照明設備，不要好不容易，進了裏面，像你祖母一樣，什麼也看不到，隨便撈兩把東西出來！」

但丁像是根本沒有聽到我的話，他雙手合十，身子在不住發著抖，連帶講起話來，都是聲音顫抖的，他正在喃喃自語：「求求你，別讓我失望，別讓我失望，求求你。」

他說著，手指互相扭在一起。看他的樣子，痛苦莫名。但丁本來很快樂，他擁有不少珠寶，而且，他對於各種珍寶的專家級的知識，也使他有極高的社會地位。像他這樣的人，在全世界範圍而言，都是上層人物。

可是這時他所表現出來的那種痛苦，真叫人吃驚。

這種情形，令我發怔，但丁一直在祈禱，我也不知道他信奉的是什麼宗教，他將他叫得出來的神靈，全都叫了出來。好不容易，自山縫中冒出的濃煙，漸漸消散，但丁向我望來，我點了點頭，但丁猶豫了一下：「你……你先進去。」

我點頭，拿著強力手電筒，側身向山縫中擠進去，連日來，在這狹窄的山縫中擠進擠出，已經不知多少次。

但丁也擠了進來。我和他的距離不遠，要是兩個人都伸直手臂的話，手可以碰到手。

不多久，我就發現我們最後一次的爆炸，十分成功，碎石被爆炸力量震散，前面是一個山洞。

越來越接近那個山洞，突然之間，我和但丁兩人，都不由自主，發出了一下驚叫聲來。

在手電筒的光芒照耀下，我們都看到了難以形容的光彩。真是難以形容！光彩突然間從地面上迸射出來，那樣奪目，那樣豔麗，超越了人的視力所能接受的地步。

我感覺到了窒息。早已期待會在那個山洞中找到珍寶，在那一霎間，我還是無法想像那些光彩是什麼東西發出來的！

但丁用一種極其尖銳的聲音叫道：「天，你看那些寶石！你看那些寶石！」

那一大片奪目的光彩，映入眼瞼，看不清那是什麼，這時，定了定神，仍然看不清那麼一大片，每一種光彩，都是閃耀的，流動的。但至少已經可以看出來那些光彩，由許多不同顏色的發光體發出。

那些物體，本身不會發光，光芒照射上去，它們反射出令人心驚目眩的光彩，全是各種各樣的寶石：大顆的紅寶石、綠寶石、鑽石，和許許多多顏色豔麗，看得人連氣都透不過來的寶石，滿地都是。

全副心神都被山洞中的景象所吸引，在豔麗奪目的光彩之下，所聯想到的，是這些寶石，每一顆在世界珠寶市場中的價格，和它所代表的大量金錢。根本沒有任何餘地再去注意究竟過了多少時間！寶石本身的美麗，實在是在次要的地位，真正的美麗，是它所代表的大量金錢。

我只記得，突然之間，我們的身邊，已全是寶石的奪目光彩，我們已身在山洞之中了。

我和但丁都不住叫著，儘管我不財迷心竅，可是我還是不斷地叫著，那種莫名的興奮情緒，超過了一切。但丁大叫著，張開雙手，整個人，突然向地上撲了上去。

但丁這樣的動作，結果是令得他自己的身子，整個重重仆在地上，這一下摔得極重，可是他卻完全不覺得，他把自己的身子，緊緊貼著地面，雙手則用力扒撥著，將他雙手所能及到的範圍之內的大大小小各色寶石，都抓到身邊來。

各種寶石聚成了兩小堆，就像是兒童在沙灘上堆積起來的沙堆。

然後，他不斷地笑著，在地上爬著，做著同樣的動作，直到把山洞中所有的寶石，都堆成了小堆，總數約有二三十堆之多。

我在他忙碌的時候，也一樣沒有閒著，只不過和他不一樣，我並沒有將寶石聚成堆，只是一顆一顆拾起來，把它們放在強力的手電筒之前，用光照射著。光線透過那些寶石，我得微瞇起眼，因為反射出的光芒實在太強烈。

我用了很長的時間，注視著一顆相當大的純藍色的碧璽，這種被稱為「碧璽」的寶石，我知道並不是太名貴的寶石，可是我從來也未曾見過那麼大，顏色這樣純藍的一塊藍碧璽。

手電筒的光芒透過這塊寶石，我閉著一隻眼，令睜開的眼睛儘量接近它，然後，我整個人，一下子就被那種純藍色所包圍，像是全身都浸在最清澈的海水之中。而這片海水又是那樣清純，不含任何雜質，清純得完全沒有生命。

這樣的感覺，令人不免有點傷感，那麼美麗的寶石，沒有生命，在感覺中，我已經進入了這顆寶石，那種純淨透澈的藍色，可以令得一切生命，都為之凝凍，成為寶石的一部分。美麗是美麗極了，但絲毫沒有生命的成分在內。

我怔怔地看著，在一片蔚藍之中，我不禁又想起了金特的話：人的靈魂是在寶石之中？如果是的話，人的靈魂在進入了寶石之後，也一定凍凝而不再活。再照金特的說法，靈魂只是一種反生命的形態，根本不能用「活」字來形容，那麼，進入了寶石之後的靈魂，又是一種什麼形態呢？

我的思緒越來越混亂，突然之間，我激動起來，用力將手中的那塊純藍碧璽，向洞壁上扔去，我也不知道它是不是被我摔裂了，我順手又揀起一塊琢磨成四方形，足有我手掌四分之一大小的祖母綠，用同樣的方法觀察它。

祖母綠並不是那麼純淨，在它的內部，有著薄紗一樣的裂紋。這種被內行人稱為「蟬翼」的裂紋，由許多極其精細的圖案所組成。只怕世界上沒有任何一個美術家，可以把圖案形狀的變化，表現得如此之複雜。把那些組成圖案的線條擴展開來，那就像是另一個世界，另一個宇宙，一種超乎我們生存的世界的另一世界。

我們生存的世界，也由各種各樣線條組成，祖母綠內部的那些線條，就組成了另一個世界。我拋開一塊，又取起一塊，在每塊不同的寶石之中，都看到了異乎尋常的景象。我也知道，我不單欣賞它們的美麗，而且也對寶石的內部，有一種異乎尋常的探索，那是受了金特那番話的影響。我也想在寶石之中找出人的靈魂來？

我在想：是不是可以讓我看到一些奇異的現象？這種心情，倒頗有點像夏夜，在曠野之中，等候不明飛行物體帶著外星人降落在眼前。

我的行動告一段落，我發現地上的所有寶石，都被但丁集中起來，但丁也挺直了身子，望著我：「衛，我們兩人，是世界上擁有寶石最多的人。」

我點了點頭：「恐怕是。」

但丁忽然笑了起來：「衛，求求你，別把你分得的寶石一下子就全賣到珠寶市場去，不然，只怕要跌去九成價錢了。」

我攤開了雙手：「我分到的寶石？」

我並不是做作，對著那麼多的寶石，我沒有不動心的道理，但是我從來也沒想到過「分」這回事。

但丁一聽得我這樣問，怔了一怔：「當然是分，這裏一共是二十四堆，我們一人一堆，你先揀好了。」

我吸了一口氣，想了並沒有多久，就道：「但丁，當你提及寶藏的時候，我根本不相信……」

但丁有點粗暴地打斷了我的話頭：「可是我們現在已經找到了它。」

我笑了一下：「一般來說，在小說或電影中，當兩個合夥人，千辛萬苦，找到了寶藏之後，總不會有什麼好結果。」

我這樣說，只不過想開開玩笑，可是但丁卻極不耐煩地轉過身去：「你在胡說八道些什麼？」

我道：「我想說，我根本不想和你分……」

我這句話才講到一半，但丁整個人都震動起來，他霍然轉過身，手中的強烈手電筒直射向我，以致令得我在剎那之間，什麼也看不到。

用手電筒直射向另一個人的臉，這十分不禮貌，我一面用手遮向額前，一面向旁退去，一面道：「你幹什麼？」

在我向旁退開之後，手電筒的光芒照不住我，可是雙眼剛才受了強光的刺激，一時之間，還是什麼都看不到。我的喝問，也沒有回答，只是聽到但丁發出濃重的喘息聲。

我呆了一呆：「但丁，你不舒服？」

但丁發出了一下十分怪異的聲音，這時，我可以看清楚他的樣子，我看到他神情驚恐已極，還帶著極度的憤怒，身子半彎著，一副準備決鬥的樣子，盯著我，身子在發抖，面肉在抽搐。

我不禁嚇了一大跳，以為山洞之中忽然多了一個極其兇惡而我還沒有發現的敵人，我立時機警地四面看，可是山洞之中，除了我和他之外，根本沒有別人。

我忙道：「但丁，發生了什麼事？」

我一問之下，但丁用一種震耳欲聾的聲音尖叫道：「你，你剛才說的話，是什麼意思？」

我又是一呆，我剛才說什麼了？我剛才不過說，我不想和他分那些寶石，話只不過講到一半，他就用手電筒向我照射了過來——我陡然明白他為什麼會這樣子了。他，老天，完全誤解了我的意思，他以為我不想和他分享，是為了要獨吞。

我忙做著手勢，令他鎮定一些：「你聽著，你完全誤會了，我說過不想分，是真的，我不會和你分……」

但丁尖叫著：「你要獨吞？」

我大力搖著頭：「不是，全給你。」

但丁震動了一下，一臉不相信的神色。

我向前走出了一步，我只不過走出了一小步，可是但丁卻立時尖聲叫著，向後跳出了一大步，那副戒備我向他攻擊的神態，真令我啼笑皆非。

我又好氣又好笑：「你在找我做你的夥伴之前，一定曾深入地瞭解過我，如果我要向你攻擊，你能對付得了？」

但丁吞了一口口水：「你……你是說……」

我道：「我說的話，就是我的心意，這許多寶石，全是你的，或許我需要其中的一顆，帶回去給我的妻子，其餘，我完全不要。」

但丁的臉色青白，喃喃地道：「為什麼？為什麼？」

我道：「沒有這些寶石，我也過得很好。而且，我相信這些寶石，落在你的手裏，比在任何人手中都好，你不會輕易出售，也不會令它們損毀，更何況，你是鄂斯曼王朝的唯一傳人，這個寶藏，本來就是你祖上的。」

我用了最簡單的話，使他明白我的心意，但丁的神情變得極其激動，他突然發出像哭泣一般的聲音：「衛，原諒我！」

我大是愕然：「原諒你什麼？」但丁向我走來，一面走，一面伸手入袋，當他再伸出手時，我看到他的掌心，托著至少像鴿蛋大小的一顆鑽石。

第十二部：和一種生命形式的對話

那顆鑽石，呈現著一種極其柔和的粉紅色的光彩。那種粉紅色，幾乎是覺察不到的，但是卻又可以一眼就看出它的確有著粉紅色。那是一顆一望而知是極品的天然粉紅色鑽石。

但丁托著那塊鑽石：「請原諒我的私心，我……藏起了這顆鑽石，它……實在太美了，現在，我把它給你，送給尊夫人，我相信這是這裏幾千塊寶石之中，最好的一顆。」

我笑道：「你可以保留它，我隨便揀一顆好了。」

但丁的神情，誠摯得幾乎哭了出來：「如果你拒絕的話，等於不肯原諒我的過失。」

聽得他這樣說，倒不能再拒絕：「好，我就要這一顆。」

我伸手在他的掌心，把那一顆鑽石取了過來，但丁慢慢縮回手去。

我把鑽石捏在手裏：「我們在山洞裏已經多久了？快將這些寶石全弄出去吧。」

但丁忙道：「是，是。」

他自腰際解下了用羊皮製成的袋子。他對於找到寶藏十分有信心，是以一直把空的羊皮袋子繫在腰際，我沒有他那麼有信心，這時只好脫下了上衣來，在袖口打了兩個結。

我們把各種各樣的寶石，一把一把抓進去。等到我的上衣的兩個衣袖，再也裝不下，他手上的那個羊皮袋，也已裝滿了。

但丁還在用手電筒四下照射著，在山洞角落裏的寶石，他也不放過，直到肯定，整個山洞中的寶石，全都裝了起來，他才歡嘯著，向外走去。

我跟在他的後面，想著這一次奇妙的經歷，真是令人興奮，又想到我把那顆粉紅色鑽石給白素的時候，一定可以聽到她的讚嘆聲。一面想，我一面問：「但丁，我們這次經歷，是不是可以公佈出來？」

但丁道：「不，不，沒有必要，讓世界上每一個人去揣測這些珍寶的來歷好了。」

我道：「真可惜你不同意。你還記得金特這個怪人，他把珍寶和人類的靈魂聯在一起，真有點不倫不類。」

但丁對我的這句話，沒有什麼反應，只是悶哼了一聲。我們一面說著，一面在向外走，又已進入了山縫中十分狹窄的部分。

我一再強調山縫的狹窄，是因為接下來發生的事，和一個狹窄的空間，有十分大的關係。我們行進的山縫狹窄，還好人的身子是柔軟的，可以擠得過去，但人的頭部是硬的，山縫的寬度，恰好可以供人側著頭緩緩地前進。那時，但丁在前面，在移動身子之前，他首先要設法把那一大袋珠寶先推向前，身子才能跟著移動。

我的情形也是一樣，所以我們前進的速度相當慢，我和但丁之間的距離十分近。就在這一段最狹窄的山縫之中出了事。當時，我們手中無法拿手電筒，在黑暗中前進，所以在出事之前，絕沒有預防但丁會有什麼動作。

我正在吃力地移動自己的身子，突然聽到一下「嗤」的聲響，接著，一股濃烈的麻醉劑的氣味，撲鼻而來。不到十分之一秒，已經判斷發生了什麼事：有人向我的臉部，在噴射麻醉氣體。

當有人向你的臉部噴射什麼時，本能的反應，一定是轉過頭去避開它。這時，我的反應，就是這樣。可是，我卻忘了處身在一個極其狹窄的空間，我只能側著頭，根本無法轉過頭去。

我張大口想叫，可是已經遲了。我已經吸入了那向我噴來的麻醉氣體。在我昏過去之前的一剎間，我只來得及想到了「但丁」兩個字。

我不知道自己喪失了知覺多久，當逐漸恢復知覺，只感到頭痛、口渴，和全身有一種說不出來的壓迫感。

我很快就弄清楚了自己的處境，而且，立即可以肯定，我的處境，一輩子也沒有比這時更糟糕過。

我還擠在山縫中，看來，喪失了知覺之後，我未曾動過。

這本來不算什麼糟糕，可是當我伸手向前的時候，我卻摸到了許多石塊，堵在我的前面，我立時向前移動了一下，勉力取出了手電筒來，向前照著，前面的去路，已全被石塊堵住了。

那當然是曾經有過一次爆炸的結果。

就算我的頭再痛些，也可以明白發生什麼事。有人用強力的麻醉劑，噴向我的臉，令我喪失知覺，然後，他引爆山石，將出路封住。

我被困在山腹之中了！在這樣人跡罕至的一個地方，我被困在山腹中了！

做這件事的人，當然就是但丁。

在不到十秒鐘的時間內，我將我所知道的罵人話，全都想了一遍，而在第十一秒鐘，我知道就算我精通全世界的罵人話，也不發生作用。

我該想想辦法，應該怎麼辦？

首先感到，擠在山縫中，不是辦法。

我緩緩地移動著身子，不再向前，而是後退。後退的路並沒有被阻，不多久，我就回到了那個山洞之中。

就在那個山洞之中，但丁曾以極其誠摯的神情，求我原諒他，要我接受他藏起來的那顆鑽石。

那顆鑽石，當然也給他拿走了。這時我才感到自己是多麼笨，當時給了我鑽石之後，伸出來的手，縮回去得那麼慢，那表示他的心中是多麼捨不得！

但丁這樣對付我，當然早有預謀，這也就是他一聽到我說不願意和他分寶石，他立時聯想到了我要獨吞的原因，因為他自己想獨吞。

我十分憤恨自己輕信但丁，一面伸手進衣袋，出乎意料之外，那顆粉紅色的鑽石，居然還在。這算什麼？是但丁留給我的殉葬品？

我立時否定了這個想法，但丁才不會把它留下來給我。這顆鑽石之所以還會在我的口袋中，是因為它放在我另一邊的口袋中，在那個狹窄的山縫之中，我相信但丁一定經過了不少努力，而無法把手再擠過我的身子，在我口袋中把這顆鑽石取出來，所以才逼得放棄的。

我把這顆鑽石握在手裏，心中不知道是什麼滋味。用電筒照射一下，鑽石的光彩極其奪目。這顆鑽石，在市場上，至少可以令人一生無憂金錢，但是在這裏，一塊光彩奪目的石頭，價值不會大於一片麵包。

很快，我就發現，要在這個山洞中另覓出路是不可能的，山洞絕無通道。我再估計，我的體力，是不是可以支持得到把堵塞山縫的石塊掀開，使我重見天日？

這是無法估計的事，事實上，這看來也是唯一的辦法了。我一面想，一面深深吸著氣，把電筒熄了，以節省一些電力，同時，在黑暗中，也可以使我冷靜些。

我完全明白在絕境中，所做的一切努力，可能一點也不能改善處境。但是我非做不可，因為如果我不做，我就只有等死。

我自知性格中有許多缺點，但可以肯定：我不會等死。休息了五分鐘，我向山洞的出口處走去，準備到了有石塊堵住出路處，就盡我所能，把石塊一塊一塊移開去，希望能夠有一條出路。

我決定了這樣做，也開始了這樣做，大約是在三四小時之後，我發現那真是一點用處也沒有。在這三四小時之內，我已經筋疲力盡，大約也被我搬開了幾百塊大小的石塊，可是在我面前的，可能還有幾千塊、幾萬塊。我已榨盡了自己每一分體力，而搬開了幾百塊之後，我幾乎沒有前進過。

儘管我心中萬千分不願就此放棄，可是我知道，我非放棄不可了。我甚至連再睜開眼睛的氣力也沒有，我閉上了眼，任由汗水從我的眼皮淌過，一直向下淌。

我突然想到：「天國號」上的官兵，在接到了上頭的命令，要他們殉國，他們是不是也同樣絕望？

我很奇怪自己何以突然想到這一點，我和「天國號」上的官兵不同，「天國號」上的官兵，海闊天空，他們處於絕境，只是他們的一種信念，令得他們非要去死不可。

而我，一點也不想死，只不過是我陷身在山腹之中，所以非死不可。

我不由自主苦笑，又想到：「天國號」上的官兵，在臨死之前，他們的感覺——我不願想「天國號」上的官兵，可是卻偏偏一再想到，這令我感到極度的怪異。

而這種怪異的感覺，迅即令我感到了震慄：我不是自己要去想「天國號」上的官兵的，而是有什麼人在想，我感到了他在想。或者說，是有什麼力量，強迫我在想。

這種怪異的感覺，令我感到，我已在死亡邊緣，我甚至已不能控制我的思想。

接下來，我的思緒，更加不受控制。

我告訴自己：我不要再想天國號的事。

但是我卻想到：天國號上那麼多官兵死了，沒有靈魂，一個靈魂也找不到。

我告訴自己：別去想他媽的靈魂的事。

可是我卻立即又想到：喬森死了，喬森為了求自己的靈魂出現而死，可是，也沒有靈魂。

我告訴自己：我也快死了。

我想到：你有靈魂嗎？

這使我陡然一震，我應該想到「我有靈魂嗎？」可是我想到的卻是「你有靈魂嗎？」

這不像是我自己在想，像是有人在問我。

我感到有人在問我：在這個山洞之中，除了我之外，沒有任何人，不可能有人問我問題。

在那一霎間，我的思緒，真是紊亂至極。一個人，會忽然有自己根本不願想的思想，這是一種什麼樣的情形？我無法用文字去形容這種情形。

可是，我極不願想到的問題，還在不斷向我襲來，那情形就像是有什麼精靈，忽然進入了我的腦部，用他們的意願，在刺激著我的腦神經，使我不斷地想到他們的問題，反倒是我自己要想的事，無法達到思索的目的了。

（事後，我才想到這種情形，可以用一種現象來作比喻。）

（我的腦部，本來在接收著我自己的思想，就像一座收音機，一直在接收著一個固定的電臺。但是忽然之間，有一股強力的電波侵入，把原來的電波排擠。在這樣的情形下，收音機就會聽到兩個電臺的聲音，其中一個，是外來的干擾。）

（我那時的情形，大抵就這樣。）

那種不是屬於我自己思想的問題，還在繼續不斷地襲來，每一個問題，都像是在催促我的靈魂，快點出現。這許多問題，和我自己根本不可能回答的紊亂思緒糾纏在一起，簡直快將我逼瘋了，令得我實在忍無可忍，陡然大叫了起來：「別再問我了。」

當我大叫了一聲之後，我自半瘋狂狀態中，突然驚醒過來。

但是靜了沒有多久，問題又來了。

這次的問題是：「為什麼別再問了？是不是你根本沒有靈魂？」

我有一次忍不住大叫：「我沒有，你們有？」

我自然而然這樣叫出來，當話出口之後，我又陡然震動了一下，我感到，我必須盡我一切力量，集中意志，好好來想一想。不管我的處境惡劣，我還是要好好想一想。

我剛才叫出來的那句話：「我沒有，你們有嗎？」這句話，喬森曾不斷叫過。當喬森在這樣叫嚷的時候，他的助手，認為他是在說夢話，而我，則認為他是和某些神秘人物在交談。

直到現在，我才明白，全不是，喬森當時的情形，和我一樣！他在遭受著不是屬於他自己思想的問題的襲擊。金特一定早知道，他說喬森「正遭受著一些困擾」。我直到現在，才知道這種「困擾」如此要命。

喬森遭受著這樣困擾，他的一切怪行徑，全可以理解。有好幾次，他行蹤不明，等到再出現時，又滿身是汗，疲累不堪，看來像是做過長時期的苦工。他一定是躲到什麼小酒吧去，想用酒精麻醉自己，甚至於，他曾用毒品來麻醉自己，想把腦中不屬於自己的思想驅走。

喬森沒有對我說出這種情形。事實上，他即使對我說了，在我有親身體驗之前，也不容易明白。這種情形，根本不可能向任何人訴說。

喬森終於採用了堅決的方法，結束了自己的生命。

喬森那樣做，我絕對可以理解，因為沒有人可以長時期忍受另一種思想的侵襲。而且更要命的是，這另 種思想，還不斷地問你「有沒有靈魂」。

誰肯承認自己沒有靈魂？但是，誰又拿得出自己的靈魂來給人看。

喬森終於走上了結束自己生命的這條路，他實是非如此做不可。他希望藉著生命的結束，靈魂就會出現，好讓那個問題有答案。

我如今的情形，大致上和他相同。所不同的是：他自己結束生命，而我，環境逼得我的生命非結束不可！

我迅速轉念，那不屬於我思想的問題，一直沒有斷過，我不由自主喘著氣，啞著聲——我不明白自己的聲音何以變得如此嘶啞，老實說，我極度疲累：

「別再問了，每一個人都以為自己有靈魂。或者，生命結束，靈魂就會出現，你們大可不必性急，我的生命快結束了，我的靈魂或許就會出現，來滿足你們的好奇心！」

當我在聲嘶力竭地這樣叫了之後，不屬於我思想的話，又在我自己的腦中響起來，充滿了嘲弄的意味：

「每一個人都認為生命結束之後，靈魂會出現。可是不，生命結束，並不能導致靈魂出現。天國號上那許多官兵，一個靈魂也沒有出現，喬森生命結束，也沒有靈魂出現。只怕你死了之後，也同樣不會有靈魂出現。許久了，許久了，許久許久，不知有多少人生命結束，可是一個靈魂也未曾出現。為什麼不肯承認根本沒有靈魂？」

我坐著，感到極度的虛弱，流出來的汗，又冷又稠，像是經過冰凍的漿糊。我揮著手：「好，我們沒有靈魂，沒有！」

那不屬於我自己的想法，仍然不肯放過我，嘲弄的意味更甚：

「你第一個肯承認自己沒有靈魂，那說得通麼？你們自有文化以來，一直都在歌誦著靈魂，認為肉體只不過是一個短暫的現象，靈魂才永恒，而你們居然沒有靈魂。要是所有的人，都明白了，你們這種生命，有什麼價值，和任何最低級的生物，有什麼不同？」

我大口喘氣。這時，我又明白了青木何以要在他的敘述之中，故意隱瞞了一段他被那種神秘光環追問的那一段經歷。那真不好受，沒有什麼人願意提起它。

這種一個接一個的問題，目的是把人的生命價值，貶低到了和一個水蝹相等的地位。

可是，我們是人，任何人在這樣的情形下，都會盡一切力量掙扎，把人的地位提高，至少，比一隻水蝹要來得高。

可是，再努力掙扎又有什麼用？沒有人可以令自己的靈魂出現，靈魂不是實實在在的東西。靈魂不是一塊手帕，可以隨便從口袋中拿出來給人看。就算像喬森那樣，結束了自己的生命，仍然證明不了什麼。

我想起了青木，又令我想起了但丁的祖母在她的敘述之中，曾提及她有一種奇妙的感覺，感到那種神秘的光環，在向她講話，但是她又不是實際上聽到聲音，只是感覺聲音。

我當時不明白她這樣形容是什麼意思，現在我明白了，她的情形和我一樣。

我現在的情形，和青木曾遇到過的一樣，和但丁祖母曾遇到過的一樣，也可能是喬森曾遇到過的一樣。可是那種神秘的光環呢？為什麼他們都曾見過那種神秘的光環，而我未曾見到？

當我想到這一點之際，我掙扎著，用盡了我所有的力氣：「你們在哪裏？讓我看看你們。」

我一面叫著，一面努力睜開眼來。

這時，濃稠的汗，已令得我的視線十分模糊，睜開眼來之後，山洞中一片漆黑，什麼也看不到。我按下了電筒的開關，電筒射出光芒，照向對面的山壁，在山壁上現出一團光芒，看來倒像是一個光環。

我「哈哈」笑了起來：「這就是你們？你們連形體都沒有，看來，更不會有靈魂。」

我這時的精神狀態，已陷入半瘋狂，所以，一面說著，一面不斷揮舞著手。這種動作，全然沒有意義的。

我揮著手，叫著，但是在突然之間，我停止動作，又再揮手。

電筒握在我的手中，我揮手，自電筒中射出來，照在對面山壁上那團光芒，應該跟著動才對。我突然發現，手臂在動，電筒在動，可是，對面山壁上的那一團光芒，卻一動也不動。

我再次揮動手臂，山壁上的那團光芒，仍然不動，我忙循手中的電筒看去，發現電筒所發出來的光芒，極其微弱，只是昏黃色的一點。電已經用盡了。微弱的電筒光，根本不可能照射到十多公尺外的山壁上。

那麼，山壁上的那團光芒是……

我陡然震動了起來，那是……那就是那種神秘光環，就是它！

我感到的震動如此強烈，以致電筒自我手中，跌了下來。也就在這時，我看到那光環離開了石壁，向前移來，停在半空——一個光環，在緩緩轉動著。

同時，我感覺到了它在說話，它一定是早已在了。我腦中那種不屬於我自己的想法、問題，根本就是它一直在向我說話。早在幾天前，我看到的光芒，令我頭髮發光的，當然也是他們，他們早來了，一直在注視著我和但丁的行動。

我勉力定了定神，我一直在希望能和這種神秘光環接觸，然而卻在這樣的情形下才達到目的！

我掙扎著，站了起來。我感到它在說：「形體？形體有什麼重要？你們有完美的形體，你們的形體，複雜到難以弄得明白，可是那有什麼用？」

我聽著它指責人，也無意反駁，人的形體，的確是複雜至極，但它們完全沒有形體，這又算什麼呢？

當我一想到這一點之際，我腦中閃電也似，掠過了一個念頭：「對，沒有形體，可能比任何複雜的形體更好。人類的靈魂，可能就是完全沒有形體的一種存在，是和生命完全相反的一種反生命，沒有人知道靈魂是什麼樣的存在，或許它根本不在我們形體存在的空間之中，或許它的存在，根本不需要空間。你們發現不了它，就不能說它沒有！」

我一口氣講著，一霎間的靈感，令得我的思路從極度的紊亂中，解放出來，又變得可以侃侃而談，不必聲嘶力竭地叫喊。

懸在我面前的光環，忽大忽小，急速地轉動著，而且發出奇妙的色彩變幻。然後，我又「聽」到它在說：「這是一種狡辯，任何不存在的東西，都可以用這種狡辯去反證它的存在。」

我深深吸了一口氣。青木、喬森，不知道有多少人，在這種神秘的光環來到地球搜尋人的靈魂之後，都敗下陣來，我可沒有那麼容易認輸。

我立時道：「你絕不能否認人有思想，每一個人，都有他的思想，或為善，或為惡，或思想深邃博大，或幼稚愚昧，但是每一個人都有思想，你能叫一個人把他的思想拿出來看看嗎？但是，你能否認人人都有思想嗎？」

光環再度急速轉動：「你的意思是：人的思想，就是人的靈魂？」

我連想也不多想：「在某種程度上來講，可以這樣說。」

光環的旋轉更急：「什麼意思？」

我挺了挺身子：「人，只要自己有思想，自己在自己的思想之中確定自己有靈魂，就有靈魂，不必要也不可能把靈魂拿出來給別人看，更不必被你們……看。」

我本來想說「更不必被你們這種怪物看」，但臨時改了口。

光環的轉動更急，在急速的轉動中，我「聽」到了對話。

「這種說法，我們第一次聽到。」

「是的，可能對。人一定有靈魂，但我們一直搜尋不到，可能就是因為人的靈魂，根本是另一種生命的形態，不，根本不是一種生命形態，甚至根本不是一種形態。」

「那怎麼樣，我們的搜尋算是有結果了？」

我「聽」到這裏，忍不住大聲道：「你們的搜尋，永遠不會有結果。」

光環停止了不動，我繼續道：「人自己都不能肯定自己是不是有靈魂。每一個人在思想上，認定自己有靈魂，就有；認為自己沒有，就沒有。當人認為自己本來有靈魂，但是不再需要，就消失，不可捉摸的一種反生命現象，你們怎麼能把它具體地找出來？」

我講得十分激動，在我講完了之後，我感到了幾下嘆息聲。

我又道：「你們別以為我早已對靈魂有研究，實際上，我和所有人一樣，絕無認識，剛才我所講的，是我突然之間所想到的。不過，我相信，這可以解釋你們為什麼永遠不能成功的原因。」

我又聽到了幾下嘆息聲，光環又緩緩轉動起來，我定了定神：「你們究竟是什麼，可以告訴我？」

光環的轉動變得急速，好久，我沒有「聽」到什麼，看起來，像是我的問題不容易回答，過了一會兒，才「聽」到了光環的聲音：「我們是什麼？是一種生命的形式。」

我尖聲道：「是一種光環？」

「光環？我們自己也不知道是什麼樣子，光環？或許在你看起來，我們像是一個光環，但那只不過是我們聚集了地球上的一些能源，所顯示出來的一種形象，那沒有意義。就像你們，有兩隻手、兩隻腳，就算變成了八隻手，八隻腳，在外形上有了很大的不同，但對你們生命實質的意義，不會有多大改變。」

我呆了半晌，一時之間，不明白這番話的含意。

我還想問他們為什麼對地球人的靈魂那麼有興趣，但是我還未曾問出來，只不過想了一想，就又「聽」到了他們的聲音：

「你的好奇心真強烈，這個問題可以等一等，你難道不想離開這個山洞？」

自從和那個「光環」對答以後，我思緒極度迷幻，以致完全忘了自己瀕於死亡。一聽得他們這樣提醒我，我不禁「啊」地一聲：「你們有力量可以使我絕處逢生？」

光環轉動了幾下：「當然可以，我們可以輕而易舉地運用能量。」

我吞了一口口水：「例如殺人？殺那兩個宮中的侍衛，和殺天國號上的官兵？」

「是的，那可以說是我們的錯誤，一直以為人死了，靈魂就會出現。天國號上的官兵，本來就要死，我們希望能在我們的安排之下，使人的靈魂和肉體分離，結果失敗。雖然，命令他們殉國的電訊，也來自我們的意念，但這沒有分別，在當時這樣的情形下，天國號上的官兵，無法再生存下去。」

我苦笑了一下：「你們至少害死了喬森。」

「那更不關我們的事，喬森想自己證明自己有靈魂，可是他的方法不對，他失敗了。他的行動，還不如你的一番話令我們信服。認為人的靈魂和金錢結合，人的靈魂在珍寶中，現在看來，也錯了。」

我吸了一口氣：「不見得完全錯，的確不知道有多少人，因為金錢上的利益，而改變了他們的思想，隨之而令得他們的靈魂也消失了，例如但丁，就因為想獨吞寶石，而想置我於死地。」

「你的意思是，靈魂，代表著人的美德和善念？」

「我不知道，我不能具體回答你這個問題，但是我絕不會說一個人在做種種壞事的時候，他的意念之中還覺得自己有靈魂的存在。」我的回答相當玄妙，但那的確代表了我的想法。

光環沒有再「說」什麼，只是迅速地向外移去，當它移向山洞出口處之際，我看到了一陣光芒迸射，和聽到了一陣轟隆的聲響。

我忙向外走去，到了那狹窄的山縫中時，堵住山縫的石塊，已經全散落了下來。我踏著碎石，向外擠去，那光環始終在我的前面。

等我終於擠出了山縫，發覺外面天色黑沉沉地，不知是深夜幾時。在黑暗之中，那光環停在我的面前，看來更是清晰。

我深深地吸了一口氣，盯著那光環：「你們始終未曾回答我，為什麼對搜集地球人的靈魂，那樣有興趣？」

光環緩緩移動著，我又聽到了他們的聲音：

「你不能想像，宇宙間生命的形態，用許多種不同方式存在。我們的生命形態，你全然無可能瞭解，或者說，無形無態，我們為了要追尋自己生命的根源，在無窮無盡的宇宙中，尋找答案，和各種形態的生命接觸……」

我呆呆地佇立著，抬頭向上望，黑沉沉的天空上，滿是星星。我想著他們的話，想像著他們在無窮無盡的宇宙中，和各種各樣生命接觸的情形，不禁悠然神往，不知身在何處。

「我們接觸過很多生命，奇怪的是，每一種生命，都有同樣的困擾，不知自己的生命從何而來。好久之前，我們遇上一種生命，這種生命告訴我們，我們的這種形態，恰好是一個星球上的一種生命的相反，這個星球，就是地球，恰好和我們相反的生命形態，就是你們，地球人。」

我發著呆，道：「你們就是反生命？」我在講了這一句之後，不由自主，震動了一下，想起了金特的話來，失聲道：「如果是這樣，那麼，你們可能就是地球人的靈魂。」

我的話很久沒有得到回答，接著，我感到了幾下嘆息聲，也感到了他們的話：「誰知道！」

我還想說什麼，那光環已在迅速地遠去，突然之間，消失不見了。

我仍然呆立著，在黑暗之中，一直在想著和「光環」的種種對話，每一句都想上好幾遍。

天亮了，本來應該疲倦之極，可是我卻感到十分興奮。湖水在陽光下閃耀著奪目光彩，我沿著湖向前走，走了沒有多遠，我突然聽到了一陣喧嘩聲，在我前面不遠處傳出來。

我找了一個小土丘，把身子藏起來，探頭向前看去，看到的情形，真令我吃驚。我看到了大約有十七八個人，站在湖邊，不斷把一些東西，向湖水中拋去，看來像是在比賽誰拋得遠些。那些被拋出去的東西，在劃空而過，落進湖水中之前，都發出各種顏色的奪目光芒。

那些人，看來像是當地的遊牧民族。這一帶的遊牧民族，生性兇悍，若是事情對他們有利，他們是絕無文明社會的道德標準可言。

同時，我也看到了翻側的吉普車，和壓在吉普車下的但丁，他流出來的血，染紅了黃土。但丁顯然已經死了。是死於自然的翻車，還是死於這些人的襲擊？我不會再去查究，我只是看著那些人喧鬧著，把各種各樣的寶石，一把一把，拋進湖水之中。

我悄悄後退，繞過了土丘，選擇了另一條路，離開了湖邊。

但丁自那山洞中得來的寶石，結果全沉到湖底去了，什麼時候才能重現？

別以為像別的故事一樣，結果什麼也沒有剩下。不，那顆粉紅色的大鑽石，還在，我帶回家，送給了白素。白素轉動著，看看它發出的光芒：「鑽石是不是有價值，決定在它處於交易行為之中，這情形，倒很有點像人和靈魂的關係。」

我瞪著眼：「你這樣說，未免太玄妙了吧。」

白素道：「一點也不玄妙，鑽石一直放在保險箱中，和普通石頭完全一樣。人不是到了真正考驗的關頭，誰也不知道自己的靈魂究竟怎樣。」

我沒有再說什麼，但仍然認為她的話太玄妙了一些。你認為怎麼樣？

幾天之後，我試圖和青木聯絡，沒有結果，我也一直想和金特聯絡，同樣沒有結果。

每當處身在擁擠的人叢中時，我想到：我們是生命，對於和生命完全相反的反生命，絕對無法想像。

〈完〉

盡頭

序言

「盡頭」是衛斯理故事中對人性譴責得極其嚴厲的一篇，題目表示，人類已走到了盡頭，到了末路，表示對人性醜惡的深惡痛絕。

誰能拯救人類？

倪匡

第一部：不屬於人的眼光

「盡頭」是一個詭異得令人難以置信的故事。

在敘述這個故事之前，先要說幾句題外話。不久之前，我接到一封自加拿大寄來的信，寫得很長，寄信來的，是我不相識的三個年輕人，他們都在大學就讀，他們和我討論了一些科學上的問題之後，用揶揄的口氣問：為什麼那麼多詭異古怪的事，全都給你遇上了，而不是給別人遇到呢？

由於那幾位年輕朋友沒有回信地址，所以我只好在這裏回答。

我的回答是：我所遇到的事情，一開始就詭異古怪的，可以說少之又少，它們大多數是極其普通的一件事，任何人都會忽略過去的，我只不過捕捉了其中極其細微的一個疑點，探索下去。

探索下去的結果，才會發現事情越來越是詭異古怪，發現很多事，根本遠在現在人類的知識範圍之外。而如果當時便忽略了那一些細微的可疑之點，那麼，自然也不會發現進一步的詭異的事實了。

所以，可以那樣說，那種稀奇古怪的事，並不是恰巧都給我遇到，而是每一個人都可以遇到，但是大家都忽略了過去，而我則是鍥而不捨，要追尋它的原因而已。

譬如說，街頭有兩個少年在打架，那樣的事，居住在城市中的人，一生之中，一定都看到過的。那並不是什麼奇事，而且可以說是極其普通。

看到兩個少年在打架，有的人會上去將他們拉開，有的人會遠遠躲開去，有的人會在一旁吶喊助威，看一場不要買票的戲，也有的人會去叫警察，一句話，那是一件極普通的事。

可是，「盡頭」這個詭異莫名的故事，卻就是由兩個少年在街上打架而開始的。

我不是第一個發現他們在打架的人，當我發現他們的時候，在惡鬥的兩個少年之旁，至少已圍了十三四個人，他們都在大聲叫好。

那兩個少年，大約都只有十六七歲，衣服很破爛，一望便知是沒有受過良好教育的那種問題少年，其中的一個，已經在流鼻血，另一個也已鼻青眼腫了。

可是他們卻還在扭打著，纏在一起，拚命想將對方摔倒在地上，時而騰出手來，揮擊著對方。

我看到這種情形，是感到十分之噁心。使我噁心的，決不是那兩個在打架的少年人，而是圍在一旁看熱鬧的人。

我站定了身子，只看了幾秒鐘，便決定該如何做了。

我推開擋在我身前的兩個人，向前走去，來到了那兩個少年的身邊。然後，我雙手齊出，抓住了他們兩人的肩頭，喝道：「別打了！」

在接下來的幾秒鐘之內，我才知道那些人，只是圍著看，而沒有人上來勸阻，是有原因的了，因為我一面喝叫，一面將他們兩人，分了開來。

而就在我將他們分開來之際，他們突然各自掣出一柄小刀，向我的肚際插來！

這種攻擊是突如其來，幾乎毫無徵兆的！

我趕緊一吸氣，身子一縮，「刷刷」兩聲，兩柄小刀，就在我的肚前，插了過去。我看到明晃晃，足有五寸長的刀鋒，也不禁心頭火起。

我雙腳飛起，踢向那兩個少年的胯下。

他們兩人，一被我踢中，就痛得彎下了身子，其中一個彎下了身子之後，立時跳了起來，另一個也想逃，卻被我抓住了他的衣領，直提了起來。

我抓住的那個，就是流鼻血的那個。他被我提起來之後，連掙扎的餘地也沒有。

我本來是想，在提起他之後，再狠狠地摑他兩巴掌的，可是看到他那種血流滿面的樣子，我揚起的手，也放了下來，只是道：「走，到警局去！」

那少年還在用力掙扎著，可是當他知道他是無法在我手中逃出去的時候，他停止了掙扎。

然而，他也不向我求饒，只是惡狠狠地望著我，道：「你不放開我，那是你自討苦吃！」

我冷笑著，道：「你想恐嚇我，那是你自討苦吃！」

我拖著他便走，只走出了幾碼，迎面就來了兩個警員，我將經過的情形，大略和那兩個警員說了說，就鬆開了抓住那少年的手。

那少年趁機，身子一轉，突然向外，奔了開去。

一個警員立時撲向前去，將他撲倒在地上，那少年和警員糾纏起來，另一名警員也衝了上去，很快就把那少年制服，我和他們一起到了警局。

一直到我離開警局之前，那少年一直用一種十分惡毒的眼光望著我。

我自然可以在他的那種眼光中，看出他對我，是恨之入骨的。

但是我自問並沒有做錯什麼，這樣的少年人，因為種種原因，流落街頭，以犯罪為樂。形成這種少年的原因很多，許多專家，都喜歡稱之為「社會問題」，但是我一直以為那還是個人的問題。

在同一環境成長，有的是人才，有的成為滓渣，將之歸咎於社會，實在不公平，社會為什麼會害你而不害他呢？自然是你自己先不爭氣的緣故。

所以，我自己覺得自己做得十分對，那樣的少年人，只有當他還未變成大罪犯之前，便讓他知道不守法是會受到懲罰的，才能有使他改過的希望。

我可以說是心安理得。

但是，那少年人的那種目光，卻還是令得我十分之不舒服，一直到當我回到了家中，那種不舒服的感覺，仍然存在著。

我感到那幾乎不是人的眼睛中應該有的目光！

人總是人，人是有文化的，文化的淵源、歷史，都已非常悠久。人和別的動物不同，人的感情，受文化的薰陶，在一個即使從來未受過任何教育的人，他日常接觸的一切，也全是人類文化的結晶，他也應該受到人類文化的一定影響。

可是那少年人，唉，他的那種目光，是一種充滿了原始獸性的仇恨，將他的臉部全都遮起來，只剩下一對眼睛的話，那你將分不出他是人還是獸！

說我的心中「不舒服」，那還是很輕鬆的說法，應該說我的心頭很沈重。

但自然，過了幾天之後，我也將那件事，漸漸忘記了，直到第七天，我和白素，從一個朋友家中出來。那晚月色很好，我們的車子停在相當遠的地方，是以我們慢慢走著。

那時已經是午夜了，街道上很冷清，情調很不錯，可是，突然之間，從橫街中，呼嘯著衝出了七八個人來，那七八個人的動作十分快，一下子就將我們圍住了！

而且，我立即就看出，那七八個人中，有一個面對著我的，正是那天打架，給我抓住的那少年！

現在，他和他的同伴，年紀都差不多，每一個人的手上，都握著一柄尖刀。

那少年人本來大約是想搶劫過路人的，他一見到了我，發出了一下呼嘯聲，他手中的刀尖，精光閃閃，擋住了我，獰笑著，道：「兄弟，原來是你！」

那七八人中有幾個七嘴八舌地問：「怎麼，你認識他？他是誰？」

他們之中，也有的用賊溜溜的眼睛打量著白素，道：「嗨，跟我們去玩，怎麼樣？」

白素自然不會在那樣的場合下吃驚，她只是覺得事情太滑稽了，在她的眼中看來，那些小流氓和紙糊的實在沒有多大的差別。

我伸手向那少年一指，道：「那天你在警局，一定未曾吃過苦頭？」那少年一直哼笑著，突然大叫了一聲，道：「弟兄，我要這人的命！」

他那種凶狠的神情，令我呆了一呆，我想問他，為什麼他和我的仇恨如此之深，我也想問他，他是不是知道，如果殺了我的話，會有什麼後果。

但是，我根本沒有開口的機會！

隨著他的那一下淒厲的怪喝聲，至少有三個人，一起向我衝了過來。而在那一剎那間，我起了一陣噁心，我感到向我撲過來的，不是三個人，而是三條瘋狗！

在那樣的情形下，除了採取行動之外，我自然不能再做別的什麼了。

我身形一挺，突然飛起，腳，向衝在最前面的人，疾踢了出去。

我也不知道那一腳踢中了那人的什麼地方，但是我聽到了一下清脆的骨裂之聲。

接著，我也向前直衝了過去，當一柄尖刀，突然刺到了我的面門之際，我倏地出手，抓住了那手腕，用力一抖，「啪」地一聲響，又聽到了腕骨斷折聲。

我的左手肘也在同時撞出，因為另一個傢伙，在那時自我的左面攻來。我的左臂上，被那傢伙的小刀，劃出了一道口子。

但是當我的手肘，撞中了他的胸口之際，他至少給我撞斷了兩根肋骨！

在另一邊，另外兩個小流氓在白素的手下，也吃了苦頭，一個小流氓雙手掩住了臉，血自他的指縫之中流出來，但看不出他受了什麼傷。

另一個小流氓，彎著身子，汗自他的額上，大滴大滴淌下來。

還有幾個人看到這種情形，都呆住了，他們的手中還握著刀，但是他們的樣子，就像是被拔光了毛的雞一樣。

我拍了拍雙手，向他們走了過去，冷冷地道：「怎麼樣，還有人來動手麼？」

我一面說，一面直向那個少年走了過去，那少年轉身想逃，但是我一伸手，便已抓住了他的衣領，一手捏住了他的手腕，將他手中的刀，奪了下來。

那時，其餘的幾個人，受傷的也好，未曾受傷的也好，都已急急逃走了。我將那少年的手扭了過來，冷冷地道：「到警局去，我想這一次，你不會那麼快就出來的了！」

那少年仍然用那種目光瞪著我，我也不去理會他，一直將他扭到了碰上警員，才將他交給警員。

自然，我們免不了要到警局去，等到從警局中出來之後，白素才嘆了一聲，道：「你覺得麼，這些人，他們簡直不像是人！」

我也嘆了一聲，我早已有那樣的感覺了。

白素和我一起向前走著，她又道：「你有沒有感到，人在漸漸地變了。」

我呆了一呆，道：「你的意思是——」

白素道：「我是說，人在變，變得越來越不像人，越來越像野獸。人類的進化，在我們這一代，可能已到了盡頭，再向下去，不但沒有進步，反而走回頭路，終於又回到原始時代！」

我苦笑著，道：「你這樣說法，倒很新鮮。」

白素挽住了我的手臂，道：「我也是有感而發的，你還記得麼？明天，章先生要來，他是群眾心理專家，你不妨向他轉述一下我的意見。」

不是白素提起，我幾乎忘了這件事了。

在這裏，我當然得介紹一下那位「章先生」。我未見章達，已經有好多年了，我和章達分手的時候，我們全是小孩子，我們都只有十一歲，章達的父親是外交官，他要離開家鄉，到外國去了。

在那樣的年紀，到外國去這件事，對兩個未曾見過世面的小孩子來說，簡直是件不可思議的事，我和他曾撐著船，在瘦西湖中蕩了整個下午，然後，還曾在一座廟中，當著神像，叩了三個頭，成了結義兄弟。當叩頭的時候，我們口中還唸唸有辭，唸的全是從舊小說看來的那一套，什麼「但願同年同月死」之類。

在章達走了之後，我幾乎立即就忘記了有那樣的一個結義兄弟，一直到了三年前，我才在一則新聞中，看到了章達的名字。

那則新聞，是和世界社會心理學大會有關的，章達是這個大會的執行主席，曾有一篇專文，專門介紹這位年輕又有卓越成就的章達博士。

我在看到了那篇報導之後，才寫了一封信到他就教的大學中，他在收到了信後，給了我一個長途電話，我們用家鄉話互相交談著。

以後，我們不斷通訊，保持著聯繫，互相雖然未曾再見過面，但是彼此對對方的生活，卻知道得十分詳細，他因為要出席一個學術性的會議，要到遠東來，決定和我共處三天，明天他就要到了。

白素說得對，章達是如此著名的社會學專家，他對我心中的疑問，應該會有解答的。

我們回到了家中，這一晚上，我的心中仍然有說不出來的不舒服之感，當然，是因為那少年眼中的那種光芒，那種絕無人性，只有獸性的眼光。

第二天中午，在機場接到了章達，章達在聯合國的一個機構中擔任著重要的職務，是以他一到，就有官方的記者招待會。

但是章達究竟是我的「結義兄弟」，多少年來，他的怪脾氣並沒有改變，當記者招待會舉行之際，我在會場的外面等他。

然後，他運用了一點小小的欺騙，溜出了會場，和我一起奔出機場，上了由白素駕駛的車子，「逃」走了！

在車中，章達得意地「哈哈」大笑，看他的神情，十足是一個逃學成功的頑童。

然後，在最近的一個電話亭前停下，章達打了一個電話到機場，告訴接待他的官員，說他在這三天中，想自由活動，不勞費心。

二十分鐘後，章達已到了我的家中，他一到家中，便目不轉睛地打量著白素，足有兩分鐘之久，然後，他長嘆一聲，在沙發上坐了下來。

他道：「小黑炭，你真好，娶到了好妻子！」

「小黑炭」是我小學時的綽號，我握住了白素的手，道：「你為什麼還不結婚？」

章達攤了攤手，道：「結婚我不能和石頭結婚、和木頭結婚的。可是金髮美人與石頭、木頭相比，卻是相差無幾！」

我笑了起來，章達自小眼界就高，所以他的綽號叫「癩帶蛄子」。「癩帶蛄子」是我們的家鄉土話，就是「癩蛤蟆」。

蛤蟆的眼睛是朝天的。

我一面笑，一面道：「癩帶蛄子，你再雙眼朝天，只怕得打一輩子光棍！」

章達大聲叫了起來，道：「胡說，我們不說這個！」

白素也笑著，我們果然不再談章達的婚事，我們詳細計畫著這三天的節目，一小時之後，我們已準備照計畫出門了。

可是就在那時，電話突然響了起來，白素去接聽電話，我叫道：「說我到歐洲去了！」

白素拿起電話來，聽了兩句，皺著眉，向我道：「我看你非聽這電話不可，是警方打來的。」

我略呆了一呆，這大概是全天下最煞風景的事情了，可是我卻又不得不去聽那個電話！

我拿起了電話，對方倒十分客氣，道：「是衛先生麼？我們有一個消息要通知你，昨天因為你出力而被拘捕的小流氓，今天從拘留所逃走了。還刺傷了一個警員，搶走了一支槍。」

我呆了半晌，道：「那和我有什麼關係？」

那警員道：「衛先生，你曾經兩次協助警方拘捕他，警方認為那是一個失去了常性的危險人物，現在他的手中有槍——」

我吃驚道：「你是說，他會來找我麻煩。」

「可能會，所以警方有責任通知你，請你小心一些，免得遭了暗算。」

我呆了幾秒鐘，才道：「謝謝你，我會防範的。」

我放下了電話，章達立時問道：「什麼事？你和警方有什麼糾紛！」

我苦笑了一下，道：「那全是一件意外——」接著，我就將那件事，自頭至尾，向章達講了一遍。

章達緊皺著眉，不出聲，我最後問道：「章達，為什麼會那樣，是不是因為受的教育太少？使人變成了野獸一樣瘋狂？」

我的問題，可能太嚴肅了一些，是以引起了章達深深的思考，他來回踱著，然後在沙發上坐了下來，雙手抱住了膝頭。直到此時，他才道：「不是教育水準的問題，絕不是。」

我有點不明白，章達何以說得如此之肯定。

我還沒有再問他，章達又已經道：「我曾對這一問題，做了長時間的研究，又在二次世界大戰之後成長的這一代的心理狀態上，花了很多功夫，我甚至曾經化裝成年輕人，參加過他們的暴亂行為！」

「你有了結論沒有？」我和白素一起問。

章達嘆了一聲，道：「還沒有，但是我已很有成績，至少，我可以肯定，那和教育程度是無關的。在我的行李箱中，有很多段紀錄影片，如果你們有興趣，我們不妨一起放來看看，研究一下。」

我忙道：「那麼，你的遊玩計畫——」

「不要緊，有人能和我一起研究我有興趣的事，那是我最大的樂趣了。」章達興致勃勃地說。

我也很想看看那些紀錄影片，是以我帶章達到我的書房中，準備好了放映機，章達將他拍攝到的影片，一卷一卷拿出來放映。

在接下來的四小時之中，我們簡直就像是親自參加了地球上每一個角落的暴亂一樣！

我立即接受了章達的論點，那種獸性的發洩，是和教育程度無關的。因為在紀錄影片之中，我們不但看到成群的失學者在放火殺人，也看到成群的大學生在幹著同樣的事。受過高等教育的人，和一點知識也沒有的人，同樣瘋狂。我幾乎在每一人的眼中，都看到了那種人不應有的眼光，他們也不知懷著什麼仇恨，從他們的行動來看，他們只有一個目的：要破壞一切，包括他們自己在內，如果他們有力量的話，他們會毫不考慮地將地球砸成粉碎！

等到章達終於放完了最後一卷電影，我們好久未曾出聲。過了好一會兒，章達才道：「我這些影片，只不過記錄了瘋狂行動的百分之一，千分之一，我自己向自己提出來的問題是：人為什麼會那樣瘋狂，生命不再是為生存而存在，而變成是為瘋狂、為破壞而存在，那究竟是為了什麼？」

我和白素，自然都沒有法子回答這一個問題，我們都望著章達，等待著他自己的解答。

章達長嘆了一聲，道：「我找不到答案，我曾經和這樣行動的人做朋友，想瞭解他們，但是我失敗了，我覺得去瞭解一隻猩猩，比去瞭解他們更容易，你永遠沒有法子知道他們在想些什麼，連他們自己也不知他們在想些什麼，他們的思想，好像受一種神秘的、瘋狂的力量所操縱，這……實在太難解釋了！」

我呆了一呆，道：「你說他們好像受一種瘋狂的力量操縱，那是什麼意思？」

章達來回踱著，道：「那只不過是我的想像，因為他們的行動，太不可理解了！」

我沒有再說什麼，的確，那些人的行動，實在太不可理解了，他們的行動，根本是超乎人的生活範疇之外。

在剛才的那些紀錄電影之中，所看到的那些人，可以說沒有一個不是瘋子。

他們拚命地參加著暴力行動，他們的唯一目的，似乎就是破壞。

破壞決不是人的天性，人的天性是建設，但為什麼，他們會有那樣違反常性的行動？而且，這種違反常性的行動，又幾乎在世界每一個角落發生，在每一種人的身上發生，從小流氓到大學生！

在我們沈默了好幾分鐘之後，章達才道：「這次世界性的社會學家大會，就是準備討論這件事的，我已準備將我的一個想像提出來。」

他在講完了那句話之後，忽然自嘲也似地笑了笑，道：「我的想像是很滑稽的，我想，在第二次世界大戰之後，可能——」

第二部：一種神秘力量

章達的話並沒有講完，因為就在這時，槍聲突然響了起來。

槍聲來得如此之突然，章達的身子，立時向下倒去，我和白素兩人，立即伏在地上。

當我伏向地上的那一剎間，我看到窗外有人影一閃，我連忙彎著身子，向門口衝去。

而在我向門口衝去的時候，白素在地上移動，移向章達，我只聽得她發出了一下驚呼聲。

剛才，槍聲一響，章達立即倒地，毫無疑問，章達受了傷。但是，我卻不知道章達的傷勢怎麼樣。

這時，聽到了白素的那一下驚呼聲，我立時覺得事情一定極其嚴重，我一面向門外衝去，一面叫道：「快，快請醫生——」

我一到了門前，用力將門拉開，人已衝出了門外。

當我衝出門外之際，我又聽到了一下槍響，那一下槍響，是從屋角處發出來的。

槍響之後，我看到屋角處有人影閃動，我用我所能發出的最大力道，向前撲了過去，當我撲到牆角的時候，我用力撲在那人的身上。

我和那人一起跌倒在地，我立時抓住了那人的脖子，將他的頭，向地上撞去。

我聽到那人發出呻吟聲，這時，我也已看到了那柄槍，當我撞倒那人時，槍便從那人的手中，跌了出來，我掐著那人的脖子，將他直提了起來。

直到此際，我才在那人因痛苦而扭曲了的臉上，認出了他就是那個少年，我拖著他來到了牆邊，俯身拾起那柄手槍。

那少年被我制住，全然沒有反抗的餘地，我拖著他到牆前，抬起右腿，用膝蓋頂住了他的肚子。那少年瞪著我，我想不出該用什麼話去責罵他才好，因為他根本不是人的那種感覺，在我的心中，越來越濃，對一個不認為他是同類的人的怪物，怎能用人類的語言去表達心中的憎恨？

就在這時，一輛救傷車已響著警號，疾駛而來，在我家的門口停下。緊隨著那救傷車的，是一輛警車。警車還未停下，四五個警員，已跳了下來，直奔向我，我後退了一步，向那少年指了一指，兩個警員立時扭住了那少年的手臂。

我不再理會那少年，我連忙衝回我的屋子，我才一衝進屋子，便感到氣氛不對了！

屋子中可以說靜得出奇，白素雙手掩著臉，坐在椅上，一動也不動。兩個救護人員，抬著擔架，走近章達，章達仍然躺在地上，和他剛一中槍時，倒下去的時候一樣，沒有動過。

我心中第一個感到的念頭是：章達在中槍之後，竟一動也沒有動過。

接著，我便知道：章達死了！

當我想到章達死了之際，我像是在做夢一樣，呆立著，剎那之間，我甚至不知道自己身在何處！

而在眼前發生的事，我也有幻夢之感，我看到救護人員將章達抬上擔架，他們的動作，似乎十分之慢。章達的一隻手，從擔架上軟垂了下來，隨著擔架的抬出去，他的手在輕輕搖動。

那種搖動，似乎是他正在對我說著再見。生命就那樣完結了！五分鐘前還是生龍活虎的一個人，五分鐘之後就死了！

我的心中，忽然升起了一個十分滑稽的念頭，死人和活人，如果用最科學的方法來分析的話，應該是完全一樣的，人體內並不缺少了什麼，生命是看不見，摸不著，虛無飄緲的東西。

當生命離開一個人的身體之際，這個人的身體，並沒有少了任何物質，但是他卻已是死人了！

我呆呆地站著，擔架在我面前抬過，我又看到有好幾個人走進屋子來。

接著，我好像聽到有人在對我講話，但是我卻聽不明白他在講些什麼。

然後，有人搖著我的身子，我的耳際，突然可以聽到聲音了，在我面前的是一位警官，他臉上那種不耐煩的神色，已證明他問我話，不止問了一次了！

他在問：「請你將經過的情形講一遍！」

我攤了攤手，苦笑著，過了好一會兒，我才能發出聲音來，道：「沒有什麼好說的了，就是那樣，突然間，槍聲響了！」

我停了下來，忽然問道：「他死了麼？」

白素的雙手，從臉上放了下來，出乎我意料之外，她竟然沒有哭，那大概是由於事情來得實在太意外了，她只是失神地睜大著眼。

那警官道：「照我看來，他已死了！」

我揮著手，實在不知道說什麼才好，那警官又道：「那少年是你捉住的？」

我的聲音突然尖銳了起來，道：「是的，我已是第三次捉住他了，我第一次捉住他，你們輕而易舉將他放了出來，第二次捉住他，你們讓他逃走，現在，我要問，我的朋友究竟是死在誰的手中的？」

那警官的神色，十分凝重，他嘆了一聲，道：「你別激動。」

我大聲道：「你們做警員的，真不知是什麼鐵石心腸，我最好的朋友死了，你叫我不要激動？」

那警官道：「我也死了一個最好的朋友，也是那少年殺死的，我的朋友是一個少年犯罪專家，他進拘留所去，想去瞭解那少年，結果死了，那少年卻逃了出來！」

我向窗外看去，那少年正被警員推上警車。

我苦笑著，問：「就是他？」

那警官的聲音，可以聽得出他是抑遏著極度的悲痛，他點頭道：「就是他。」

我呆了半晌，才道：「他叫什麼名字？」

那警官突然激動了起來，道：「不管他叫什麼名字，他叫任何名字都可以，那是沒有意義的事，他叫阿狗也好，叫阿貓也好，像他那樣的人，絕不止一個，他們有一個總的名字，不是人！」

那警官的神情，突然之間，變得那樣的衝動，令我也不禁為之大吃了一驚。

他在說完了那幾句話之後，喘了片刻，聲音才漸漸回復了平靜。

他道：「對不起，我不應該對你說那些話的，你可以將我的話，全都忘記。」

我苦笑著，搖著頭，道：「我無法忘記，因為我的想法，和你一樣。」

那警官望了我半晌，沒有再說什麼，就走了。

當警方人員全都離去之後，屋中只有我和白素兩個人了，我們兩人，相對無言，剛才，這幢屋子，還充滿了何等的歡樂！

但是轉眼之間，一種難以形容的冷漠，包圍著一切，我將永遠不能忘記，我最好的朋友，就在我面前，中了槍倒下去的！

那兇手本來是想殺我的，但是卻誤射中了章達。

我在想，如果我不認識章達，如果我和章達的感情不是那麼好，如果我不將他接到家中來，而由著他去參加他應該參加的酬酢……

那麼，章達就不會死了！

可是，如今來說這一切，卻全都遲了，因為，章達已經死了！

我和白素，誰都不說話，我們的心頭，都感到難以形容的沉鬱，我們一起向樓上走去。

當我們來到了本來是準備給章達的房間前，我們不約而同地停了下來。

然後，我推開了房門。

章達的皮箱放在地上，他甚至還沒有打開皮箱，就和我們一起歡敘，如果他在樓上整理行李……

我嘆了一聲，章達的死，對我的打擊，實在太大了，大得使我不斷地想如果怎樣就會怎樣。

我走進房間，提起他的皮箱，放在床上。

白素直到這時，才講了　句話，道：「我們該怎麼辦？他還有什麼親人？」

「沒有，我是他唯一的親人。」我回答著，頹然坐了下來。

我根本不知道那一天是怎麼過去的，也不知道以後的那些日子，是怎麼過去的。

當我漸漸從哀痛的惡夢之中，甦醒過來時，至少已是二十天以後的事情了。

在這二十天中，我做了許多事。

章達的死，相當轟動，因為他是一個國際知名的學者，但不論他是什麼人，死了之後，火化了之後，就是一撮一點用處也沒有的骨灰。

我將骨灰埋在山巔，因為章達生前，最喜歡站在高山的頂上，眺望遠方。

然後，在一個下午，我又來到了本來準備給章達居住的那個房間中，皮箱仍然放在床上。

我打開了那皮箱，我的初意，只不過是想整理一下章達的遺物，可是，在我取了一些衣物之後，我發現了一只文件夾。

那文件夾中，夾著厚厚的一疊文件，在文件夾上寫著一行字：

生理轉變因素對人性之影響

在那行字之下，還有一行小字：

章達博士、李遜博士聯合研究

我不禁嘆了一聲，章達生前所研究的課題，範圍竟然如此之廣，可是這個題目，看來總有使人莫名其妙的感覺，什麼叫「生理轉變因素」？這個因素又何以對人性有影響呢？

我呆了片刻，才打開了那文件夾，我看到了一大疊文件，而且還附有很多圖片。

我約略翻了一下那些圖片，圖片所顯示的，全是一連串暴力行動，和章達曾放給我看的那些紀錄片類似，那些文件，自然是兩位博士的專題報告。

一則，由於我在整理章達的遺物，心情十分悲痛，二則，由於專題報告用的名詞，非常專門，我也根本看不懂，所以我只是隨便翻了一翻，就合上了文件夾，然後，我將文件夾放進了皮箱。

對那文件夾，我並沒有留下什麼特別印象，一直到又過了三天，我突然接到了一個長途電話，電話那邊的聲音，帶著濃重的北歐口音。

我一去接聽電話，對方就自我介紹道：「我是李遜博士，是章的好朋友。」

我記起了李遜這個名字，我苦笑著，道：「章死了，我想你一定知道。」

「是的，我知道，那是我一生之中，所受到的最大的打擊！」

我沒有理由懷疑他這句話的真實性，因為他講得如此之沉痛，我嘆了一聲，道：「我也是。」

李遜博士道：「我想你的打擊，不如我之甚，我和他不但有感情上的聯繫，而且還有事業上的合作，他死了，我們的合作，唉！」

在這時候，我記起了那文件夾。

所以我道：「是的，我知道，在他的遺物中，我看到你和他合作的專題報告，那是生理因素對人性影響的研究，對不對？」

李遜博士的聲音，忽然變得十分嚴肅，他道：「你看了這份報告？」

「沒有，我不是十分懂，我沒有看，只不過是略微翻了翻。」

李遜博士又呆了半晌，才道：「我想問，章達究竟是怎麼死的？」

叫我再敘述一遍章達的死因，對我來說，那自然是一件十分痛苦的事，我是非常不願意那樣做的，但是李遜博士既然是章達生前的好友，我似乎又非答應他的要求不可！

所以，我在呆了片刻之後，便將章達如何出事的經過，向他約略說了一遍。

我講完之後，李遜博士問我：「照你看來，這純粹是一件意外？」

我呆了一呆，不明白李遜博士這樣問，是什麼意思？因為任何人，在聽了我的敘述之後，都應該明白，那是一件意外，他何必多此一問？

如果那不是一件意外，那又意味著什麼？是不是有什麼人，本來就想謀害章達呢？

我想了片刻，才道：「自然是，這是一件意外，因為本來兇手要殺的是我！」

李遜博士也呆了片刻，我們兩人在講話之際，都曾停下來片刻，當然是我們雙方都不熟，有一些話，要先想好了再說的緣故。

我在大約半分鐘之後，才聽到了李遜博士的聲音，他道：「章沒有和你說起過，他的生命，正在危險之中？」

我陡地呆了一呆，道：「你那樣說，是什麼意思！他未曾和我談起過。他看來很愉快，不像是一個生命受威脅的人。」

李遜博士嘆了一聲，道：「那是因為他比我勇敢。」

我又是一呆，道：「你是說，不但他的生命受威脅，連你也是？」

我聽到李遜博士的苦笑聲，他一面苦笑，一面道：「是的，我和他。」

「為了什麼？」我問。

「為了我們所研究的，我們發現了一種極其神秘的力量，這個力量，在二十到二十五年之前，降臨地球，世上根本沒有人知道它的降臨！」

李遜博士的語氣十分沉重，但是我聽了，卻覺得他的話玄之又玄！

所以，我忙問道：「我不懂你的話，你說的神秘力量，究竟是什麼？」

李遜博士並沒有回答我，在他那邊，似乎發生了一些什麼事，我聽到他用一種急促的語調，在和另一個人說著話，可是我卻聽不清他在說些什麼。

我提高聲音，「喂」了好幾下，但是我卻並沒有得到任何回答。

接著，「啪」地一聲，電話已掛上了。

一個長途電話，在那樣的情形之下，突然掛斷，那無論如何，是太不正常了！

我猜想是發生了什麼意外，是以我連忙放下了電話，希望電話鈴會再響，那麼，我就可以知道李遜博士那邊，究竟發生什麼事了。

但是，我等了約十分鐘之久，仍然沒有動靜。

我又撥電話到長途電話局去詢問，我得到的答覆是，我剛才接到的那通長途電話，是美國的加利福尼亞州打來的，突然中斷的原因不明。

我的心中，被許多疑問困擾著。自然，這些困擾，是李遜博士的那個電話帶給我的。

不是他那個電話，我不知道章達在到我家之前，他的生命，已然受著威脅。

照理，章達的生命受著威脅，他是應該向我提起這件事來的。但是他卻沒有對我說起，或者，他是根本連說的機會也沒有，或者，他認為這種威脅，十分無聊，根本不值一提！

所以，我也根本無法知道，章達生命的威脅，來自哪一方面，不過，從李遜博士的電話中聽來，好像他自已也同樣受著威脅，而且，那威脅和他在電話中所稱的那「神秘力量」有關！

如果章達的死，是死得不明不白的話，那麼，我一定會盡我所能，去查究那「神秘力量」究竟是怎麼一回事了。可是，章達的死，前因後果，我都再清楚也沒有了，那純粹是一樁意外！

所以，我也沒有再深究下去。

我以為事情已告一段落了，但是事實上，那卻只不過是一個開端而已。

又過了四天，我一早便起身，照例做我自已定下的健身運動，我看到一輛警車，在我的屋子前停了下來。

自警車走下來的一位警官，就是章達出事的那晚和我交談過的那個，走向門口。

自從章達出了事之後，我對於警方人員，有了一種特殊的敏感。

那種敏感，使我一看到了警方人員，就會想起章達當晚慘死的情形來，所以我對警方人員的來到，實在是十分不歡迎的。

然則，不管你歡迎不歡迎，他們還是來了！

白素開門讓他們走進來，那警官並不坐下，只是有禮貌地道：「衛先生，國際警方來了兩個高級官員，想和你談一談。」

我和國際警方，有著很深切的關係，我甚至擁有國際警方的一種特殊身分的證明，我搖著頭，道：「如果是章達的事，我沒有什麼可說的了。」

「不，」警官回答著：「是有關一位李遜博士，在他的住宅中失蹤的事。」

我整個人都震了一震！

李遜博士失蹤了！

他曾暗示過說他的生命受到威脅，現在，他果然遇到了意外！

我忙道：「國際警方的高級人員在哪裏？」

那警官道：「在警局，如果衛先生不願意到警局去，那麼，我們可以安排在任何的地方見面。」

我的確是不怎麼願意到警局去，是以那警員的話，正合我的心意，我忙道：「如果方便的話，最好就在我家中，我和國際警方間的關係，那兩位先生，不應該不知道，他們能接受麼？」

「我想沒有問題的，我去和他們聯絡。」那警官說著，轉身向外，走了出去，我等了十分鐘，那警官回來，道：「他們立時就到。」

我請那警官坐，我們並沒有說什麼，只是等著。

十多分鐘之後，國際警方的兩個要員到了，出乎我的意料之外，他們看來，都很年輕，大約絕不會超過三十歲，他們之中一個金髮的，一進來就自我介紹道：「我叫比利，金髮比利。」

另一個好像是希臘人，十分英俊漂亮，但好像很害羞，比利指著他，道：「他是米軒士，我的同伴。」

我請他們坐下，比利說了一番仰慕我在替國際警方工作時，立過不少功勞的恭維話之後，語鋒一轉，就轉到了正題。

他道：「我們在調查李遜博士的神秘失蹤案，我們查到，他在失蹤之前的最後活動，就是打了一個長途電話，而那電話是打給你的。」

「我是曾接到李遜博士的長途電話，」我小心地回答：「那電話，我只和他講到了一半，他便突然掛斷了，我不知道他發生了什麼意外。」

「你怎知他發生了意外？」比利掠著他的金髮：「我的意思是，請你將這個長途電話的一切經過情形，都向我說一遍。」

「可以的。」我回答。

然後，我靜了一兩分鐘，細想當日的情形，再將長途電話的一切經過，講給比利和米軒士聽，他們兩人，都聽得十分之用心。

等到我講完，米軒士才問了一句，道：「衛先生，你聽不聽得清楚他在和你講話間，又突然和別的什麼人在說什麼話，即便是一個單字也好。」

我搖著頭，道：「我很願意盡我所能向你們提供消息，但是我只聽到，他在電話中，好像和人起了爭執，但是我一個字也聽不清。」

比利和米軒士都不再出聲，他們伸直了身子，面上神情嚴肅。

我問道：「李遜教授的失蹤情形怎樣？」

比利道：「那天，李遜教授有八個學生，在他的住宅之中，討論一個問題，當問題討論到一半時，李遜博士提起了他的同事章達博士，他十分傷感，表示要到書房去休息一會兒。書房是和起居室相連的，他的八個學生都看到他走進書房去。細心的學生還聽到起居室的電話分機，響過『叮』地一聲，像是博士正在他的書房中打電話。」

我忙問道：「他就在這時打電話給我？」

「照時間來說，那個電話正是打給你的。」

「接著又發生了一些什麼呢？」

「接著，幾乎什麼也沒有發生過，學生們好像聽到博士在書房內講電話，但是根本聽不清講什麼，他們則在起居室中等著，等到有人感到李遜博士休息得太久了，去敲書房的門，已沒有人答應了。」

突然之間，我有一種遍體生寒，異樣的恐怖之感，我道：「李遜博士，就那樣失蹤了？」

「是的，書房的門是被那幾個學生合力撞開來的，撞開了門之後，書房中一個人也沒有，一切好像都沒有異狀，只是少了一個人！」

我忙道：「不對，我想你們弄錯了，那個長途電話，不會是他在書房的時候打給我的。」

「為什麼？」米軒士問。

我道：「那很簡單，你想，書房中只有李遜博士一個人，但是，我在長途電話中，卻聽到他和別人講話！」

比利和米軒士兩人，都不出聲。

我再次強調，道：「我聽到另外一些人的聲音，雖然我聽不清楚他們在講些什麼，但是我的的確確聽到他們的聲音，如果書房中只有李遜博士一個人——」

比利嘆了一聲，道：「衛先生，你的話，很有參考價值。但是我們調查得非常清楚，根據電話局的紀錄，那長途電話，是在他進入書房之後，大約十分鐘左右打給你的，他在書房中。」

「那麼一定是有人預先藏在他的書房中。」我固執地回答著。

「有這個可能。」比利回答：「書房的一扇窗打開了，可能是有人要脅著李遜博士從窗口離開的，但是書房中卻一點也不見混亂。」

「那可能是脅持者手中有武器。」我說。

「我們也那樣想。」比利想了片刻，才道：「衛先生，你認為博士在電話中和你說了一種神秘的力量，那是什麼意思？」

「我不明白。」

米軒士問道：「你看他所說的那種力量，有沒有可能是指一種特殊的、外來的力量而言的？」

我皺著眉，道：「我甚至不明白你那樣問是什麼意思？」

米軒士呆了片刻，像是在想著如何才能使我明白他的想法。然後，他才道：「我的意思是，那種力量，是來自地球之外的。」

我呆了一呆，我在聽到這句話之前，從來也未曾想到過這一點。

在地球之外，存在著別的力量，那是我一直深信不疑的一件事。在人類已知的宇宙中，地球只不過是一粒微塵，而宇宙整個為人所知的部份，可能只是整個宇宙的千分之一、萬分之一、億分之一！

在宇宙中，地球真是微不足道到了極點。生活在地球上的生物，如果認定自己是宇宙中唯一的高級生物，那是可笑到了極點的一件事！

但儘管我的信念如此，我也未曾在這件事情上，聯想到別的星球上去，因為李遜博士和章達博士，他們都是研究社會心理學的。

研究社會心理學的人，如何會和地球之外的星球，扯上什麼關係？我呆了好一會兒，才用十分猶豫的口吻道：「這……好像不怎麼可能吧！」

我是望定了米軒士來那樣說的，我自然希望米軒士能給我一個較為明朗的答覆。

可是米軒士卻只是道：「那是我自己的想法，可能很不切合實際，但是，為什麼沒有人知道李遜博士和章達博士的研究課題和他們的研究結果？」

在那一剎間，我想到了那文件夾！

我忙跳了起來，道：「等一等，我知道有一份報告，是他們兩人合擬的，我去拿來。」

不等他們答應，我就衝上樓。我找到了那文件夾，又衝了下來，將文件夾交在米軒士的手上，道：「你看看這個，或者會有答案了。」

由於我講得十分鄭重其事，所以米軒士也顯得十分興奮，立時打開了文件夾。

可是，當他急速地翻了幾頁之後，他抬起頭來，用一種十分奇異的眼光望著我。

我忙道：「怎麼樣？」

米軒士的神色更古怪了，他道：「衛先生，你，你給我看的，是一疊白紙？」

我呆了一呆，老實說，在那片刻之間，我是將米軒士當做神經有點不正常的人。

但是，米軒士接著，將那文件夾翻開，向我遞了過來，我定睛一看，也呆住了。的確，在那文件夾之中，是一疊厚白紙！

我迅速地將那疊白紙翻了一翻，本來，那疊紙上，密密麻麻，全是字，還有著各種各樣的表格，那些文字一開始是許多社會學和心理學方面的專門名詞，所以我當時也沒有心思看下去。

第三部：小流氓自殺

但是，現在，卻只是一疊白紙。

我呆住了，在剎那之間，我真的一句話也說不出來，我實在不知該說什麼才好！

比利忙問道：「這是怎麼一回事？」

我苦笑著：「這夾子之中，本來是一份報告，一份十分詳細的報告，但是現在……卻成了白紙。」

我高聲叫著，叫出了白素，叫出了僕人，指著文件夾問他們，是不是碰過這文件夾中的紙張，但是他們的回答全是「沒有」！

我也知道他們沒有，問是白問的，因為上次我將那文件夾放在箱子的最底層，這時，我拿出它的時候，它仍然是在箱子的最底層，根本沒有人動過！

但是，既然沒有人動過，為什麼文件夾中的紙張，會變成白紙了呢？要解釋這樣的事，似乎只有一個可能，那就是這份報告，原來是用一種隱形墨水寫成的，所以在過了一定的時間之後，顏色就會褪去。

但是那實在太滑稽了，那樣嚴肅的一份報告，會用那種魔術墨水來寫？那幾乎也是不可能的！

我的心中十分亂，一時間我根本出不了聲。

比利和米軒士兩人都望著我，我們足足呆了三四分鐘，比利才問：「你有什麼意見？」

我揮著手，像是要揮去一個夢魘一樣，我道：「那份報告，原來是用一種魔術墨水寫的？」

比利和米軒士兩人，自然明白我那樣說是什麼意思，是以他們都苦笑了起來。

但是他們的笑容，都立即收斂了起來，而代之以十分嚴肅的神情，米軒士用一種十分低沉的聲音道：「衛先生，你不感到那種神秘力量的壓力麼？」

比利睜大了眼睛，我的心頭，怦怦跳了起來。

又呆了片刻，我才道：「你的意思，這……全是那種神秘力量——就是李遜博士所說的那種神秘力量造成的事？」

米軒士一點也不像是在開玩笑，他十分正經地道：「是的，而且，章達博士的死——」

我忙道：「那完全是意外，殺他的兇手，目的是殺我，只不過誤中了他！」

米軒士搖著頭，道：「我懷疑，李遜博士也懷疑那不是誤殺！」

我攤著雙手（這是我的一個習慣動作），道：「那實在是一點也不必懷疑的，我在好幾天之前，就兩次抓到了那小流氓，那小流氓懷恨在心，才會來要殺我的。」

米軒士的聲調，十分緩慢，他道：「衛先生，如果那個神秘力量，可以令得文件夾中的文字消失，它為什麼不能早安排了一個那樣的兇手，令得章達博士的死，看來絕對像是一次意外呢？」

我又呆住了。

那是我從來也未曾想到過的事！

我答不上來，的確，為什麼不能呢？為什麼事情不能如米軒士所說的那樣？

雖然那樣的可能性極微，但是極微不等於沒有。

我跳了起來，大聲道：「那容易，我們到拘留所去找那小流氓去——」

米軒士搖著頭，道：「已經遲了！」

我本來是一面跳了起來，一面待向外直衝了出去的，但是一聽得米軒士那樣說，我卻僵住了！

我呆了好一會兒，而且還用了相當大的氣力，才能轉回頭來，問：「什麼意思？」

「那小流氓，」米軒士說著：「警方還未曾發布消息，他已在拘留所中自殺了，事情就發生在我們到你這裏來之前。」

我仍然呆立著。

米軒士也站了起來，他道：「現在，你明白了麼？衛先生，那神秘力量將一切安排得極其妥善，妥善到了根本不容人懷疑的程度，就算有了懷疑，也根本無從查起，因為一切全不存在了！」

我的思緒十分亂，米軒士那樣相信「神秘力量」，看來好像十分滑稽。

但是，從那種情形來看，那種出自李遜博士口中的「神秘力量」，又的確存在著。

然而我並不同意米軒士的話，他說那神秘力量將一切都安排得十分妥善，至少有一點，並不妥善，那就是李遜博士的失蹤，令人起疑。

我將這一點提了出來，比利立即道：「關於這一點，我和米軒士研究過了，我們認為那是一個意外，對那種神秘力量而言，是因為意外，而破壞了他們的計畫。」

「什麼意外？」我說。

「就是李遜博士和你通的那個長途電話，李遜博士在電話中，向你提及了那神秘力量，如果他繼續講下去的話，可能將那神秘力量的存在，以及他的全部發現都告訴你，所以，神秘力量就非早下手不可了！」

聽了比利的話，我不禁連打了好幾個寒顫，就像是我置身在一個零下好多度的冷房中一樣！

我道：「照你們的說法，那……豈不是……這種神秘力量，隨時隨地，都在李遜博士的周圍？」

米軒士抬起了頭，他的話，更令我駭然，他道：「更有可能，隨時隨地，都在我們的周圍！」

我不由自主，要提高聲音來講話，以消除我心中的那種恐怖感。我大聲說著，近乎叫嚷，道：「那種神秘力量，究竟是什麼？」

米軒士搖著頭，道：「我不知道，除了李遜博士和章達博士之外，只怕再也沒有人知道，要不然，也不能稱其為神秘力量了。」

我揮著手，道：「不對，我不相信查不出線索來，那個小流氓自殺了，但是他有他的同伴，我來找他的同夥，去問那小流氓的一切。」

米軒士和比利兩人，一起站了起來，他們也一起長聲嘆著氣。

比利道：「根據種種跡象來看，我們不認為李遜博士還會有再出現的可能，我們也無法查究出那神秘力量究竟是什麼，在警方的立場而言，那已成懸案了。」

「懸案？」我大聲反問。

比利又道：「衛先生，對於你探究事實真相的決心，我們素有所聞，自然也歡迎你繼續調查下去，如果你能證明，章達博士的死，不是意外，而是早經安排的，那至少可以肯定那神秘力量的存在了！」

我點了點頭，比利的話十分有道理，章達的死，看來是百分之一百的意外，但如果竟然能夠證明那不是意外的話，自然就大有文章了！

那麼，至少可以證明一點：章達的死，是由於某一種力量的安排。而這種力量是十分神秘的。

至少要證明了那種神秘力量的存在，然後才可以去探索，那究竟是什麼力量！

我道：「可以的，這件事可以交給我來辦，但是我一定要取得警方的充份合作。」

米軒士道：「那不成問題，請問，你準備如何著手去調查？」

我想了片刻，才道：「我想先去看一看那個自殺死亡的小流氓！」

米軒士和比利兩人，沒有再說什麼，他們是和我一起離開的。

當我們走出門口的時候，米軒士才揚了揚文件夾，道：「這一疊紙，我要拿回去研究一下。」

我當然立即答應，到了警局，我就和他們分了手。

所以，當半小時之後，我來到殮房時，只是我一個人。管理殮房的人，拉開了一隻鋼櫃，我掀起白布，看到了那小流氓。

那小流氓已經死了。他躺在零下十度的鋼櫃中，但是他看來仍然不像一個人，而像是一隻瘋狗！他咧著牙，瞪著眼，那種神情，像是想將他自己的身子，撕成四分五裂，才肯甘心一樣。

我正在看著，另外兩個人，也走了進來，他們一個是檔案室的工作人員，另一個是法警。

檔案室的警官，將一個文件夾交到我的手中，道：「這是那小流氓的全部資料。」

我接過了文件夾，暫時並不打開，我轉問法警，道：「他的死因是什麼。」

法警用行動代替了回答。

他伸手將白布掀得更開些，我看到那小流氓的心口部份，有一個很深的傷口，那傷口看來，不像是什麼利器所造成的。

法警搖著頭，道：「很少看到那樣自殺的人，他用一根鐵枝，插進自己的心口，如果他不是瘋子，就是一個能忍受極大痛苦的勇士！」

我皺著雙眉，但法警的話是對的，用一根鐵枝，插在自己的心口，弄成了那麼大的一個傷口而死，這種事，除了瘋子之外，真是沒有什麼人做得出來的了。

我慢慢地蓋上了白布，殮房管理員又將鋼櫃推進去，我走到了殮房的辦公室中，道：「借一張桌子給我，我想看看有關死者的資料。」

我來的時候，是持有警方的特別介紹函件的，所以管理員和我極合作，他立即點著頭道：「可以，自然可以！」

我在一張桌子後坐下，將文件夾放在我的面前，過了好一會兒，我才將之打了開來。

在打開文件夾之前，我心中在想，那小流氓為什麼要自殺呢？現在的法律，彷彿全是為了保護犯罪者而設的，那小流氓肯定不會被判死刑，就算他被判死刑，也會有一群人去同情他，叫嚷著要免除他的死刑的，雖然他是千該死萬該死的禽獸！

我慢慢地打開了文件夾，首先看到了那小流氓正面和側面的照片，然後看到了他的名字：丁阿毛。

丁阿毛第一次被捕是十二歲，罪名是在樓梯中非禮一個十歲大的小女孩。第二次被捕是十二歲半，罪名是搶劫。

接下來，這位丁阿毛先生，幾乎每隔半年到三個月，便犯罪一次，而犯罪相隔時間的長短，要視乎他在管教所逗留時間的長短而定。其中，也有兩次意外，因為他從管教所逃了出來。

算起來，丁阿毛今年還只有十六歲半。

我實在替已死的章達，感到不值，一個如此有學識，如此對人類有巨大貢獻的科學家，竟然死在像丁阿毛那樣的一個小流氓手中！

最後，我看到了一份調查報告，是有關丁阿毛的家庭狀況的。丁阿毛的父親和母親，都是「散工」。而這一雙散工夫婦，一共有八個兒女，丁阿毛居長。

我在記住了他們的地址之後，才合上文件夾。

我閉上了眼睛一會兒，八個兒女！我苦笑著，搖了搖頭，八個兒女，他們有什麼機會接受教育？

有多少機會在他們的成長中，會有人告訴他們，人是人，而不是野獸？八個兒女！

我離開了殮房，準備去看一下丁阿毛的家庭。半小時之後，我走進了一條窄巷子。

在那條窄巷子的兩邊，已經發了黑的木樓，像是隨時可以傾塌下來一樣。其中有一幢，甚至用繩子綁住了窗框，以防止它跌下來。

我剛走進巷子，「嘩」地一聲，一盆水便從上面傾洩下來，幾乎淋了我一身。我連忙抬頭看去，只見一個衣衫不整的胖婦人，連看也不向下看一眼，就轉過了身去。

我為了怕再有那樣的事發生，是以盡量貼著牆，向前走著。許許多多兒童，在巷子中奔來奔去，有幾個張大口在號哭著，還有幾個大概是哭厭了，這時正津津有味地在吃著鼻涕。

有幾個小女孩，背上揹著比她們矮不了多少的弟妹，有幾個男孩正在起勁地扭打著。

我不想看那種情形，只好盡量抬頭向上，匆匆地向前走著，但是這條巷子中的屋子，根本沒有門牌。我也找不到我要找的號數。

我只好向一個十歲左右的小女孩，招了招手。那小女孩看了我一會兒，向我走過來。

我問道：「你知道這巷子裏，有一家姓丁的，丁阿毛的家在哪裏？」

那小女孩點頭道：「我知道。」

我道：「請你告訴我。」

小女孩道：「你得給我……兩毛錢，我就告訴你，丁阿毛住在哪裏。」

我呆了半晌，自然我不是不捨得那兩毛錢。而且，我也想到那小女孩應該獲得那兩毛錢，因為我有求於她，她也為我做事，自然應該取得報酬。

令得我呆了半晌的原因，是因為那小女孩臉上的那種神情，她看來好像是十分重視那兩毛錢，以致她的神色，有一種犯罪性的緊張。

我終於取出了兩毛錢，道：「好的，我給你，丁阿毛住在哪裏？」

那小女孩一伸手，就將那兩毛錢抓了過去，向前一指，道：「看到那銅器舖沒有，丁阿毛就住在樓上，天臺！」她跳著走了開去。

我嘆了一聲，這才注意到，在那條窄窄的小巷兩旁，那些陰暗的，隨時可以倒塌的木樓之下，居然還開設著不少店鋪。

我也看到了那家銅器舖，有兩個小學徒，正將一件件簡單的銅器製品，放在一種發出難聞氣味的化學藥水中浸著，那兩個小學徒的臉色，比那種發綠的化學藥水，看來並不好得了多少。

我走到銅器舖旁，發現有一條很窄的樓梯，我剛待向上走去時，樓梯一陣響，有一個人衝了下來，我連忙向旁讓了一讓，衝下來的是一個少女，帶來了一陣濃厚的廉價香水的刺鼻氣味。

可是，從那樣陰暗角落中走出來的那少女，打扮之入時，卻是令人吃驚的，她那條裙子之短，幾乎連她的褻褲都包不住。她的臉上，塗抹著各種顏色，以致無法看出她原來是美麗的還是醜陋的。

她瞪視著我，將手中的皮包，往肩頭一摔，忽然間罵了一句粗俗不堪的罵人話，揚長而去。

我呆立在梯口好久，那樣粗俗不堪的話，出自那樣十五六歲的大姑娘之口，而且，還是絕對無緣無故的，這實在令人詫異。

我直看那少女的背影在巷口消失，才繼續向樓梯上走去。

在如此繁華的大城市之中，一進那條巷子，便有走進另一個世界的感覺，如今，一進那樓梯，這種感覺，也更加強烈。

眼前，幾乎是一片漆黑的，而鼻端所聞到的氣味，也是難以形容的，那是各種各樣的氣味混合，而也許由於梯間的空氣，從來也未曾流通過的緣故，是以那些氣味，也就停留不去。

木樓梯在每一腳踏上去的時候，就發出吱吱的怪聲來，像是踏中了一個躺在地上的，將死的人的肋骨一樣。

我一直來到了三樓，才碰到了一個人。

由於眼前是如此之黑，我真是幾乎撞上去的。若不是那人大喝一聲，我和他一定撞上了。

那人一聲大喝，道：「喂！有人！」

我連忙站定，那人是一個二十歲不到的小伙子，他本來是蹲在梯間的，一面向我呼喝著，一面站了起來，抬起一隻腳，踏在搖搖晃晃的樓梯欄杆上，不懷好意地對我笑著，道：「想找什麼？」

我盡量使自己的聲音心平氣和，道：「想找丁阿毛的家人，他的父母。」

那年輕人用十分不屑的眼光，上下打量著我，然後才冷笑了一聲，道：「他們不在！」

我不禁怒火上衝，這人肯定不是丁阿毛的家中人，因為丁阿毛是長子，而那人的年紀比丁阿毛大，可是卻又未大到能做丁阿毛的父親。我立時冷冷地道：「他們在不在都好，我要上去，你讓開！」

我只不過叫他讓開，可是那年輕人卻像是聽到了世界上最大的侮辱話一樣，他的臉上，立時呈現出一種可怕的扭曲，道：「叫我讓開，你叫我讓開？」

我呆了一呆，不明白他為什麼忽然要那樣嚎叫。

就在我還未曾弄明白間，他一揚手，已然拔出了一柄明晃晃的小刀在手，叫道：「你給我讓開，讓一條路來給我走，滾！」

我一生之中，遭逢過不少意外，但是在所有的意外之中，只怕沒有一次比現在更意外的了！

現在所發生的事，並不是十分奇特，只不過是有人用一柄小刀，向我刺過來而已。

可是，小刀刺人，那是可以傷害到一個人的生命的，這樣的事，總該有一些前因後果才是，而如今，那傢伙猛地向我刺一刀，只不過是為了我叫他讓開！

在那麼窄的樓梯上，我要閃避他那一刀，並不是容易的事，我的身子突然一側，背緊貼在牆上，那柄小刀鋒利的刀鋒，就在我的腹前刺了過去。

而就在那一剎間，我一伸手，用力握住了他的手腕，猛地一抖。

「啪」地一聲響，小刀自他的手中，落了下來。

我拉著他的手腕，猛地向下一拉，然後突然鬆手，那人的身子向下衝跌了下去，他一直滾下了十幾級木梯，才能再翻起身來。

我望著他，他也在樓梯間望著我，樓梯間很陰暗，那人的眼睛中，則閃耀著一種異樣的光芒，使我感到他像是一頭極大的老鼠，或者貓！

總之那是動物！

因為人的眼睛，實在是不可能在黑暗之中，發出那樣的光芒來的。

我們對峙了大約有半分鐘，他轉過身，立時又向樓梯之下衝去，我一路聽到樓梯發出吱吱聲，然後，樓梯靜了下來，他猛地已衝出屋子去了。

我緩緩地吸了一口氣，又呆了片刻，才又向上走去。

當我推開了一扇木門之際，我已來到天臺上，天臺上的污穢出乎我的意料之外，但總有一個好處，它並不昏暗。

所以，我一上了天臺，就看到兩個男孩子扭成一團，在地上打滾。一個十一二歲的小女孩，坐在一大堆塑膠拖鞋之間，正用一柄鋒利的刀，在批刮拖鞋邊緣不整齊的地方。

那一大堆五顏六色的塑膠拖鞋，幾乎將她整個人都埋葬了，而且，她工作得十分專心，一直到我來到她的身前，她才抬起頭，向我看來。

我向她笑了笑，道：「小姑娘，你姓丁？你是丁阿毛的妹妹？」

那小姑娘好像不怎麼喜歡講話，她只是點了點頭。

我又道：「你的父母呢？他們──」

我那一句話還沒有問完，忽然聽得那扇木門「砰」地一聲響，被推了開來，我連忙轉過身去，只見一個女郎手叉著腰，站在門口。

那女郎就是我在上來時，在樓梯口遇到的那個，化妝濃得可怕的少女。同時，我也聽得我身後那小姑娘低聲道：「我姐姐回來了，她是大人，她常常說，她已經是大人了！」

我望著那少女，那少女也望著我。

她向前走來，甩著她手中的手提包，她的年紀大約不會超過十六歲，但是她卻發育得非常好，身形很豐滿，但不論怎樣，當她學著那種扭扭捏捏的身法，向我走來時，我都有一種滑稽之感。

她來到了我面前，輕佻地甩過了她的手提包，在我身上碰了一下，道：「喂，你來做什麼，是來找我的麼？我見過你？」

我忙搖頭道：「沒有。」

她仍然不信，側著頭打量著我，忽然道：「你別抵賴了，我記得，我是在香香做的時候，見過你的，怎麼？追上門來了？」

我不禁啼笑皆非，我根本不知道她口中說的「香香」是什麼地方，但是，我也可想而知那是什麼所在。我知道我絕不能和她多夾纏下去的。

所以，我以十分嚴肅的神情道：「丁小姐，我是警方人員，來調查一些事的！」

那少女的臉色變了一變，變得十分難看。

雖然她的身材很美麗，但這時，她的那種神情，再加上她臉上濃得五色紛呈的化妝，卻使我想起京戲中的怪異面譜來。

她掀著嘴，冷笑了一下，道：「你是警員？」

然後，她又做出了一個更輕蔑的神情來，一面轉身走了開去，一面問道：「做警員，多少錢一個月？」

我想告訴她，有很多人做警員，不單是為了掙那份和很多職業比較起來，少得十分可憐的薪水。但是我考慮她絕不是我講這種話的對象，所以我並沒有將我要說的話說出口來。

我只是道：「丁小姐，你父母呢？」

「誰知道？」她搖擺著身子，向屋中走去。

當她一腳踢開了那鐵皮門的時候，她突然大聲叫了起來，道：「有人找你！」

她那一下突如其來的叫聲，將我嚇了一跳，定睛一看，有一個人躺在木屋中，而且一眼就可以知道，他是一個毒癮十分深的吸毒者。他翻著死魚珠子一樣的眼，望著我。

我不禁長長地嘆了一口氣。

第四部：一個家庭

我想嘆這口氣很久了，但是我一直忍著，直到我見到了那男人，我才忍不住了。

丁阿毛的家庭情形，我雖然還未曾細問過他家庭中的任何一員，但是就我現在所見的一些，已經可以有一個梗概了。

丁阿毛，有一個吸毒的父親，有一個至多不過十六歲，但已在過著娼妓生活的妹妹，還有五六個弟妹，他自然不可能有一個好的母親。

這樣的一個少年人，生活在這樣的一個環境中，我突然感到，我不應該那樣苛責丁阿毛不像人，因為他甚至沒有機會來學如何做人！

那男人看到了我，伸出發抖的手指來指著我，道：「你……你是……」

我沉聲道：「你是丁阿毛的父親？」

那男人皺著眉，道：「丁阿毛，是的，是的，他又闖了禍？他在外面闖禍，不關我的事，先生，抓他去坐牢好了，不關我的事！」

我又嘆了一聲：「你放心，他不會再闖禍了，他已死在拘留所之中了。」

我本來是不想那麼快就將丁阿毛的死訊講出來的，但是，我看到那男子實在是太麻木了，只怕不用那壞消息去刺激他一下，他什麼也不會講！

然而，當我說出了丁阿毛的死訊之後，那男子看來，更像是泥塑木雕一樣！

他站著不動，眼珠中一點光采也沒有，像是兩粒黑色的、腐爛了的木頭，他的唇發著抖，但是卻一點聲音也發不出來。

我看到這種情形，已經不準備再逗留下去了，可是，剛才衝進屋去的那少女，發出了一陣轟笑聲，又從屋中走了出來。

她一面笑著，一面道：「什麼？阿毛死了？哈哈，他也會死？他真死在我前面？哈哈！」

由於我對於阿毛的厭惡性已經稍減，而且，對於丁阿毛在那樣的環境中長大，我也已對他發出了一絲同情心，是以對那少女的這種態度，我十分不值，我忍不住道：「他是你的哥哥，他死了，你那麼高興做什麼？」

那少女一聽，突然衝到了我的前面來，咧著嘴，現出兩排整齊的牙齒，尖聲道：「我自然高興，我恨不是我弄死他，不是我！」

我冷冷地道：「一個小姑娘，不應該有那樣狠毒的心腸的！」

那少女怪聲笑了起來，她一面笑著，一面淚水從她的眼中，流了出來，她的眼淚下得如此之急，倒大大出乎我的意料之外。

她急速地喘著氣，嘶叫著：「我不是小姑娘。我早已不是小姑娘了，我十四歲那年，已不是小姑娘了，你知道我為什麼不是小姑娘？」

她的淚水，將她臉上的化妝品全都弄模糊了，令得她看起來很可怖。

可是，她繼續講出來的話，卻更令得我的身上，起了一股極度的寒意。

她一面笑著，一面流著淚：「那一天，阿毛說請我看戲，可是卻將我帶到一間空屋中，那裏，有五六個人等著，他們全是阿毛的朋友，阿毛逼著我，先是他們的大哥，然後是別人，哈哈，哈哈！」

她的笑聲越來越尖厲，隨著她的笑聲，我的身子不由自主在發抖！

她自己的身子也在發抖，只有那男子，還是像僵屍也似，站立不動。

我苦笑著，開始感到隨便給人家同情，實在是一件很危險的事情，因為你永遠無法明白人家會做出什麼樣可怕的事情來！

那少女一直笑著，拍著手，跳著，道：「他死了，我自然高興，他是怎樣死的，我總希望著他被許多螞蟻，慢慢一口口咬死，你知道麼？」

她突然向我伸過頭來，我忙不迭後退，她一個轉身，便向屋中竄了進去。

我呆了半晌，向那男子望去，只見那男子用衣袖抹著鼻孔，向我發出一種十分呆滯的笑容來，道：「先生，你可以給我……三五元錢！」

我有一種強烈的要嘔吐之感，我陡地揚起手來，若不是在剎那間，我看到那男子的模樣，實在經不起我的一掌，我早已重重摑了上去！

我的手僵在半空，而我對那男子的怒意，一定全在我的眼中，顯露了出來。是以那男子嚇得向後退了一步。

我狠狠地道：「你是畜牲！」

他真是畜牲，只有畜牲，才對下一代只養而不教，也只有畜牲，才盲目的只為生命的延續而繁殖，在那樣的目的下，下一代才越多越好。

但我們是人，人和畜牲是不同的，我們的下一代，能像畜牲一樣，只有生命就可以了？像那男子那樣，有八個孩子，他有什麼方法給這八個孩子以最起碼程度的教育和正常的生活？

我罵了一聲之後，又罵了一聲。

那少女又從屋子走了出來，我楞了一楞，我幾乎認不出是她了。

她已將她臉上的化妝都洗去了，她的面色，蒼白得十分可怕，但是在洗去了所有的化妝之後，她顯得很清秀，也帶著相當程度的稚氣。

她的聲音很平靜：「別罵我爸爸！」

我呆呆地望著她，如果她仍然像剛才那樣，畫著大黑眼圈，一副令人作嘔的樣子，說不定連她我都會罵進去，但是現在我卻罵不下去了。

她仍然在流著淚，但是她的神態卻很平靜。她來到了她父親的身邊，道：「你真是不中用，進了兩次戒毒所出來，還是一樣不斷癮！」

那男人的手在發抖，他道：「阿玲，你知道……那東西上了癮，是戒不掉的！」

我直到這時，才知道了阿毛的妹妹叫「阿玲」。

我忍不住回了一句，道：「你既然知道戒不掉，為什麼要染上毒癮？」

那中年男子看了我一眼，沒有回答我，阿玲推著他走進了屋中，轉身出來，道：「別逼他，他為了養我們，天天開夜工，不夠精神，才吸上毒的，你知道麼，他要養八個孩子！」

阿玲顯然認為她講出了她父親不得已的苦衷，我就會同情他了，但事實上，我卻感到了一陣反胃，我冷冷地道：「他為什麼要生八個孩子？我不相信他的知識不如你，你也懂得用避孕藥，他為什麼不用？」

我的話自然是極其殘酷的，是以也使得阿玲的臉色更蒼白。

她望了我片刻，才叫道：「走！你走！」

我冷笑著，道：「我還不想走，我要知道，丁阿毛平時和一些什麼人來往！」

阿玲的面色變得更難看，簡直是青的，她道：「我不願提起那些人。」

我將語氣放溫和了些：「阿玲，我知道那些人欺負過你，你不願提起他們，但是，我要找他們，你受過他們的欺負，更應該幫助我去找他們！」

阿玲的呼吸變得很急促，她胸脯急促地起伏著，然後，她點了點頭，道：「好，他們常聚會的地方，你是找不到的，我可以叫阿中帶你去。」

她揚聲叫了起來：「阿中！阿中！」

在通到天臺來的那扇門前，立即出現了一個年輕人，我一看到他，便不禁呆了一呆。

那年輕人，就是我叫他讓開，他忽然兇性大發，向我一刀刺來，被我踢下樓梯去的，他就是阿中？阿玲叫他替我帶路？

阿玲實在是一個十分聰明的女孩子，她已在我疑惑的神色中，看到了我心中所想的事，所以，當阿中遲疑著，還未曾向前走來時，她便道：「阿中很歡喜我，他會聽我的話。」

我攤了攤手，道：「我們剛打過架。」

阿玲勉強笑了一笑，道：「那不要緊，打架，在我們這裏，太平常了。」

阿中慢慢向前走來，他的眼光之中，仍然充滿了敵意。

阿玲叫道：「走快些，阿中，替我做一件事！」

阿中一下子便跳了過來，阿玲道：「阿毛平時和那些人在什麼地方，你知道？」

阿中連連點著頭。

阿玲向我一指，道：「帶這位先生去，聽這位先生的話，別再和他打架了。」

一聽到「打架」，阿中不禁甩了甩手腕，那是他剛才被我一腳踢中的地方。

我先向他伸出手來，道：「已經打過架，那就算了。」

我這時候，伸出手來和阿中相握，心中實在是十分勉強的，因為將我和阿中剛才相遇的情形，形容為「打架」，那實在是太輕描淡寫了，剛才，當阿中用小刀向我插來之際，那是不折不扣的兇殺！

我和阿中握了手，阿中很不習慣和人家握手，這從他的面部肌肉也幾乎僵硬了這一點可以看出來。

然後他道：「跟我來。」

他向我講了一句，又望向阿玲，當他望向阿玲的時候，他的眼光之中，充滿了企求的神色。

然後，他囁嚅地道：「阿玲，你……你今天不用上班了麼？」

阿玲轉過身去，並沒有回答他，只是向前走出了一步，然後才道：「等你回來了再說。記得，你將他送到就回來，別讓他們看到你。」

阿中連忙答應著，在他的臉上，又閃過了一絲快樂的神采。我可以說還是第一次在阿中那樣類型的年輕人臉上，看到過那樣的神采。

阿中向我點了點頭，道：「跟我來。」

我們一起走出了那屋子，走出了那條小弄，一直向前走著，我道：「可要坐車？」

阿中搖頭道：「不用，走去就行了。」

我離得阿中很遠，在考慮了一下之後，我道：「阿中，我問你一個問題。」

阿中望著我，點了點頭，我道：「阿中，剛才，你為什麼一聽得我叫你讓開，你就用刀刺我？你知道，我若不是閃得快，已可能給你刺死了！」

阿中的臉色變得十分陰沉，他的嘴唇掀動了幾下，過了好半晌，他才道：

「我，我不知道。」

「你一定有原因的，你只管將原因講出來，我一定不會怪你！」

阿中不但是嘴唇在抖著，連他的臉上肌肉，也在不斷地抽搐著。他的聲音，變得極其難聽：「我……鍾意阿玲，我……很喜歡她。」

「那，又怎樣？」

「我很喜歡她，」阿中重複著：「我要娶她做老婆，可是……可是我卻和她講話的機會也沒有，她不是睡覺，就是去上班，有一次，我到她上班的地方去看她，我看到一個胖子掀起她的衣服，用手指用力在捏她的奶，她一定很痛，她忍著不說痛……」

我嚥下了一口口水，不由自主，停了下來。

阿中的眼中，已有淚水迸了出來，他繼續道：「我剛想拉開那胖子的手，那胖子卻大聲喝我，叫我走開，我……當時就……」

「打了那胖子？」

「是的。」阿中點點頭。

我沒有再出聲，阿中在停了片刻之後，又向前走去，他道：「後來，我坐了三個月牢，但是我一樣喜歡阿玲，雖然她每天都被不同的男人摸奶和與他們……」

阿中用力捏著手，他的手指骨發出一陣「格格」的聲響來。

我沒有再問下去，因為不必再問下去，我也知道阿中為什麼會那樣對付我了。他，不但是他，連阿玲不是也以為我是去找她的嫖客麼？

我們之間誰都不再出聲，阿中一直低頭走著。

我們走了足有二十分鐘，才來到了另一條小巷口。那小巷更窄得可憐，是兩堵高牆之間，大約只有幾呎寬的一道隙縫。

而事實上，那隙縫中蓋著不少鐵皮屋，可以供人走來走去的，只有一兩呎左右而已。

阿中壓低了聲音，道：「第三間屋子是他們的，阿玲就是在那屋子中——」

阿中講到這裏，他顯然難以再忍受下去了。他立時轉過身，迅速地奔過馬路，消失在人叢之中了。

我只站在巷子口，已經可以聽到從第三間鐵皮屋中傳出來的喧鬧聲了，那是一種難以形容的喧鬧聲，這些聲音自然全是人發出來的，可是卻毫無意義，如果原始人就是那樣無意義地叫嚷的話，那麼一定不能在日積月累之下，形成語言。

也就是說，那些人那時的叫嚷聲，比原始人還不如，就像是一群瘋狗！

我慢慢向前走去，第一間鐵皮屋，是一家「理髮舖」，一張看來難以承受一百磅的木椅，一塊已黃得根本照不到什麼人影的鏡子。

在一只銅盤架子之旁，一個老頭子木然坐著，看到了我，只是略略抬了抬眼，一點聲也不出，就仍然那樣地坐著。

我急忙走過去，不忍心向那老人多看一眼，因為我實在分不出那老人坐在那裏，和他躺在棺材中，有什麼分別。

第二間鐵皮屋的門鎖著，主人大概出去了。

我來到了第三間鐵皮屋的門前，那扇鐵皮門一定被人在裏面不斷地搖著，是以發出巨大的聲響來，我在門口站了片刻，猛地拉開了門。

一個人隨著那扇門被拉開，幾乎跌了出來，我連忙伸手一推，將他推了進去。

剎那間，聲音靜了下來。

我看到屋中有六個人，五男一女。兩個男的和一個女的，擠在一張鐵床上，那女的年紀很輕，身上的衣服，皺成了一團，她擠在兩個十七八歲的年輕人之間，她的手正放在一個男孩子的褲間。

另外三個人，有一個蹲著，一個站著（被我推進去的那個），另一個坐在一張凳子上。

整間鐵皮屋的面積，不會超過八十平方呎，散發著一股令人作嘔的氣味。

我在門口站著，一個人（我發現他的年紀最大，身體也最壯碩）霍地站了起來，一揚手，道：「喂，你幹什麼？」

我冷冷地望著他，道：「找你。」

那傢伙手叉在腰上，一抖一抖向前走了過來，他來到了我的面前，一伸手，便抓住了我的衣領，我暫時並不還手，我想看看他對我怎樣。

他在抓住了我的衣領之後，咧嘴笑了一笑，道：「找我做什麼？」

我沉聲道：「放開你的手！」

他伸手在他抓住我衣領的手臂上，「啪」地打了一下，道：「放開！」

接著，他便笑了起來，道：「我已經叫他放開了，可是他不肯放。」

我冷笑一聲，道：「那只好我來叫了！」

我「呼」地一掌，向他的手腕上切了下去，他的手突然離開了我的衣領，而我根本不讓他有出聲叫痛的機會，就抬起膝蓋，頂了上去。

那一頂，正頂在他的小腹，他立時發出了一下悶哼，彎下身去。

第五部：神秘的會所

我伸出手指，抓住了他的頭，用力一轉。他的頸骨，發出了「咭」地一下響，我用力一推，將他推了出去，他跌出了一步，轉過身來。其他人發出怪叫聲，向我撲來。

可是，當他們在向我撲來之前，先向那傢伙看了一眼之際，他們卻都呆住了。

那傢伙站著，他的頭，卻歪向一邊，他的口幾乎對準了他的肩頭，額上的青筋綻得老高，他的口角有涎沫流出來，眼睜得老大，口唇在抖著，但是除了「哦哦」的聲音之外，卻什麼聲音也發不出來。

我在他們發呆之際，伸手向那傢伙指了一指，道：「你們想不想和他一樣？」

我一面說，一面走了進去。

那幾個人一起後退，縮到了房子的一角。我順手將門關上，道：「我們來談談，如果我要誰回答我的話，而誰不出聲，那麼，我的手就會發癢，這便是榜樣！」

我又向那傢伙指了一指，他的頸骨被我用重手法弄脫了臼，他這時那種痛苦的樣子，足以令得別人寒心！

我在講完之後，又特意向那女的瞪了一眼，補充道：「包括你在內！」

屋子中沒有人出聲，我問：「你們誰對丁阿毛最熟，你說！」

我伸手指向一人，那人陡地震動了一下，道：「我……們都對他……很熟。」

「很好，」我點著頭：「你們都對他很熟，那麼，最近可曾發現他有什麼異樣？」

屋中沒有人出聲，我伸手向那女的一指，道：「你說！」

那女孩子忙道：「他……他好像時時對人說，他快有錢了，他會變得很有錢！」

另一個小流氓道：「他說，他要做一件事，有人出很多錢，要他做一件事。」

我的心中陡地一動，道：「什麼事？」

那女的道：「他沒有說，他很興奮，但有時又很害怕，後來他被拉進去了兩次，他只說有了錢之後，買東西送給我，帶我去玩。」

我呆了片刻，才又道：「叫他做事的是些什麼人，你們誰知道？」

沒有人回答。那歪了頭的傢伙，卻忽然拍起胸口來。

我向他望去，道：「你知道？」

那傢伙不能點頭，仍然繼續拍著胸口，我走過去，用力一拳，擊在他的頸際，又是「咔」地一聲，他的頭部回復了正常。

他發出了一下大叫聲，喘著氣，我等了他半分鐘，道：「叫丁阿毛做事的是什麼人？」

那人道：「那些人，一定很有錢，丁阿毛有點害怕，叫我陪他去，我遠遠看著，那兩個人，坐一輛很大的汽車來，穿西裝，在和丁阿毛講話。」

「他們和丁阿毛講些什麼？」我忙問。

「丁阿毛說，他們要他先去恨一個人，然後，在那人的家中，去殺另一個人，裝著是失手的模樣……」

我聽到這裏，全身都不禁感到了一陣涼意！

米軒士的猜測被證實了，章達的死，是預謀，而不是意外，即使從任何角度來看，都屬於意外的事，事實上，卻完全是預謀的，從頭到尾，都是預謀！

預謀者先使我和丁阿毛之間有仇恨，然後再要丁阿毛來殺我，從表面上看來，丁阿毛有一千個理由要殺我，但決沒有一條理由要殺章達。

這一切，全是預謀者的安排！

我實在沒有法子說那不是巧妙之極的預謀，所以我心頭的駭然，也是難以形容的。

因為這種巧妙的預謀，可以說，絕不是普通人所能夠做得到的！

要安排那樣的預謀，必須先知道章達會到我的家中來，必須先注意我的生活，必須知道章達和我之間的交情，而這一切，都是很不容易偵查的。

但是，預謀的一方，卻全知道了，終於利用了丁阿毛這樣的一個小流氓達到了目的。

我的耳際，彷彿又響起了米軒士的話，米軒士曾問我：「你不感到那神秘力量的壓力麼？」

當米軒士那樣問我之際，我的確感覺不到什麼壓力，但是現在，我感覺到了。

我不但感覺到，而且，還可以體會到，壓力正自四方八面向我包圍，我越是弄清楚了一件事實，就越感覺到那股壓力的存在！

我的臉色，當時一定變得很難看，而且，我一定在發呆，因為屋中的那幾個流氓，互相使著眼色，看來想扭轉劣勢。

當然，我不會讓他們有那種機會的，我立即冷笑一聲，道：「你們別急，我還有疑問。丁阿毛死了，你們知道他怎麼死的？」

那幾個小流氓面面相覷，答不上來。

我續道：「他是用一根鐵枝，插進自己的胸口致死的，他是自殺的！」

「自殺？」一個流氓叫了起來：「嘿，這倒是大新聞，丁阿毛最怕死了，我們只不過說了一聲要殺他，他就把他的親妹子拉來——」

那流氓講到這裏，沒有再講下去。

他不必講下去，我也已知道那件事了，那件極之醜惡的事，我也根本不想多瞭解它，我又問道：「丁阿毛後來，有沒有和那兩個人會面？」

「我不知道，他只叫我去過一次。」

「對那兩個人，你還能提供什麼線索？」我盯著那流氓：「我可以給你錢！」

我摸出了一疊鈔票來，在手心上「啪啪」地拍打著，那流氓突然「啊」地一聲，道：「對了，你看看這個，這和那兩個人有關！」

他轉過身，在一個角落中翻抄起來。

那角落中堆著許多雜物，他找了一會兒，拿起了一件東西來，道：「你看，這個！」

拿在他手中的，是一塊三角形的金屬牌。

我接了過來一看，那金屬牌是等邊三角形，每一邊大約有四吋，金屬牌上，鑄著「時間會所」的英文字，我抬頭道：「什麼意思？」

「當丁阿毛和那兩人會面的時候，我看到那兩人的車中沒有人，我便在他們車子的車頭，偷下了這塊牌子，我以為它可以值一些錢的，誰知一錢不值！」

我望著那流氓，道：「你的意思是，這牌子，是從和丁阿毛接頭的人車上偷下來的。」

那流氓道：「是，事後，我還看到他們走進那車子駛走的，喂，你看這值多少！」

「值一毛錢！」我冷冷地回答著，一面順手將那塊金屬牌，放進了我的衣袋之中。

我那時的神態，十足像是一個大流氓，所以才能夠將眼前那幾個男女小流氓鎮住，因為小流氓是天不怕地不怕的，他們唯有一怕，就是怕大流氓。

我放好了那金屬牌，踢開了門，搖搖擺擺，向外走去，我聽得那女流氓在我的身後，發出了一下尖叫聲，我也不回過頭去看她。

我走出了那巷子，急急向前走著，十分鐘後，我走進了一家相當清靜的餐室，要了一杯酒，又深深地吸了一口煙，才能定下神來。

在路上走的時候，除了本能地閃避行人和車子之外，我幾乎什麼也不能做，因為我的心中實在太亂了，那時我雖然勉力定下了神，但是我一樣心中紊亂至極。

章達竟不是死於意外的，這種事，誰能相信，但是事實上卻又的確如此！是誰謀殺章達的，是不是就是使李遜博上神秘失蹤的那些人？那些人又究竟是什麼人？他們究竟掌握了一些什麼神秘力量？

我直到將一支煙狠狠地吸完，仍然想不出一點頭緒來。餐室中的燈光很暗淡，我摸出了那塊金屬牌來，反覆地察看著。

「時間會所」，好像是一個俱樂部的名稱，很多人喜歡將自己所屬的俱樂部的名稱，製成牌子，鑲在車身上，作為裝飾物。

那麼，那兩個人一定是「時間會所」的會員了，要查一查「時間會所」，應該不是難事！

我決定立即去進行調查，我付了帳，逕自來到了警局，我並沒有將我的調查所得告訴任何人，因為米軒士他們，已替我安排好了單獨工作，只不過警方要給我一切方便而已。

我到資料室中，找「時間會所」的資料。

但是，七八個資料員，足足忙了半小時之久，找出了好些我從來也未曾聽到過名字的會所和俱樂部，但就是沒有時間會所。

最後，資料室主任道：「我看這間會所，不是本埠的，或者他的成員只是幾個人，根本不在警方的紀錄之中！」

我走出了資料室，來到了警方為我準備的臨時辦公室之中。我或者是將事情看得太容易了，我以為只要一找，就可以找到那個「時間會所」。卻未曾料到那個會所，根本不在警方的紀錄之中。

但是我也一點不沮喪，因為既然有了名稱，要找這個會所，總不應該太難！

在那三天中，我通過了報界以及各種公共關係的機構，查詢著有關「時間會所」的事，但是所有的答覆，全是一樣的三個字：不知道！

資料室主任或許講得對，這間會所，根本不是在本埠，說不定是屬於一個很偏僻的地方，是由幾個人組成的，我根本無從查起！

但是，為什麼外地的一個會所的銅牌，會在本埠出現，而且，與之有關的人又那麼神秘？

所以，我還是不肯放棄，還是向各方面查問著，又過了十天。我盡了那麼大的努力，又過了那麼多天，而仍然查不到「時間會所」是一個什麼樣的組織。那實在使我灰心了，我開始懷疑這個線索，是不是有用。

那個銅牌，是我從流氓處得來的，會不會那也根本是掌握了神秘力量的人的一種安排，好令我在虛無的假線索中浪費時光，得不到任何結果？

我想到了這一點，再回想當時在鐵皮屋中的情形，總覺得這可能性不大。

當天晚上，我是悶悶不樂回到家中的，事實上，這幾天來，我一直在悶悶不樂之中。

當我才踏進家門的時候，我聽到一陣震耳欲聾的喧鬧聲，但我一走進去，聲音立時靜了下來。

我看到有十幾個少年人在客廳中，他們自然是白素的客人，其中有的是她的親戚，有的是她親戚的同學，或者親戚的同學的朋友。

我如果心情好，自然也會和他們談談，一起玩玩，但現在，卻只是略向他們打了一個招呼。

他們倒很有禮貌，一一問候著我，那時，白素也走了出來，她笑著道：「我一聽得靜下來，就知道一定是你回來了！」

我揮了揮手，道：「你們只管玩，別理會我！」

白素關切地望著我，嘆了一聲，道：「怎麼，還沒有找到時間會所？」

我點點頭，轉身待上樓去。

在那十幾個少年之中，有兩三個人叫了起來，道：「時間會所，想不到衛叔叔也喜歡他們。」

我呆了一呆，立時問道：「什麼意思？」

「時間會所啊！」一個少年人道。

「你說的時間會所，是什麼意思？」我連忙問，心中著實緊張。

那少年人用奇怪的眼光望著我，道：「時間會所，是一個樂隊啊，他們專門演奏最瘋狂的音樂，雖然現在還不很出名，然而會成名的。」

一個樂隊？

時間會所，是一個樂隊的名稱！

我的確從來也未曾想到這一點！

我一直以為它是一個俱樂部，一個組織，所以從來也沒有想一想，本埠的樂隊之中，可能有一個叫「時間會所」的。

我迅速地轉著念，這種專門演奏瘋狂流行曲的樂隊，大多數是由年輕人組成的，而那流氓卻告訴過我，和丁阿毛接頭的是兩個中年人。

我想到那可能是名字上的巧合，但無論如何，這是我半個月來，第一次有了收獲。

我問道：「什麼地方可以找到這個樂隊？」

我的話才一出口，便有好幾個人叫了起來，他們叫道：「好啊，衛叔叔帶我們到金鼓夜總會去！」

我雖然不常去夜總會，但是對於夜總會的名字，我也不致於陌生。但是我卻未曾聽到過這個夜總會的名稱。是以我反問道：「金鼓夜總會？」

「是的，」一個女孩子回答：「那是一個地下夜總會，有著一切年輕人喜歡，老年人討厭的玩意，我們的家長都不准我們去的，時間會所就在那裏演唱。」

我立時沉下了臉，我一沉下臉，那些少年人便沒有剛才那樣高興了。

我神情古板地道：「如果你們的家長都不准許你們去，那我也不會帶你們去！」

我聽到了好幾下嘆息聲，是以我又補充了一句，道：「你們自己也不准去！」

有好幾個人道：「我們不會去的，衛叔叔。因為我們全是受過教育、有教養的好孩子！」

在那幾個人講完之後，我又聽得有人低聲道：「現在我知道了，天下最倒楣的事情，就是做一個有教養的好孩子！」

我瞭解少年人的情形，但是我也無可奈何，一代教一代。全是那樣傳下來的！

我又問了那金鼓夜總會的地址，知道那是二十四小時不斷開放的，是以我立時出門，駕車前往。

要找到那地址並不難，但是要相信那是一間夜總會，卻相當困難。它在一座大廈的地窖中，門是最簡陋的木門，但是有好幾重之多。

一直到推開了最後兩重門時，才聽到喧鬧至極，震耳欲聾的聲音。我只說那是「聲音」，而不說那是「音樂」，雖然，它是被當作音樂的。

我無法看清那究竟是多麼大的一個空間，因為那裏面幾乎是漆黑的。而事實上，就算是光亮的話，我也一樣看不清楚。

因為那裏面，煙霧騰騰，我一進去，就忍不住嗆咳了起來。我得小心呼吸才不再嗆咳，我真不明白，在那種污濁的空氣之中，這麼多人，怎可能感到舒服？空氣是人生存的第一要素啊！

裏面也不是全沒有燈光，只不過燈光全集中在一個小小圓臺上，燈光自上面射向那圓台，就像是陽光透過濃霧一樣，已大大地打了一個折扣。

在臺上，有五個人正在起勁地奏樂，一個女人，我猜她是全裸的，正在跳舞。

我只能猜她是全裸的，而不能肯定她是全裸，那是因為她身上塗滿了油彩，以致她看來根本不像一個人！

我向前擠著，在我的周圍，碰來碰去全是人，那些人也不像是在跳舞，他們只是緊靠在一起，在抖動著身子，我推開了一些人，四面看著，想尋找侍者。

可是我失望了，因為看來，這裏根本就沒有侍者。

不過總算還好，我找到了一扇門，那扇門上，亮著一盞紅燈，紅燈下面是

「止步」兩字。

我並不止步，而是推開了門，走了進去。

我首先必須找到這間夜總會的管理人，不然我是無法和「時間會所」樂隊談話的。門內，是一條狹窄的走廊，在走廊的兩旁，還有幾扇門，我才走進去，便看到一個人，那人看到了我，呆了一呆。

我已逕自向那人走去，從那人的神情上，我已可以看出，他對我飽含敵意！

我來到了他的身前，他才道：「什麼事？你是什麼人，沒有看到門外的字麼？」

「對不起，」我笑了笑：「我不識字。」

那人充滿了怒意，道：「你想幹什麼？」

我又走前了一步，幾乎直來到那人的身前了，我道：「我想見一見這裏的經理。」

那人直了直身子，道：「我就是這裏的經理。」

我冷笑了一聲，道：「很好，我們來談談！」

我不等他對我的話有任何反應，便突然伸手，在他的胸前，用力一推，將他推得向後跌出了一步，我也逼前一步，一腳踢開了他剛才走出來的那扇門，那是一個辦公室。

出乎我意料之外的是，當我一腳踢開房門的時候，在沙發上，躺著一個幾乎是全裸的女郎。她還招了招手，向我打了一個招呼，那令得我呆了一呆。

而就在我一呆之際，被我推開的那人，已向我兜胸口一拳，打了過來。

我被他一拳擊中，但是他也沒有佔到便宜，因為我立時雙手齊出，將他的衣服抓住，幾乎將他整個人都提了起來。

然後，我用力一摔，將那人摔進了辦公室，接著我向那半裸女郎大喝一聲，道：「出去！」

那女郎仍然懶洋洋地躺著，道：「你也可以將我摔出去啊。」

我冷笑著，道：「別以為我不會！」

我陡地來到了那長沙發的一端，將那張長沙發直推到了門口，然後，我抬起長沙發來，在沙發底上，用力踢了一腳！

然後，我放下沙發，那女郎已被彈出了門，我立時放下沙發將門關上，那經理才來得及爬起來。

他喘著氣，道：「你還是快走吧，我要報警了！」

我向他笑了笑，道：「我就是從警局來的。」

他呆了一呆，然後嚷叫了起來，道：「好，你搜吧，我們這裏，沒有大麻，沒有迷幻藥，你搜好了！」

我冷冷地道：「大麻和迷幻藥，全在你們這種人的身體之內，你們這裏的樂隊，叫時間會所？」

「是的，觸犯條例麼？」

「兄弟，」我狠狠地叫著他：「別嘴硬，那只是使你自己吃苦頭，我可以隨時調兩百個警員，在這裏做日夜監視，那時你只好改行開殯儀館了！」

經理呆望了我半晌，不再出聲。

我又道：「將他們叫來，全叫來！」

「那怎麼行？」他抗議著：「音樂要停了！」

「用唱片代替，索性將所有的燈光全熄去！」

他望了我片刻，走了出去，當他開門的時候，我看到那半裸女郎，竟還維持著被我拋出去的姿勢，滾跌在牆腳下，看來，她好像很欣賞那種享受！

我不禁嘆了一聲，我想起丁阿毛，像丁阿毛那樣的少年，是不會到這種地方來的，到這種地方來要錢，而丁阿毛他們，沒有錢。

但是我也分不出丁阿毛他們那一批流氓，和沉醉在這裏的年輕人有什麼不同。

也許，他們之間的唯一分別，是在於丁阿毛一夥，他們傷害人，他們偷、搶，甚至殺人，而在這裏的一夥，卻只戕害他們自己。

但是他們自己也是人，所以實際上並沒有不同，他們都在傷害人！

我又想到了在我家中的那一群少年，奇怪的是，我想到的，並不是他們的生活如何正常，學業如何出色，我只是想到了那一下低低的嘆息：「天下最倒楣的事情，就是做一個有教養的好孩子！」

那是真正心靈深處的嘆息，有教養的好孩子，有父母兄長老師以及像我那樣的叔叔伯伯，甚至還有阿婆阿公阿姨嬸母舅父舅母姑姑姑父，等等等等的人管著，不許這個，不許那個，天下還有比這更倒楣的事情麼？

我實在感到迷惑，因為我實在難以分辨出這三類年輕人究竟哪一方面更幸福，哪一種更不幸！

第六部：又一次謀殺

我大約只等了十分鐘，那夜總會經理便走了回來，在他身後，跟著五個穿花衣服的年輕人。

我本來就料定，這種樂隊的組成者，年紀一定不會大，所以我看到進來的是五個年輕人，我也並不感到多大的意外。

而且，我也根本不想真在這裏獲得什麼線索，我認為這個樂隊叫做「時間會所」，和我要尋找的「時間會所」，只不過是一種名稱上的巧合而已。

我瞪視著那五個年輕人，他們進來之後，懶懶散散地，或坐或立。那經理道：「就是他們了，先生！」

他在「先生」兩字上，特別加重語氣，那自然是表示對我的不滿。我也知道，在那樣的情形下，如果我好聲好氣，我什麼也問不出來的。

所以我一開口，就立即沉聲喝道：「站起來。」

有兩個人本來就站著，我的呼喝對他們不起作用，而原來三個坐著的，只是用眼睛向我翻了翻。我再度喝道：「站起來！」

一個坐著的發出一下長長的怪聲，道：「嗨，你以為你是什麼，是大人物？」

我一下子就衝到了他的身前，厲聲道：「我或者不是什麼大人物，但是我叫你站起來，你就必須站起來！」

我陡地伸手，抓住了他的花禮服，將他提了起來，同時，用力一掌，摑了下去。

那一掌的力道著實不輕，那傢伙的臉腫了起來，口角有血流了出來，他的雙腿也聽話了，他站得筆直！

而且，那一掌，對於其他的兩個人，也起著連鎖作用，他們兩人像是屁股上裝著彈簧一樣，刷地站起，我冷笑了一聲，道：「你們的樂隊叫時間會所，這個名稱，是誰取的？」

一個年紀較大的道：「是我。」

我盯住了他一會兒，自袋中取出一塊銅牌來，道：「這塊銅牌，是你車上的標誌？」

「是我的，」另一個人回答：「這本來是鑲在我車上的，但已被人偷去很久了。」

「你們每一個人的車上，都有那樣的牌子？」

「是！」他們都點著頭。

「被偷去的只有一塊？是你的？」我直指著那個年輕人的鼻子。

「是啊，這種東西，人家要去一點用也沒有——」

我不等他再講下去，便道：「你叫什麼名字。」

「法蘭基。」他回答。

我厲聲道：「我是問你父母給你取的名字，除非你根本沒有父母！」

那年輕人呆了一呆，才道：「我叫方根發。」

我又道：「方根發，你和丁阿毛之間，有什麼交易？」

方根發的臉上，現出驚訝之極的神色來，道：「丁阿毛？那是誰，我從來也未曾聽過這個名字！」

「你別裝模作樣了，你的車子，是一輛黑色的大房車，對不對？」

「對！」方根發回答。突然之間，他現出了一個恍然大悟的神情來，手一揮，手指相扣，發出「得」地一聲，道：「我明白了！」

我忙道：「你明白了什麼？」

「有人不斷偷用我的車子，我的車子常常加了油，駛不到一兩天就沒有了，而且，哩數表也會無緣無故地增加，那一定是有人偷用我的車子！」

我望了方根發半晌，方根發的話，倒是可以相信的。

因為他們全是年輕人，而和丁阿毛接頭的，則是中年人。可是我如果相信了方根發的話，那麼，我追尋的線索又斷了。

我來回踱著，突然間，我心中一亮，忙道：「你車子的這種情形，發現了多久？」

「足有半年了！」

我忙道：「聽著，這件事十分重要，你告訴我，通常你最長時間不用車子的時候，將車子放在什麼地方？你當做完全不知道有那件事一樣，如果他再來用你車子的話，我會捉住他！」

方根發搖頭道：「我想你這個辦法行不通了，我的車子好幾天來都很正常！」

我瞪大了眼，我以為我如果隱伏在方根發的車子四周，就可以有機會捉住那些人，但是我顯然想錯了，因為他們一定不會再繼續使用方根發的車子了。

我攤開了雙手，揮了一揮，這是一種最無可奈何的表示，因為我的一切追尋的線索，全部斷了，什麼也沒有剩下，我不知道該如何進行才好！

我將那塊銅牌留在辦公桌上，向外走去。在門口，我略停了一停，道：「對不起！」

然後，我向前直走了出去，我推開了門，煙霧又向我襲來，外面仍然一樣混亂，而且，幾乎是一點燈光也沒有了，音樂仍在繼續著，我好幾次，腳踏下去，不是踏在地上，而是踏在地上打滾的人身上。

我終於走出了那家夜總會，我走出來之後的第一件事，便是深深地吸一口氣。

然後，我走過對街，呆立著不動。

我該怎麼辦呢？我實在沒有辦法了！

雖然我不是一個肯隨便表示沒有辦法的人，但到了真正沒有辦法的時候，卻也非如此不可了。

我根本無從進行起，雖然我明知章達的死，是一個極其巧妙的安排，是一項真正的謀殺。但是和這件事唯一有關的人丁阿毛，卻已死了！

我發現了那種神秘力量，也感到了那股力量的威脅。但是我卻根本捉摸不到那種神秘力量的一絲一毫，這真是令人痛苦莫名的事！

我來到了車子旁邊，我的動作，都好像是電影中的「慢鏡頭」一樣，因為我實在一點精神也打不起來，我打開車門，坐在駕駛位上。

過了好久，我才發動了車子。

而當我在發動了車子之後，我心中陡地一動，我想到章達和李遜兩人，都先後遭到了不幸（李遜只是失蹤，但是我假定他也遭了不幸。）

他們兩人遭了不幸，自然是因為他們發現了那種「神秘力量」，而且在他們的學術研究報告之中，確切地提出了這種力量存在的證據！

現在，我也知道有這種力量的存在，我是不是也會遭到危險呢？

我絕不是怕遭到危險，而是急切地希望危險降臨到我的頭上來！

因為，我現在沒有絲毫線索去找「他們」，那我就只有希望「他們」來找我！

而我要達到這一目的，就必須到處去宣揚，去告訴別人，有那種「神秘力量」的存在。最後，自然是能夠說服警方，使他們來展開調查。

我一想到這一點，精神為之一振。

可是，那卻只是幾秒鐘之內的事，接著，我便又嘆了一口氣，警方怎麼可能相信我的話？在警方的一切紀錄之中，丁阿毛只和我發生關係，是我兩次將丁阿毛送警察局，丁阿毛奪槍而逃，要找的是我，我的朋友章達，只不過是死於意外。

雖然連日來我調查所得，已可以確切證明，丁阿毛是蓄意謀殺章達博士的，但是我卻沒有具體的證據。

我又嘆了幾聲，突然踏下油門，車子以相當高的速度，向前衝了出去，我的駕駛術，一向是十分高超的，我甚至可以做危險駕駛的表演。

但是，這時，當我的車子才一駛向前時，一輛十噸的大卡車，卻突然轉出來，向我撞來！

當那輛大卡車突然之間，向我撞來之際，我幾乎不相信自己的眼睛，因為沒有一個人可以將一輛大卡車駕駛得如此之靈活的，向我撞來的，不像是一輛大卡車，而像是一輛跑車！

大卡車來得如此之快，我根本一點閃避的機會都沒有！

我在危急之間，將車子勉力向右扭去，但也就在那一剎間，我已感到那輛大卡車像是一大團烏雲一樣，向我壓了下來。

那只不過是十分之一秒的事，在那麼短時間內，我只來得及將身子縮了起來，那樣至少我可以避免被我的駕駛盤，撞穿我的胸部。

然後，便是一下震耳欲聾的巨響。

在那一下巨響之後，我根本無法形容出又發生了一些什麼事，我只覺得我的耳際，像是有無數的針在刺進來，而那些針在刺進了我的雙耳之後，又開始膨脹，於是，我的腦袋爆裂了。

我真有腦袋爆裂了的感覺，要不然，我絕不會什麼也不知道的。

我唯一可以感覺到的是，我的身子好像在翻滾。那種翻滾，並不單是我的身子的翻滾，而是我身內的一切，每一部份，每一個細胞，每一組內臟，每一根骨頭，都在翻滾，都在離開它們原來的位置。

然後，又是一聲巨響，一切都靜止了。

當一切都靜止之後，我體內的那種翻滾，仍然沒有停止，奇怪的是，我的聽覺變得十分敏銳，我聽得大卡車引擎的「胡胡」聲，也聽得有人在道：「他完了麼？」

另外有一個人應道：「當然完了！」

接著，又是大卡車的「胡胡」聲，我勉力想睜開眼來，想看看那兩個在發出如此毫無血性的對話的是什麼人，但是我的眼前，只是一片雜亂的紅色和綠色，只是紅色和綠色的交替，沒有別的。

接著，一切都靜止了，沒有顏色，沒有聲音，只有我的心中還在想：我完了。

我也只不過想了一次，就喪失了知覺。

我不知道等我的全身又有了極度的刺痛之感時，距離那椿謀殺已有多久。

我感到了刺痛，同時也聽得一個人在道：「衛夫人，我們會盡最大的努力來挽救你的丈夫，你應該堅強些，我們必須告訴你，他傷得極重，但好在主要的骨骼沒有折斷，我們希望他會復原。」

雖然我的身子一動也不能動，但是我的神智倒十分清醒，我知道那一番話，一定是醫生對白素說的，我在期待著白素的哭聲。

但是我並沒有聽到白素的哭聲，我只聽得白素用一種十分沉緩的聲音道：「我知道，醫生。」

我想大聲告訴白素，我已經醒來了，我已經可以聽到她的聲音，但是我用盡氣力，也無法發出任何聲音來，我甚至除聽覺之外，只有痛的感覺，我一點氣力也沒有，只好在心中嘆著氣。

我在醒了之後不多久，又昏過去，接下來，我又不知過了多久，只是清醒了又昏迷，昏迷了又醒。當我最清醒的時候。我也無法動我的身子，根本一動都不能動。

我只感到，我似乎一直在被人推來推去，我的心中起了一個十分怪異的念頭，為什麼不能讓我靜一靜呢？我需要靜靜地躺著，不要老是被推來推去，我討厭老是被人家推來推去！

但是，我無法表達我的意見。

終於，在一次，我又從昏迷中清醒過來之際，我感到了略有不同，那便是，當我能夠聽到周圍的聲音之後，我的眼皮上，有了刺痛的感覺。

我感到了那陣刺痛，我也可以感到，那陣刺痛，是由於光線的刺激，而那種刺激，似乎使我的眼皮，回復了活動能力。

我用盡了氣力，想抬起眼皮來，我開始並不成功，我只不過可以感到我的眼皮，正在發出一陣跳動而已，但是突然之間，我成功了！

我睜開了雙眼！

當我睜開了雙眼的一剎間，我什麼也看不到，只感到了一股強光，那股強光，實在逼得我非閉上眼睛不可，但是我卻不肯閉上眼睛，我剛才為了使雙眼睜開，所出的力道，不會比攀登一座高山更小，我怕我閉上眼之後，會沒有力量再睜開眼來。

所以，我忍著強光的刺激，我依然睜大著眼！

漸漸地，我可以看到東西了，我的眼睛已可以適應光線了，我看到在我的面前，有著很多人。

那是一個十分奇特的角度，在我的眼中看來，那些人全像是想向我撲上來一樣。

但是我立即明白了，我是仰躺著，而那些人，則全站著，俯視著我。

我不但看清了我身前的人，而且，我還開始眨著眼睛，我在眨動眼睛之後，看得更清楚，我看到一個十分美麗的少婦，正在淚流滿頰。

當我才一看到那美麗的少婦之際，我的確有一種陌生之感。

但是，我立即認出來了，那是白素，我的妻子——

但那真是白素麼？我的心中，不免有多少懷疑，因為她太瘦了，她雙眼竟深陷著，我從來也未曾看到她那樣消瘦過！

我和她分別不應該太久，就算我曾昏迷，我曾昏迷過兩天、三天？她也不應該瘦成那樣！

但是她又的的確確是我的妻子白素，除了白素之外，沒有第二個女人，會有那種的神韻。

我突然起了一陣要講話的衝動，我要叫喚她，我用力掙扎著，終於，我的口張了開來，而自我的口中，也發出了聲音來。

我恨我自己的聲音，何以如此微弱，但是我總算聽到了自己的聲音，而且，我想她也聽到了，我叫了她一聲，她立即向前衝來。

兩個護士將她扶住。

她仍然在流著淚，但是她在叫著：「他講話了，你們聽到了沒有？他講話了！」

她一面叫，一面向四方看著，我看到四周圍所有的人都點著頭，有很多人應著她，道：「是的，他出聲了，他開始恢復了，你該高興才是！」

那兩個護士終於扶不住她，她來到了病床前，伏了下來，我為了要低下眼來看她，才看到了自己。

我看到了自己之後，又大吃了一驚，這是我麼？這是我，還是一具木乃伊？為什麼我的身上，要綁那麼多的繃帶，為什麼我的雙腿上全是石膏？我不是已醒過來，已經沒有事了麼？

我的身子還是一動也不能動，可是我的神智卻已十分清醒，我看到白素伏在床沿，她在不斷地流著淚，但是看她的神情，她卻又像是想笑。

我掙扎著，又發出了一句話來，道：「我……一定昏迷了很久？」

白素只是點著頭，在床邊的一個醫生卻接口道：「是的，你昏迷了八十六天，我們以為你不會醒過來了，但你終於醒過來了！」

八十六天，我一定是聽錯了！

但是，我剛才又的的確確聽到，是八十六天，我以為我至多不過昏迷了三五天，可是，我卻足足昏迷了三個月之久，難怪白素消瘦得如此之甚了！

我閉上了眼睛，當我閉上了眼睛之後，我昏過去之前的事，就像是才發生在幾分鐘之前一樣，那輛靈活得令人難以相信的大卡車，向我直撞了過來。

那是謀殺，是和對付章達一樣的謀殺！

但我卻沒有死，我又醒轉來了，我對自己的身體有堅強的信心，我知道我的傷一定會漸漸好起來，一定會完全復原！

但這時，我卻疲乏得可怕，我似乎是一個疲倦透頂的人一樣，我渴望睡覺。

我聽得一個醫生道：「讓他好好地休息，他很快就會復原的。」

我又聽到白素道：「不，我要陪著他。」

然後，我不知我自己是昏了過去，還是又睡著了。

等到我再醒過來時，已經是晚上了，病房中的燈光很柔和，我的精神也不知好了多少。

我不但可以連續講上幾分鐘話，而且還可以聽白素講述我動了十二次大手術的情形。

在那三個月中，我動了十二次大手術。

我之能夠不死，而且還有復原的可能，全是因為我當時躲避得好，是以我雖然折斷了很多骨頭，然而脊椎骨卻還未曾受損傷。

所以我才能活下去，而在我的體內，已多了十八片不銹鋼，這些不銹鋼是用來接駁我折斷的骨頭的，醫生斷定我可以復原，白素一面講，一面流著淚，她又笑著，因為我終於沒有死！

我並沒有將那是一件設計完善的謀殺一事講出來，因為在這三個月中，白素已經擔心夠了，沒有理由再去增加她的負擔。

雖然，她的心中，也不免有著疑惑，因為我的駕駛技術是極其超卓的，她不會不知道。所以我還著實費了一些心思，將當時不可避免，非撞車不可的情形，編了一個謊。

我在醫院中又足足住了半年，才能走動，我回到了家中療養，醫生勸我忘記我曾斷過許多骨頭一事，如果時時記得，那麼人的活力就會消失，他給我的忠告是：一切像以前一樣。

是以，當我開始可以動的時候，我就適量地運功，日子好像過得很平靜。

然而，在我的心中，卻有著一個陰影。我明白，他們的第一次謀殺失敗了，我沒有死，那麼，他們一定還會有第二次謀殺。

他們第二次的謀殺什麼時候來呢？我是不是能躲過他們第二次的謀殺呢？

這是我幾乎每時每刻都在想著的事。

但我卻只是一個人想著，因為再多人知道，也是沒有用的，對方是如此神出鬼沒，我幾乎死在他們的手中，但是我根本連他們是什麼人也不知道。

而我擔心的那一刻，終於來了。

那是一個黃昏，我坐在陽臺上，在享受著一杯美味的飲料。白素不在家，她已不必再那樣仔細地看護我了。我聽到門鈴響，老蔡在樓下扯直了喉嚨叫道：

「有人來找你，衛先生！」

我站起身，走下樓梯。我看到在客廳中，已坐著兩個陌生人。

我很難說出當時究竟是什麼感覺，但我一看到那兩個人，我就覺得事情有點不對頭，那兩個陌生人，給我以極不舒服之感。

我也難以形容得出我的感覺究竟如何，但是我想，當一頭貓兒，看到了一隻不懷好意的大狼狗，貓的感覺就一定和我的感覺一樣，全身的每一根肌肉，都有一種莫名其妙的緊張。

我走下了樓梯，那兩個人向我望了一眼。

我呆了一呆，才道：「兩位是——」

兩個人中的一個笑了一下，道：「衛先生，你不認識我們麼？」

我未曾見過這兩個人，但是他們卻那樣問我，這令得我的心中，陡地一動，我立即裝出行動十分遲鈍的樣子，拍著額角，道：「對不起，我撞車受了傷，對受傷以前的事，記不得了，我甚至記不起我是怎麼受傷的，兩位請稍等一等！」

那人道：「做什麼？」

我道：「為了幫助我的記憶，內人將我以前熟悉的朋友的照片，全都貼在一本簿子上，我想，我去翻一翻那本簿子，就可以知道兩位是什麼人了。」

那兩人互望了一眼，接著，一起站起身來，一個道：「不必了，衛先生，我們以前只不過見你一兩次，你不會有我們的照片的。」

我道：「那麼兩位來，是為了──」

那兩人道：「是為了一件過去的事，衛先生，你可還記得章達博士？」

我的心中陡地一動，章達時時刻刻，都在我的記憶之中，但是我卻皺起了眉，道：「不，我記不起這個名字來，章達？他和我有什麼關係？」

那兩人沒有回答我的問題，只是又問道：「那麼，丁阿毛呢？」

我仍然搖著頭，道：「也不記得了，丁阿毛，這個名字我很陌生，請你們等一等，我將那本照片簿取下來，或者我可以找到他的照片。」

我一再表示我有那樣的一本「照片簿」，其實，我根本沒有，只不過我那樣強調，就可以使對方真的認為我的記憶力已消失了！

那時，我臉上的神情，是一片茫然，十足是一個智力衰退的人，但是我的心中，卻著實緊張得很。

這兩個人，先問起了章達，後又問起了丁阿毛，而我又從來也未曾見過他們，是以我可以肯定，他們是和那個我一直在追尋，但是又毫無頭緒的神秘力量有關係的人！這兩個人說不定就是當日曾和丁阿毛接頭過的，也說不定就是駕車將我撞成重傷的人！

我的心中除了緊張之外，同時也在慶幸我的急智。

那兩個人來到我這裏，看他們的情形，像是來進行第二次謀殺的。

然而，我現在的情形，可能使他們改變主意了。

因為我看到他們兩人，互望了一眼，站了起來，道：「衛先生，你很幸運，再見了。」

我裝出愕然的神情來，道：「你們為什麼不再坐一會兒？兩位究竟是為什麼事而來的，噢，我想起來了，請等一等，我想起來了！」

那兩人已在向門外走去，可是一聽得我那樣說，又一起站定，轉過身來。

他們一齊問我，道：「你想到了什麼？」

「我想起了章達這個名字，他好像有點東西留在我這裏，你們是他的朋友，可是來取回他的東西？」

那兩個又互望了一眼，像是對於這突如其來的事，不知該如何決定才好。但是他們並沒有猶豫了多久，終於有了決定。

他們道：「好，請你取來。」

我連忙轉身，走上樓梯，我一到了樓上，動作立時變得靈活起來，我先到了書房，拉開抽屜，取出了一個超小型的無線電波示蹤儀來。

那示蹤儀只有一枚黃豆大小，可附著在任何的衣服之上，而它裏面的小型水銀電池，可以使這個示蹤儀發出無線電波，我可以在一個接收儀的螢光屏上，找出那個示蹤儀的所在地點。

然後我才提出了章達留下的那口箱子，又裝出遲遲緩緩的樣子，走了下來。當我將箱子交給其中一個人的時候，我伸手輕輕一彈，那示蹤儀已附著在那人的衣領之後了。

那人提著箱子，向我揮著手，我看到他們登上了一輛奶白色的汽車，一直等他們的車子駛遠了，我才又奔上了書房。

我幾乎是衝進書房的，我立時自抽屜中取出了接收儀，按下了掣，在對角線四吋半的螢光屏上，我立即看到了一個亮綠點。

追蹤的距離只有四百五十碼，是以我的行動必須快，等到那亮綠點離開了螢光屏之後，我便再也難以找到他們了！

第七部：驚人大發現

我提著接收儀，衝了下去，我只覺得我的行動，遠不如撞車之前敏捷了！在平時，或者還不怎麼覺得，但是想要爭取每一秒鐘時，我體內的不銹鋼，其合作程度，和我原來的骨頭，相去實在太遠了。

我衝出了大門，老蔡在門口叫道：「你到哪裏去？」

我也來不及回答他，便打開車門，還未曾坐穩，就發動了車子。那時，接收儀的螢光屏顯示，那亮綠點在東南角，已快逸出跟蹤的範圍了。

我連忙轉動車舵，闖過了一個紅燈，總算，那亮綠點還在，我比較從容了些，我將距離控制在三百碼左右，一直跟隨著。

半小時後，亮綠點不再移動，而我在漸漸接近對方，當距離縮短到一百碼之後，我也停下了車子。

我大約等了五分鐘，亮綠點又移動起來，我也繼續開始跟蹤，很快，我就看到了那輛乳白色的房車。

當螢光屏上的示蹤點又靜止之後，那又是二十分鐘之後的事了，我的車子漸漸接近，距離縮短，最後，接收儀上，發出了「的的」聲來。

那表示，我和追蹤的目標，相距只有五十碼了。

我停下車，向五十碼距離範圍打量著。那應該是一個高尚住宅區，有很多幢獨立的花園小洋房，我看不到那兩個人，而每一幢小洋房的外表，看來也沒有什麼不同。

但是，我的注意力，立時集中在其中一幢洋房上，因為自那幢洋房的頂上，豎著一根形狀十分怪異，高約八九呎的天線。

那天線，好像是一根電視天線，然而我卻看出了它和普通的電視天線不同。在那根天線上，有著許多金屬絲扭成的小圈，和許多金屬的圓珠。

這時，正是下午時分，陽光照映在那根天線上，發出一種異樣的光芒來。

我下了車，提著接收儀，試著走近那屋子，每當我走近，我就聽到「的的」聲更響，我已可以肯定，那屋子是我要跟蹤的目標了。

我回到自己的車子中，駛回家去。

我已經發現了我要追蹤的目標，我大可不必心急，我想晚上才來，而且不是我一個人，我要和白素一起來，因為我明白自己的身手，已大不如前了。

當我回到家中的時候，白素正在急得團團亂轉，在埋怨老蔡，不將我拉住。她看到了我，才大大地鬆了一口氣，道：「好了，你到底到哪裏去了？」

我和她一起上樓，將剛才發生的事，和她詳細地講了一遍。

白素聽了之後，道：「很好，就讓他們當你根本記不得過去的事好了，別再理會這件事了！」

我聽了白素的話之後，並不和她爭論，只是微笑著問道：「如果我當時，是那樣的人，你會嫁給我麼？」

我認為那樣一問，白素一定會給我難倒了，她不但不會再阻止我去冒險，而且還會幫助我，和我一起到那地方去的。

但是，我卻完全料錯了！

白素根本連想也不想，便立即回答我，道：「當時，我或者不會嫁給你，但當時是當時，現在是現在，你已幾乎死過一次了！」

白素講到這裏，略頓了一頓，才又道：「你不會再有那樣的運氣，而我，也難以再忍受一次失去你的打擊，聽我的話，什麼也別理了！」

我呆了半晌，道：「可是，我已偵查得很有成績了，可以說，我已發現了他們的巢穴！」

「他們是些什麼人？」

「我不知道，但是他們掌握一些很神秘的力量，他們似乎可以隨心所欲地做任何的事，這件事，我一定要徹底弄清楚。」

白素沒有再說什麼，她只是睜大了眼睛，望著我，漸漸地，自她的眼中，現出了一種令人心軟的悲哀的神色來，我被她那種悲哀的神色，弄得心向下沉，我道：「我知道我的行動，已不如以前那樣靈活，所以我才沒有一個人行動，而回來和你商量！」

白素仍然不說什麼，只是低嘆著。

我又道：「我們兩個人一起去，我們不和對方正面接觸，只是去察看一下，在有了一定的證據之後，立即知會國際警方！」

白素哭了起來，她道：「不要逼我，我會答應你的，但是我知道，我一定會後悔答應你！」

我笑了起來，道：「別傻了，看，我去沒有事，雖然我受了傷，但是我的生命，並沒有走到盡頭，只是轉了一個彎，又回來了。」

白素抹了抹眼淚，道：「好，我沒有辦法，我知道你是勸不聽的。」

我拍著她的手背，道：「我們今晚就開始行動，還有好些時間可以準備，檢查一下我們自製的麻醉針槍，以及其他的工具。」

白素又望了我半晌，才點了點頭，道：「好。」

她向樓上走去，我跟在她的後面，我們各自忙各人的，在草草吃了晚餐之後，我駕著車，和她一起離開了家，向我日間到過的地方駛去。

我將車子停在離那幢洋房只有三十碼處的一株大樹下，那時，天色早就黑了，那房子的二樓，有著燈火，下面是漆黑的。

但是在二樓的燈火，也一看就可以看出，是在經過了小心掩飾之後才露出來的。

我先取出附有紅外線鏡頭的照相機，對著那房子，拍了幾張照，我低聲道：「你看到過這種的天線沒有？那是做什麼用的？」

白素搖著頭，道：「沒有，我未曾在任何地方，看到過那樣的天線。」

白素講那樣的話，意義遠在其他人之上，因為她是那方面的專家，有關無線電的知識，遠勝我十倍。

如果白素也說她未曾見過那樣的天線的話，那麼，那樣的天線，一定有其十分獨特的作用了。

所以我又對準了那天線，拍了幾張照。

然後，我們等到天色更黑些，才離開了汽車，裝成是一雙情侶，走近那屋子。

那屋子的花園中又黑又靜，若不是二樓有燈光透出來，一定會認為它是沒有人住的，我們繞到了後牆，迅速地爬上了圍牆，翻進了院中。

我們一進了圍牆，立時奔向屋子，在牆腳下背靠著牆而立，我們的心中都很緊張，屏住了氣息，過了好半晌，不見什麼動靜，我才低聲道：「你在牆腳下把守，我爬上去看著。」

白素皺著眉，但她沒有表示異議，只是點了點頭，我抬起頭來，打量了一下，要爬上二樓窗口去並不難，我先跳上了樓下的窗臺，然後，扳住了窗簷，撐上身子去，我拉住了一根水管，身子上升著，不到一分鐘，我就在一個二樓的窗口之外了。

那窗口是有燈光透出來的，但只是一道縫，因為窗簾遮得十分嚴密，我小心拉了拉窗子，窗子在裏面拴著，那應該是最危險的一刻了，因為我如果要看清窗內的情形，就必須先弄開窗子來。

我取出了一柄鑽石刀，用一個橡皮塞按在刀口上，使刀口緊貼玻璃，慢慢轉動著，那樣，鑽石劃破玻璃的聲音，便被減至最低。

當我再提起橡皮塞的時候，橡皮塞已吸下了直徑約四吋的一塊玻璃來，我已成功地在玻璃窗上，開了一個洞，而這時，我也立即聽到了自屋中傳出了一陣十分異樣的聲響來。

那是一連串不斷的「得得」聲，和另一些像是用低級收音機收聽短波時發出來的嘈雜聲，有的聲音，還極其尖銳刺耳，我略呆了一呆，輕輕地將窗簾向外頂開了一些，向內望去。

當我聽到那種奇異的聲音之際，我已經知道我一定可以看到一些十分怪異的事情了。但即使我有了心理準備，當我看到了室內的情形之後，我仍然驚訝得幾乎怪叫了起來。

那實在太奇特了，這是一所普通的住宅房子，但是我所看到的東西，卻絕不是一所普通的住宅中所應有的，那應該屬於一座現代化的工廠所有。

我看到在那房間內，是一具巨大的電腦（我猜想那是電腦，或者是類似的裝置），在控制臺前，坐著兩個人，那兩個人，正是到我家中來的那兩個人。

他們正在控制臺前，忙碌地工作著，不斷地在按鈕，和調節著一個可以旋轉的掣鈕。在他們的面前，是一幅螢光屏（那也是我的猜想，它是類似螢光屏一樣的東西，作銀灰色），在螢光屏上，正不斷地在閃耀著各種各樣的光點和線，交錯複雜，完全看不出名堂來。

看那兩人的情形，那兩個人忙碌工作的目的，是想能在螢光屏上現出可看到的物事來。

我不由自主地屏住了氣息，他們是在幹什麼？是想要接收一些什麼？這兩個人是什麼人？他們這個機構，又是什麼機構？

這一連串的疑問，充塞在我的心中，我轉頭向下看了一下，白素向我做了一個手勢，表示一切都正常，我又轉頭向窗內看去。

那時，那兩個人已停止了動作，抬起頭來，一起望定了那幅螢光屏，我也和他們一起，注意著。

那螢光屏這時是一片漆黑的。

也不知是從什麼地方傳出來的聲音，那是一陣「吱吱」聲，尖銳得使人難以忍受。

突然之間，「吱吱」聲停止了，螢光屏上，突然閃起了一片奪目的光芒，接著，又黑了下來。但是在由光亮到黑暗的那兩三秒鐘之間，我看到螢光屏上，出現了一個十分怪異的物體。

這一次，我甚至難以舉出和那物體相似的東西的名稱來稱呼它！

那像是一個圓球，但是形狀略扁，它像是在旋轉，好像有一定的閃光，它是漆黑的。

由於它出現在螢光屏上的時間很短，是以我在眨了眨眼，想看清那究竟是什麼時，它已消失了，我的第一個念頭是：那一定是螢光屏上的故障，或者是接收不良，是以才會有那樣情形出現的。

但是，我立即知道，我料錯了。

因為那兩個人，直了直身子，像是他們完成了什麼重要東西的工作一樣。

其中一個道：「今天的情形不怎麼好，怕是最近一連串太陽黑子爆炸的影響。」

另一個道：「不會吧，它的距離，是地球到太陽的一百三十倍。太陽黑子的爆炸，不可能影響到它的。」

那一個道：「自然有影響，當無線電波進入太陽的影響範圍之際，就受干擾了！」

如果說，我才一看到室內的情形時，便呆了一呆的話，那麼，當我在聽完了那樣的對話之際，我是整個人都呆住了，我甚至感到了一種麻痹，像是我的所有肌肉，都在剎那間僵硬了。

從那兩人的對話中聽來，剛才在螢光幕中出現的那東西，它的距離，是地球對太陽的一百三十倍，那究竟是什麼？地球上的人，從來也未曾設想能見到那樣的一個距離外的物體，那是不可想像的。

地球距離太陽是九千二百八十九萬哩，一百三十倍，那就是一百二十萬萬零七千五百七十萬哩！太陽的光來到地球，要經過八分鐘，假定無線電波前進的速度，和光的速度一樣，那麼，從這樣的距離之外，發射的無線電波，要在地球上接收到，也要經過十七小時零二十分鐘之久。

在那樣的距離之外，有一個球狀物體，而那物體，在地球的某一處的螢光屏上，可以出現，有那樣的可能麼？會有那樣的事麼？

我因為屏住氣息實在太久了，是以我的胸口有點隱隱作痛，我緩緩地吸著氣，只聽得那種吱吱的叫聲，又傳了出來。

我連忙向螢光屏注視去，只見螢光屏上，出現了許多亮點，那些亮點，在固定了幾秒鐘之後，便開始變換它們的排列，它不斷變換著，足足變換了五分鐘之久，突然，螢光屏又黑了下來。

那兩個人中的一個，掀起了一個金屬蓋，從裏面拉出了一長條紙條來。

一看到那樣的情形，我又大吃了一驚。

因為照那樣的情形看來，那兩個人，像是正在接受著什麼通訊，難道他們是在接收著距太陽一百三十倍的遠距離來的通訊嗎？

當我在那樣思疑之際，那兩個人一起全神貫注地望著那字條，其中一人突然失聲道：「不會吧！」

另一人道：「自然是的，他們從來也不會弄錯的，你別忘了，他們能夠探索人的思想，截獲人腦所發出的微弱電波！」

我聽到這裏，已經傻了，因為能夠探知人的思想，能夠截獲人腦所發出的微弱電波，那決計不是地球人所能做得到的事。

那麼，這兩個人口中的「他們」，一定不是地球人，而是另一種人！

那個人又道：「這傢伙太可惡了，他竟敢假裝失憶來欺騙我們，我們快去解決他！」

另一個放下手中的紙條，道：「對，不去解決他，只怕後患無窮！」

他們兩人，一起站了起來。

而在剎那間，我也知道他們在說的是什麼人了，他們是在說我！

我裝成了失去記憶，已經將這兩個人瞞過去的了，可是他們現在，卻又突然知道了我並不是真的失去記憶。那自然不是他們兩人突然想出來，而是有什麼人，告訴了他們的。

而且，我還可以知道，他們是從那紙條上得到的消息，看來，好像是什麼人，用無線電通訊的方式，通知了他們，我並不是真的失憶！

雖然，我對我自己的推斷，已經是毫無疑問的了，但是在我的心中，卻仍然起了一種極其奇異的感覺，因為那實在是不可能的。除了這兩個人之外，我未曾接觸過任何別的人！

那麼，什麼人能將我假裝失憶一事，通知他們？

我盡力使我自己鎮定下來，我又注意到了他們的對話，那告訴他們的人，一定就是能截獲人類微弱的腦電波放射的那些人了。

那麼，那些人是不是會告訴這兩個人，我已經在他們的窗外了呢？

一定會的！

而如今，那兩個人之所以未曾獲得通知，是因為他們和發出消息的「人」之間的距離，實在太遠了。那距離是地球到太陽間的一百三十倍，就算以無線電波的速度來通知這兩個人，也要很長的一段時間，這就是這兩個人，為什麼直到現在，才知道我的失憶是假裝的原因！

在剎那間，我看到那兩個人站了起來之後，自一張桌子的抽屜中，取出了一柄裝有滅聲器的手槍來。

我自然知道他們的手槍的用處是什麼，他們是要去殺我，我心中迅速地轉著念，我是立即現身呢？還是等他們去撲一個空？

我也立即有了決定，我決定讓他們去撲一個空。那麼，我可以仔細搜索這間屋子，和在這裏，以逸待勞，等他們回來！

所以，我立時轉過頭來，向在牆腳下的白素，做了一個手勢，令她隱藏起來。

那時，這兩個人已走出了那房間，我看不到他們下樓，但是不多久，我就聽到了一陣汽車引擎聲，和看到一輛汽車，駛了開去。

第八部：控制人類走向盡頭

我忙又向白素比著手勢，白素也迅速地攀了上來，我等她來到了我身邊之後，將我所見到的情形，對白素說了一遍。

白素的面色，有點發青，她道：「你的意思是，這兩個現在到我們家，要去殺你的人，不是地球人？」

我搖著頭，說道：「我沒有懷疑到這一點，但是我可以肯定，他們正接受著不是屬於地球的外星人的指揮，在進行工作！」

我一面說著，一面已弄開了窗子，和白素兩人，一起跳進了那房間中。

我指著那螢光屏：「剛才，我曾在這螢光屏上，看到過一個奇異的球狀體。你可會使用那些按鈕麼？這究竟是一副什麼儀器？」

白素抿著嘴，她並沒有回答我的話，只是來到了控制臺前，仔細地打量著每一個按鈕。

她打量了足有十幾分鐘，才道：「我從來也未曾見到過一副那樣的機器，但是我可以試試。」

她說著，已連續地按下了好幾個按鈕，又旋轉著一個有金屬柄的東西。自儀器中，立時傳出了一陣十分嘈雜的聲音來。

接著，螢光屏也閃亮了起來。

白素一面注意著螢光屏上的變化，一面仍然不斷調整著各種按鈕，又過了幾分鐘，突然，螢光屏上又出現了那個球體！

這一次，那個球體，看來異常清晰，我甚至可以清楚地看到它的發光部份，是六角形的！

球體的出現，為時卻十分短暫，白素後退了一步道：「那是什麼？」

我搖著頭，道：「不知道，那好像是一艘太空船。」

白素吸了一口氣，道：「那自然是一艘太空船，毫無疑問它是，它停在太空，卻對地球上的某些人，發出指令，叫他們做這個，做那個！」

我呆呆地站著，白素的猜測是中肯的，那就是「神秘力量」的來源了！

看來，受這艘太空船指揮的人，不止眼前這兩個，可能在世界的每一個角落都有，所以，才會有李遜博士的神秘失蹤事件！

白素又去調弄那些掣鈕，但是那球形體，卻始終未曾再出現，顯然她對那副接受儀，還有不明白之處，剛才可以看到那球形體，只不過是湊巧而已。

又過了將近半小時，我看到一輛車子駛近來，我忙道：「小心，他們回來了！」

白素立時關閉了所有掣鈕，房間中立時靜了下來。

我和白素，一起到了門口，背靠牆而立。不一會兒，就聽得有腳步聲接近，似乎還有人在講話，接著，房門便被打了開來，兩個人走進來。

我和白素是同時出手的，當他們走進房門來之際，我們踏前了一步，一起出手，箍住了他們的頸，我立時伸手在被我箍住的那人的額上，重重擊了一拳，那人立時昏了過去，我在那人的上衣中，搜出了手槍，任由那人倒在地上，然後，用槍指住了另一個人。

白素也在那人的身上找出槍來。

她手臂一鬆，那人狼狽地跌出了一步，白素的槍，也對準了他。

我向那人冷笑著，道：「令得你撲了一次空，真不好意思。」

那人的面色，難看之極，他道：「你……怎麼知道我要去殺你？你是不可能知道的。」

我冷笑著，道：「有人通知你，我的失憶是偽裝的，難道就沒有人通知我，說你們要對我採取行動麼？」

那人面上的肌肉，登時抽搐了起來，他發出了難看之極的笑容，道：「他們……他們……」

我道：「他們嫌你們兩人太笨，將你們兩人取消了，你明白取消是什麼意思？」

我那時講的話，全是信口胡謅的，但我確知他們兩人，是受人指使的，一切受人指使的人，最怕指使他們的人忽然不要他們了，那卻是不易至理。

那人的身子不由自主發起抖來，但是在突然之間，他停止了發抖，搖頭道：「不會的，整個亞洲地區，只有我們兩個人，你在說謊！」

我笑了起來，道：「是的，我是在說謊，但是我總算套出你一句真話來了，亞洲地區只有你們兩個人，你們兩個人，是受什麼人的指使？」

那人的態度變得強硬起來，他道：「我看，你還是別多打聽什麼的好，你已經知道得太多了！」

我將手中的槍，拋了一個十分美妙的花式，然後，將槍直送到他的面前，道：「正因為我已知道得太多了，所以你該知道，你們再能活下去的機會，也是微乎其微的了，明白麼？」

那人的身子突然向後退去，但是他只能退出半步，因為白素在他的身後，立時也用槍抵住了他的後腦。那人的頸部變得僵硬了，只有眼珠在轉動著。

我又道：「我不能放你，因為我放了你。你們也會再來殺我，而且，你們對謀殺的安排，是如此奇妙，我能不防你們麼？」

那人的聲音發著抖，道：「你……你剛才說我活下去的希望，微乎其微，並不是說我不能活了！」

我道：「對，那要看你怎麼做了，除非你使我知道得更多，多得跟你一樣！」

那人尖聲叫了出來，道：「不能，我不能那樣，他們一樣會毀了我的！」

我冷笑著，道；「你或者還可以逃避！」

那人的聲音之中，帶著哭音，道：「我無法逃避，他們可以控制我的思想，他們會趨使我去自殺，他們會使我做出任何事情來。」

我略呆了一呆才道：「那麼，他們為什麼不趨使章達去自殺？而要指使人去謀殺他？」

「章達不同，你也不同，」那人喘著氣：「地球上的人分成兩種，一種，他們只能探測到腦電波，還未曾找到控制的辦法，但另一種，他們卻可以控制，可以令之做出任何事來。」

我的心頭在怦怦跳著，從白素面上的神色看來，她顯然也有同樣的感覺。

我忙又問道：「他們是誰？」

那人又尖叫了起來，道：「我不知道，我真的不知道，別逼問我。」

我又將槍向前伸了伸，道：「我一定要逼問你，一定要，你不說，我立即就打死你！」

那人哭了起來，他想以雙手掩住臉，但是他根本無法那樣做，因為我的槍離他的面部太近了，其間根本容不下他的手！

他神經質地尖叫著，我則冷酷地道：「我從一數到五，朋友，別以為我不會開槍，你不但殺了我的好友，而且，也令我幾乎死去！」

那人抽泣著，道：「章達的死，不關我們的事，只因為他發現了現在許多人的行動，已不受自己的控制，他發現了他們的力量！」

我要竭力鎮定心神，才能使自己繼續站著。在那一剎間，我是多麼想坐下來，好好地想上一想！許多人的行動不受自己的控制，而受著另一種神秘力量的控制，那是多麼可怕的事情！

但是，我立即想起了章達和他的學生們在各地拍攝來的那些紀錄片，那些紀錄片中，除了狂暴、混亂、殘酷之外，什麼也沒有，紀錄片中那些狂亂的人，難道他們是依照他們的本性在行事？難道人的本性是那樣的？

我又將槍送前了半吋，槍口一定很冷，因為當槍口碰到那人的額頭時，那人的身子，又顫抖了起來。

我道：「那很好，我也發現了他們的力量，我也難免一死的，我更不必顧忌什麼了！」

我的手指，已慢慢在扣緊槍機，那人可以看到這一情形的，他突然怪叫了起來，道：「好了，我說，我說，我說了，至少可以多活十幾小時！」

我的手指又慢慢鬆了開來。

我的氣息也十分急促，是以我要特地調勻氣息，然後才能說話，我道：「好，是怎麼開始的？」

「我也說不上來，我們喜歡研究無線電，自己裝置了一個很完善的接收台，和世界各地的業餘無線電愛好者，都有聯絡……」

我催道：「說下去。」

那人又道：「忽然之間，我們對於改進我們的裝置，有了許多新的想法，這些想法，即使最新的無線電技術書籍，也還未曾提到過，我們不斷改良著我們的裝置，有一些零件，根本買不到，我們就自己動手來製造，我們忽然又知道了用一個特殊的方法，來提煉一種新的半導體，使我們的設備更完善！」

他在講的時候，眼珠一直望在槍管上。

我將手槍向後縮了一縮，那人又道：「經過了一年的時間，我們完成了裝置，他們的通訊，就直接開始了，我們這才知道，原來一切我們根本未曾學過的知識，全是他們給我們的，是他們用微電波的方式，注入我們的腦中的，他們具有那種力量！」

我沒有再說什麼，他也停了很久。

是白素先打破沉寂，她問道：「那個球形體，就是他們的星球？」

「不是，那是他們的一個太空站。」

「這個太空站的距離是地球和太陽間的一百三十倍，對不對？」我問：「那麼他們的星球呢？」

「我不知道，」那人低著頭：「我曾問過他們，但他們說，那實在太遠了，遠得不是我們地球人所能夠想像得到的，他們來到了可以控制地球人腦電波之處，就停了下來，開始他們的工作。」

我深深地吸了一口氣，道：「他們的工作，那是什麼？是——」

我陡地打了一個冷顫，沒有再說下去。

白素反倒比我鎮定得多，她接了下去，道：「是毀滅地球！」

那人搖著頭，道：「不是毀滅地球上的人類。他們控制了許多可以受他們控制的人——」

他講到這裏，我又打了一個寒顫。

我的聲音，甚至有些發抖，我道：「他們……驅使那些人去暴亂，去盡量破壞，去毀滅人類的文化，讓人回到原始時代？」

那人抬起頭來，道：「或者說，讓人類的發展，走到了盡頭。」

我像是在自言自語，道：「為什麼？他們為什麼要那樣做？」

「地球人的科學發展，對任何星球上的人，總是有威脅的。」白素冷靜得使我驚訝：「他們的思想概念，倒和我們差不多，他們也知道防患未然的道理！」

我和那人都不出聲，房間中又靜了下來。過了好久，我才問道：「你……見過他們？」

「沒有，我只見過那球形體，他們住在那球形體之中，我們聽從命令，代他們做許多事，他們供給我們最豪華的享受，有一些受驅使的人，會自動送錢來給我們，但是現在……完了。」

「你是說，我們這裏發生的事，他們知道？」

「是的，他們可以知道每個人的思想！」

我並不懷疑那人的話，因為，他們至少知道我是假裝失憶的。

我慢慢地放下了手中的槍，過了很久，才又問道：「章達的研究報告中，詳細地提到了那種力量。那筆記本是你換走的？」

「不是，是你們的僕人老蔡。他的腦電波，也是屬於可以控制的那一種，但是不十分穩定，使他們不能隨心所欲地命令他。」

我幾乎感到眼前一陣發黑，白素也吃驚地睜大了雙眼！老蔡，還有許多人，我們根本無法知道他們的腦電波是不是可以受控制？是以，他們也可以隨時做出完全出乎意料之外，和本性毫無相合之處的事情來！

我不禁苦笑著，任何人只要仔細想一想，這種事，實際存在的例子，實在太多了。人會突然失去常性，好好地在工作崗位上的人，會離開工作，成群結隊地到街道上去呼囂擾亂，有希望的年輕人，會拿著鋒銳的小刀，在街頭上殺人放火。

甚至受了十多年教育的大學生，也會拿著木棒，敲打校舍的玻璃窗，盤據著校舍，而不肯繼續接受教育。

而現在全世界的科學，已經如此昌明，卻還有的地方，拚命在把人當成神，宣傳神跡，而又將一個活著的糟老頭子當成神。

這一切，全是為了什麼？難道那是人的本性麼？如果那一切全是人的本性，那麼，人又是為什麼活著？因為這些人的所作所為，根本不是為了使人好好地活下去，而是要使人在極大的痛苦中死亡！

但如果承認了那一切瘋狂，全都不是人類的本性，而這種瘋狂，卻又是實際的存在，發生在我們的周圍，那又是什麼所造成的呢？

在那麼遠的距離之外，有一艘太空船，主宰那太空船的人，已有方法控制一部份地球人的腦電波，驅使他們去做違反人類本性的事，聽起來實在有點匪夷所思，又該如何解釋呢？

我和白素兩人，好一會兒沒有出聲，我們只是不時對望一下，我們雖然沒有說什麼，但是我們兩人的心情，卻全是一樣的。

那就是，我們明白，地球人的發展，已經到了盡頭，在暴力、動亂、瘋狂、愚昧和殘殺之下，地球人還能有什麼進步？

雖然，地球人還不是全部那樣，但是有什麼用？一個像丁阿毛那樣，從來也未曾受過教育的小流氓，就可以槍殺像章達那樣，對人類可以有巨大貢獻的學者！

而如果像丁阿毛那樣的人，手中不幸有著權力的話，那麼，更可以輕而易舉地使成千成萬對人類可以有重大貢獻的人死去！

我和白素，都看到了人類前途的黯淡，是以我們的心頭，都像是壓著一塊大石一樣。

過了好久，我才問道：「他們那樣做，目的是為了什麼，你知道麼？」

那人一直低著頭，直到我這時問他，他才又抬起了頭來，道：「我曾經問過。他們說，地球人的科學如果再發展下去，總有一天，會發現他們的存在，他們的目的，就是不要地球人發現他們。」

我苦笑了一下，因為如果這是他們的目的，那麼他們將會輕而易舉，達到這個目的。

而我的心中，一點也沒有慶幸的感覺，因為我絕不以為那比他們毀滅所有地球人好多少，因為照現在的那種情形發展下去，整個地球上，根本沒有一塊安樂的土地，可以供給人們居住！

到處全是戰爭，到處全是暴力，那會令得地球人在極度的痛苦之中，苟延殘喘下去。

在那一剎間，我倒希望我自己是屬於腦電波能受他們控制的那一類，那麼，在渾噩之中，或者我還不會覺得有什麼痛苦。

但是現在，顯然我不是屬於那一類的。

我沒有再說什麼，只是站了起來。

我一站起，白素也站了起來，我們不再理會那人，我們將手中的槍遠遠拋了開去，然後，我們手拉著手，離開了那房間。

我們在黑暗中走著，一直向前走著，我們根本不知道該到何處去，我們也不想到何處去，只是不斷地走著，直到我們突然之間，發現無法再前進了，我們才一起站定。

在我們的面前，是一堵高大的牆，那高大的牆，在一個死巷的末端，我們站著，呆呆地望著那堵牆，心中不知是什麼滋味。

在那些時間中，我和白素兩個人，像是生存在另一個世界中一樣，在我們的心中，有一種十分迷幻的感覺，彷彿一切全不存在了，存在的，只是一條又黑又窄的巷子，巷子的一端，就是盡頭。

一直到有兩個警員走近我們，用奇怪的眼光打量著我們時，我們才回到了現實世界來，我們轉過身，走出了那巷子，在天色將明時，我們回到了家中。

我們沒有再見到兩個人，我想，我們再也見不到他們兩個人了。因為在第三天，我們在晚報上看到了「豪華住宅神秘爆炸」的新聞，發生爆炸的，正是前三天晚上，我們曾到過的地方。

那兩個人，自然因洩露秘密，而受到了懲罰。

而我們，怎麼辦呢？

尾聲

在那以後的日子中，我們總以為一定會懷著一種十分恐懼的心理生活下去，因為我們已經知道了一個那麼可怕的秘密，我們已知道人類是在漸漸趨向末日，有越來越多人，不受自己的控制。

可是出乎我們的意料之外，竟並沒有那樣的心情，而只不過感到了一片茫然，而且，那種茫然之感，不必多久，也就消失了。

我想，那是因為人的觀念，受囿於空間，很難超出地球的範圍，總是以地球上的情形，去推論其他星球，無法想像別的星球之上的生命，是什麼樣的形態，和有著什麼的能力。

同時，人的觀念，也受囿於時間，雖然明白了人類不是在向前發展，而是一步一步在走向死胡同，但因為那種「前進」，是十分緩慢，不是一下子到來的，當結果出現之際，已遠在我們的生命年齡之外了，所以，也就不那麼關切了。那是我找出來的原因，但是我卻未曾提出來跟任何人討論過，甚至白素。

因為我再也不想提起這件事來，這樣的事，甚至連想也不必去想它，那才能使人在渾渾噩噩之中，度完自己的生命。

因為那絕不是想上一想，就可以有法子挽救的事，那是無法挽救的。

我們還是別想應該怎麼辦的好！

〈完〉

倪匡珍藏限量紀念版 26

衛斯理傳奇之搜靈

作者：倪匡
發行人：陳曉林
出版所：風雲時代出版股份有限公司
地址：10576台北市民生東路五段178號7樓之3
電話：(02) 2756-0949
傳真：(02) 2765-3799
執行主編：朱墨菲
美術設計：許惠芳
業務總監：張瑋鳳
出版日期：2023年10月倪匡珍藏限量紀念版一刷
版權授權：倪匡
ISBN ：978-626-7303-89-4
風雲書網：http://www.eastbooks.com.tw
官方部落格：http://eastbooks.pixnet.net/blog
Facebook：http://www.facebook.com/h7560949
E-mail：h7560949@ms15.hinet.net
劃撥帳號：12043291
戶名：風雲時代出版股份有限公司

風雲發行所：33373桃園市龜山區公西村2鄰復興街304巷96號
電話：(03) 318-1378
傳真：(03) 318-1378
法律顧問：永然法律事務所 李永然律師
　　　　　北辰著作權事務所 蕭雄淋律師

行政院新聞局局版台業字第3595號 營利事業統一編號22759935

定價：340元

國家圖書館出版品預行編目資料

衛斯理傳奇之搜靈 ／倪匡著. -- 三版. --
臺北市：風雲時代出版股份有限公司，2023.09
面；公分　倪匡珍藏限量紀念版

ISBN 978-626-7303-89-4（平裝）

857.83　　112011293